半七捕物帐
第一卷

猫妖婆婆

オカマ
婆さん

[日] 冈本绮堂 ◎ 著

刘增妍 ◎ 译

天津出版传媒集团

天津人民出版社

图书在版编目（ＣＩＰ）数据

半七捕物帐.第一卷,猫妖婆婆/（日）冈本绮堂著；
刘增妍译. -- 天津：天津人民出版社,2019.6
ISBN 978-7-201-14813-7

Ⅰ.①半… Ⅱ.①冈… ②刘… Ⅲ.①侦探小说-日
本-现代 Ⅳ.① I313.45

中国版本图书馆 CIP 数据核字 (2019) 第 111914 号

半七捕物帐 第一卷 猫妖婆婆
BAN QI BU WU ZHANG DI YI JUAN MAO YAO PO PO

出　　版	天津人民出版社
出 版 人	刘　庆
地　　址	天津市和平区西康路 35 号康岳大厦
邮政编码	300051
邮购电话	（022）23332469
网　　址	http://www.tjrmcbs.com
电子邮箱	reader@tjrmcbs.com

责任编辑	赵　艺
策划编辑	小　瘦
装帧设计	胡椒设计

印　　刷	三河市华润印刷有限公司
经　　销	新华书店
开　　本	880 毫米 ×1230 毫米　1/32
印　　张	9
字　　数	250 千字
版次印次	2019 年 6 月第 1 版　2019 年 6 月第 1 次印刷
定　　价	45.00 元

目录

第一话 女鬼阿文

就在这时，阿道旁边的女儿小春也突然间惊醒，还一直号啕大哭，喊道："阿文来了！阿文来了！"

阿道仔细问过小春后才知道，那个披头散发的年轻姑娘竟然也来到了小春的梦里，惊扰了她。而小春口中的那个"阿文"，正是今晚来到母女梦中的那个婢女。

一

我的叔父是江户年代末期的人，对于那个时代发生过的凄凉幽怨的民间故事都了如指掌，比如稀奇古怪的凶宅事件、不得解脱的怨妇之恨、复仇的武士等等。然而我叔父本人在武士教育的成长环境中长大，从来都对那些无厘头的事情不屑一顾。

在我小的时候，只要我跟小伙伴在一起偷偷摸摸讲些恐怖故事，叔父就会冷哼一声，觉得我们在瞎胡闹，完全瞧不上眼。我以为这是叔父的性子使然，直到有一回，他欲言又止，说出了一番让我觉得极度不可思议的话。

"虽然我一直都不相信这些乱七八糟的故事，可阿文的事情却让我……也罢，一言难尽。"

叔父说到了这里便沉默不语。尽管我们一直追问他后面发生了什么故事，但他像是说了一些不该说的话，竟然有些悔悟，不肯再交谈下去。

没能得到答案的我问起了父亲，但父亲的反应跟叔父如出一辙，只字不提。

他们的反应更加激发起了我的好奇心，于是我马不停蹄地跑到了 K 叔叔家。

K 叔叔是我父亲交往多年的老朋友，如亲兄弟一般。我的直觉隐隐告诉我，K 叔叔应该也是一名知情者。从他的口中，我或许能够知道这个故事背后的秘密。

"K 叔叔，你知道阿文的事情吗？"见到 K 叔叔，我开门见山地问。

让我诧异的是，K叔叔竟然一反常态，直接拒绝了我。

"打住！打住！这不是多大的事情，知道太多对你不好，而且还容易挨骂，不要再问了。"

在我印象中，K叔叔一直是一个没什么长辈架子的人，在他那里，我们总是能听到各种各样稀奇古怪、大开眼界的故事。如今在阿文的事情上，他也跟我的叔父、父亲一样收住了话题，无论我怎么软磨硬泡，他始终都不肯说出故事的始终。

至此，阿文的故事甚至都没有一个完整的开头，便夭折了。

之后，忙碌于学业的我每天都在各个学科作业中奋战，自然而然对阿文这个故事的执念也就淡了下去，脑海中的记忆像是被人删除了一样，慢慢地消散了。

又过了两年，到了那年十一月底，快入冬的季节。

那一天，K婶婶收到了邻居的邀请，大白天赶去新富座看歌舞伎演出。前一晚，K叔叔告诉我，第二天他自己一个人在家，让我晚上过去玩。

那天下了一场冷冰冰的雨，特别刺骨难受，临近黄昏的放学时间，雨势看起来更加大了。

吃饱后，我就屁颠屁颠地跑去K叔叔家里了。

K叔叔住的地方离我家不远，走路大概几百米就到了。他家那片地方当时还留着不少江户时代传下来的武士宅府。待在那里，即使是晴朗的白天也会给人一种阴森森的感觉，到了雨天，越发显得阴暗、凄凉。

K叔叔的家就位于某个贵人的旧宅内，他们一家住在一栋小楼里，外院上树立着竹子篱笆，完美地将小楼与周遭隔开。K叔叔在政府部门上班，回来后便在家里吃饭、洗澡。

全部收拾完之后，叔叔把煤油灯点上了火。我安静地坐在垫上，听他讲起各地的八卦趣闻。我还记得那天夜晚，大大的植物叶子轻扫过滑门，垂落的雨滴洒在了叶片上，吧嗒吧嗒，这些声音传到耳边，总让我有些失神，思绪飘到了外面。

外头的天越来越黑。这时候，柱子上的钟敲了七下，K叔叔也停下来，听起了庭外的雨声。

"这雨怕是下不完呢。"

"婶婶还在外头。"

"别担心，我已经给她叫了一辆黄包车。"

说完，K叔叔端起茶杯喝了口茶。过了一会儿，他突然正经起来，跟我说："嘿，小鬼，你还记得阿文吗？还想知道下面的故事吗？这时候的气氛最适合来讲些恐怖故事了，不过你还有胆量听下去吗？"

别看我总是跟小伙伴聚在一起讲鬼怪故事，但我却是个胆子挺小的人，可好奇心往往会更胜一筹，越是诡异的故事越是能激起我越大的兴趣。尽管我忍不住缩成一团，紧紧抱住自己的身子，可我还是阻挡不了自己的猎奇心。况且今晚K叔叔主动提起阿文的事情，这可真是千载难逢的好机会。

于是我故意拍拍胸脯，昂起脖子，表示自己可是一个什么都不怕的小勇士，而且身边还有一盏暖熏熏的煤油灯，无论什么妖魔鬼怪都不在话下。

显然，我这样装作坚强的心理战术并没有打动叔叔，他看着我滑稽的样子，笑了笑，不作声。

"看来你真的很想知道。不过我可有个前提，听完了阿文的故事后，你可别连回家都不敢了，赖在我这里，我可不会收留你。"

K 叔叔总是喜欢先唬住我，再慢慢说起阿文的那件事。

"元治元年，我刚满二十岁。对，就是发生京都的蛤御门之战的那一年……"

K 叔叔娓娓道来。

二

从前，有一个叫松村彦太郎的旗本，当时他的家就住在这一带。松村在幕府工作，主要负责管理对外的事项，所拿的俸禄足足有三百石。加之松村本人知识渊博，对西学颇有研究，因此在附近一带算是个人物。他的亲妹妹阿道四年前嫁到了隔壁县的一户人家，一年后就生下了女儿小春。

故事就发生在小春三岁的那一年。

有一天，阿道突然带着小春哭哭啼啼地跑回娘家，道："请兄长帮我解脱吧！我想赶紧离婚，我们母女俩实在是待不下去了！"

松村十分诧异，想要问其原因，可虚弱苍白的阿道却一言不发，不肯说出事情的原委。

"你可知，女人一旦嫁出去了，离婚岂是那么容易的事？你是我的妹妹，我肯定会帮你，但是你现在啥都不跟我说，只想让我帮你解脱，我要是不问缘由就让你离婚，旁人可是会看笑话的，这怎么行？你到底发生什么事了？快跟我一五一十地说明白，也让我评判评判，要是我觉得你说得在理，我就帮你。到时候即使跟对方对质，我也有个依据。快说！你可着急死我了！"

松村说的话在情在理，可无论他怎么催促着，阿道始终不肯透露原因。

阿道今年已经二十一岁了，现如今却没有一点成年人该有的样子，跟不懂事的孩子一样，一直说自己不想在夫家待下去了，还苦苦求兄长帮她做主，助她解脱。

松村本来脾气挺好的，眼见着妹妹这个样子，也忍不住怒骂道："真是造孽！你也不想想，就这样平白无故地跟小幡离婚，人家怎么会答应呢？何况，你过门都已经有四年了，小春都长这么大了，可不是昨天才嫁进去的新媳妇，怎么一点都不懂事？而且，你看你现在多幸福，公婆姑嫂也不需要你前后伺候，小幡虽然官位阶级不高，但好歹也算是踏实本分的男人，处世稳妥、老实可靠，你说你还有什么不满意，非要跟他断绝关系不可？"

该骂的骂了，好话也都说尽了，阿道却全然没有反应。

见阿道此番举动，松村思忖着：莫非是……

虽然他不愿意承认，但世界上确实发生过这样的事情。其实，小幡的府邸里时常会有一些年轻武士出入，邻里之间也不乏一些行为乖张、放荡任性的年轻小伙子走动，阿道莫不是受到他们的诱惑，失了一个女儿家该有的礼仪和规矩，如今被夫家发现，不得已想要主动解脱，走出困境？

一想到是这样糟糕的情况，松村心里一个激灵，愈发觉得不妙。

"我跟你回去，把什么事情都跟你夫君说明白。要是你再继续保持沉默，我就用自己的办法调查真相。起来！跟我走！"

松村一股脑儿拽起阿道，想让她动身，一起回夫家。

眼看兄长一副凶巴巴的样子，阿道实在没办法再隐瞒下去，只好哭啼啼地请求兄长原谅，还表示自己愿意把事情的缘故一一说出来，只要他不把自己送回夫家。

结果，松村听了妹妹说的故事之后，更加惊讶起来。

　　原来就在七天前的晚上，阿道把女儿小春过女儿节时用的一些雏人偶装饰收拾妥当，就躺在床上准备睡觉。刚躺下不久，她发现枕边突然间冒出一个披散着头发、毫无血色的年轻姑娘，这个姑娘看起来是一个本本分分的武士家的婢女，仿佛刚从水中淌出来一样，全身都湿透了。她先是规规矩矩地对着阿道行了一个礼，然后就安静地跪坐在枕边，不再说话，也再没有其他举动。然而，正是因为这个女人再也没有更多举动，反而让阿道没由来的骨子里升起一股子寒意。阿道不敢回头看她，只是把被子又往上拉了一些。片刻之后她才惊醒，发现自己做了一个噩梦。

　　然而就在这时，阿道旁边的女儿小春也突然间惊醒，还一直号啕大哭，喊道："阿文来了！阿文来了！"

　　阿道仔细问过小春后才知道，那个披头散发的年轻姑娘竟然也来到了小春的梦里，惊扰了她。而小春口中的那个"阿文"，正是今晚来到了母女梦中的那个婢女。

　　一直到天亮，阿道被惊吓的心还久久不能平静。

　　阿道自知自己出生于武士家，如今也嫁入武士家做媳妇，实在不敢向旁人倾诉这噩梦般的回忆，也不敢告知夫君小幡。然而，在接下来的两晚，那个全身湿透的姑娘好像一直不肯放过她们母女一样，不停地出现在她们的枕边。只要她一出现，小春总会哭着大喊："阿文来了！阿文来了！"

　　如此反反复复，性情软弱的阿道心理承受着巨大的压力，却还在咬牙死撑，不敢在夫君面前说出这可怕的遭遇。

　　就这样连续过了四个晚上，阿道已经疲惫不堪，连日来的折腾常常让她处于崩溃的边缘。如果往后都是这样痛苦的日子，她恐怕无法继续下去。她已经顾不上武士家的面子，于是下定决心跟夫君坦白。

结果，意料之中，小幡听了她的描述后觉得很可笑，没有把这件事放到心上。那个阿文，仍旧每晚都准时跪坐在阿道枕边。

之后，阿道跟夫君提及了多次，但夫君每次都反应冷淡，到最后甚至有些烦了，还出言呵斥："你可是我武士家的夫人，怎么就不知分寸呢？"

看着夫君越来越厌烦的态度，阿道心生不满，但又无计可施。她想了想，如果继续沉浸在这种恐惧中，自己迟早都会变成一个疯子。事情已经到了这个地步，阿道退无可退，已经没有心思再去顾及夫妻情分和武士家的尊严，只好收拾行李，带着女儿从闹鬼的家里逃回来，希望兄长帮她尽早解脱出来。

"兄长，我们真的待不下去了。我想要离婚，我想要解脱，希望兄长能够理解一下我的艰难处境，出面帮帮我。"阿道在阐述这些事情的时候，像是受到了极大的惊吓，战栗不安，不敢多出气，仿佛这件事让她一想起来就觉得毛骨悚然。

松村看着她那样惊恐的神情，倒不像是瞎编的谎话。他静静地听完之后，陷入了沉思之中。

难道，这世上真的有鬼魂？

想了许久，松村又否定了这个问题。这件事倒也不怪小幡，换成是他自己，可能也会觉得妹妹在胡言乱语。但如果放任不管，让她们母女俩这样不情不愿地回去，看起来也太可怜了。阿道这般哭诉，这个事情没准有着更多复杂的内情，那也说不定。

于是，松村决定先会一会小幡，把事情的来龙去脉搞清楚，再来解决这个问题。

"我现在只是听了你单方面的诉说，心里还是没底。总之，我约小幡见面先了解一下，再做接下来的安排。你们别太担心了，这个事情我会负责。"

松村把妹妹和小春都留在了自己府邸，身边只带了一个随从，便向目的地出发了。

路上，松村心里一直有个小小的顾虑。要知道，女流之辈之间谈论这些事情无伤大雅，可自己是一个随身佩带刀剑的武士，武士之间交流这些神神道道的事情，岂不是让人笑话？如果传出去，没准会有人取笑他："松村彦太郎，你都一把年纪了，竟然还相信这些妇人之说？"

松村绞尽脑汁想找一个理由跟小幡开口，但这个本身就是一件挺简单的事情，想多了越是复杂。何况此时时间紧促，根本容不得他再矜持下去。

正巧，松村到妹婿府邸时，小幡正好在家。他的随从殷勤地把松村请进家，两个人先聊了一些日常生活中的琐事。然而，左绕右绕，松村还是没能抓住时机，也不知怎么开口说出此行的目的。本来他都已经做好心理准备，就算被对方取笑也要问出口。可关键时候，却怎么也难以启齿。

过了一会儿，小幡先开口问道："阿道今天过去您府上拜访了吗？"

"来了。"

说完，松村不知道如何再继续聊下去。

"不知道她是否有跟兄长说起那件事，女人家真是糊涂，说什么她们房里有女鬼出没，可笑！哈哈哈！"小幡笑道。

松村一脸无奈，只好干笑两声。可是这样下去始终不是办法，为了妹妹，松村犹豫再三，终于说出了阿文的事。

把一切都说开了之后，松村像是卸下了负担，抬手抹去了额上细密的汗珠。

可是小幡听完之后，再也笑不出来了。他眉头紧锁，沉默不语，以前听阿道说起阿文时，他只当笑话看罢了，认为这都是女人胆小懦弱的心理在作怪。可事情到了这个地步，松村都亲自上门拜访，代阿道来主持离婚一事，这让小幡不得不重视起这宗"闹鬼事件"了。

"那就先这样，我们动手查查这整个事情的内幕究竟是什么。"小幡说。

他是这样想的。按理说，假设这座宅邸真的有鬼魂出没，那么其他人应该也有相似的情况。但是，他在这座宅邸里生活了二十八年，别说自己没看见过，就连别人也没有说过这种诡异的事情。从他小的时候就去世的祖父母开始，到八年前去世的父亲、六年前也一并离开他的母亲，他都没有从长辈那里听过如此惊骇之事。自此，小幡有两个困惑：首先，为什么只有阿道会碰上？其次，为什么这个事情在阿道嫁过来四年后才出现？这不是很奇怪吗？

当下，两个武士确实没有什么应对方法，只好先把府邸内的所有人都叫上来，准备一一盘查，找出问题所在。

"辛苦您了。"松村也对这个做法没什么意见。

三

"小的很久以前就开始服侍前任老爷了，这期间一直都没有听过有什么'闹鬼'一说，也不曾见小的父亲提及过。"

第一个被召唤的人是管事领头人五左卫门。五左卫门今年已有四十一岁，祖祖辈辈都在小幡府中当差。

　　后来，小幡又陆陆续续问起家中其他年轻的随从以及几位仆役长，他们大多数都是刚刚入门的外乡人，但他们都表示自己从未听说过这类事。接着，小幡唤来了所有婢女，听到此事，她们个个面如白纸，个个吓得浑身发抖。

　　最后，他们毫无所获，连续的询问只能就此作罢。

　　"既然问不出来什么，那就打捞一下池子，看看里面到底有什么来头吧。"

　　原来，小幡宅邸内有一座百来坪（大概 300 平方米）的池子。之前听阿道说起，那个叫阿文的女人浑身都湿透了，为此，小幡觉得可能跟这个池子有些许的关系。

　　第二天，他们召来了府中壮丁，开始抽干池中的水。两个人都在现场监管着，可除了捞出了一些鲫鱼、鲤鱼之后，就再也淘不出别的了。更诡异的是，池子里的污泥里竟然找不出一根女人头发，更别说什么女人家会用的梳子、簪子之类的装饰品。

　　第三天，小幡转移阵地，又让大家转而捞井，却见井中冒出了一条稀罕的红泥鳅，除此之外一无所获，大家都惊奇不已。

　　打捞工作结束后，事情依然没个头绪，松村和小幡的调查没法再继续下去。

　　松村觉得再这样下去可不行，思忖许久，心生一计。当天，他好说歹说，硬把阿道、小春叫回来，让她们母女俩跟平时一样睡在就寝的房间，而松村和小幡则潜伏在隔壁房间，等待夜晚的降临。

　　恬静的夜里，徐徐凉风，水月笼沙。

　　阿道心情忐忑，如坐针毡，久久无法平复下来，很长时间都没法闭上眼睛。

过了一会儿，女儿小春实在是太困了，看似马上就要睡着了。突然，小春就像是一下子像被针扎到眼珠一样，发出一声凄厉的尖叫，然后大叫道："阿文来了！阿文来了！"

"来了！"

蓄势已久的两位武士当下抽出大刀冲进房间。

房内，窗户都被紧紧关着，春天里的深夜，房间里流动着一股不冷不暖的空气，枕边，一台座灯发出淡淡的光，幽幽地照在母女脸上。

两个人都感觉不出这房间有什么异样，但是受惊过度的阿道抱紧了身旁的女儿，颤抖着把整个身子都拱进被窝。

第一次看到母女俩的反应，松村和小幡都目瞪口呆。不过有个奇怪的地方就是，为什么只有三岁的女儿小春能够叫得出那个他们都无法看到的女人的名字？

接下来，小幡抱着小春，连哄带骗地问了好几个问题。可是年幼的小春还未能流利说话，所以没法从她口中得到答案。

难道是那个浑身湿透的阿文霸占了小春的身体，让她念出了自己的名字？

一想到是这种可怕的后果，两个高大雄壮的武士也不禁汗毛竖立。

五左卫门始终惶恐不安，第二天早上就跑去街上向一位闻名遐迩的占卜师问卦。占卜师让他回家后挖掉府邸内西方向的一棵茶花树的树根，如此一来，便可驱逐女鬼。

五左卫门抱着试一试的心态回门照做了——然而这也是白费功夫，看来那个占卜师也是个江湖骗子。

由于"女鬼阿文"总是在深夜拜访，阿道只好改在白天睡觉。果然，大白天的阿文没有再来骚扰。睡饱之后的阿道感觉轻松了不少，但又想到，自己作为武士家的女主人，怎么反倒像一个妓女一样晚上干活、白天就寝呢？假若这种颠倒黑白的日子再继续下去，不但会给别人制造麻烦，对自己来说也是不方便的。因此，再不想个方法把女鬼彻底赶走，他们一家都没有好日子过。

只是，如果这样的闹鬼事故外泄出去，武士家的脸面恐怕会败光。好在松村是一个守口如瓶的人，小幡也在府邸内严加警告，告诫下人们不可随意对外张扬。然而纸终究包不住火，不知道是不是有人说漏了嘴，没多久，总有人对这座宅子指指点点，各种各样的流言蜚语纷至沓来：

"听说小幡府邸闹鬼了，这还是个女鬼！"

消息的传播极其可怕，后来，几乎人人都知道了这次闹鬼事件。虽然人们都在背后议论纷纷，但在武士阶级当中，没人会当面公开议论这件事。

可是在这些人之中，偏偏其中就有一个爱看热闹的，他是小幡家的邻居——K 叔叔。

出生于那个年代的男子，无论是旗本还是幕府家臣，如果身份仅仅是江户武士家的二儿子、三儿子，他们一般都不被重视，只有长子才有资格继承家门。老二、老三除非本身有过人的本领，受贵人恩宠赐予官位，不然，很少有机会能在武士阶级中有一番大作为。因此，他们大部分都需要靠着长兄的资源供养。这种散漫自由的境遇，往往只会把他们变成无业游民，整天游手好闲、无所事事、为所欲为。所以，尽管都是武士家的儿子，尽管他们表面上过着洒脱自在的浪子生活，但从另一个角度来看，他们的处境也是相当可悲的。

K 叔叔刚好也是另一个武士世家的次子，他听到坊间传闻后就立即起身去往小幡府上，想要去了解事情的细枝末节。小幡跟 K 叔叔也是交情颇深，所以一见到他就把一切都讲出来，而且还询问 K 叔叔的意见，想让他帮忙找出闹鬼事件的真相。

K 叔叔每天闲得发慌，这件事让他来调查是再妥当不过了。因此，K 叔叔也欣然答应了小幡的请求。

揽下这档子差事后，K 叔叔寻思着，如果参照古书《今昔物语》中金太郎的做法，在阿道枕畔持刀佩剑，不经意就要围剿侦查，那这个方式也太老土了。于是，他想先从阿文的身世来历入手，再从中找出阿文与这座府邸的联系。

K 叔叔定了心，就问小幡："您这府上，有没有亲戚、随从或者婢女叫阿文的？"

小幡对这个名字没什么印象，只知道自己家的亲戚中没有一个叫阿文的。至于家中的婢女，流动性太大，也无法一一查明，不过据最近的情况来看，确实没有雇佣过名唤阿文的婢女。

K 叔叔继续刨根问底，果然发现了一些异样。

四

小幡府邸曾经雇佣过两名女长工，一个是乡下过来打工的姑娘，另一个是从江户的婢女中介随便找来的，这家位于音羽的那间中介所，已经跟小幡府邸合作了上百年。

根据阿道的描述来看，这个阿文看起来好像是在武士家打工的婢女。K 叔叔决定先把距离府邸较远的那个乡下女长工暂且放在一旁，就近从中介那里下手。他觉得这个阿文可能是不知多少年前的某任主人聘用过的人，只是年代已久，小幡他们不知情而已。

此时已经是三月底了，天气很好，小幡府邸内，一株八重樱已长满嫩绿的枝叶。

"那就拜托你了，还有一个请求就是……调查的事情，千万要秘密进行。"小幡说。

"我明白。"

两个人促膝长谈之后，K叔叔就此告别。

K叔叔转眼间来到了音羽堺屋，从中介公司那里翻阅了专门登记婢女资料的登记本。K叔叔想，既然这个中介公司已经跟小幡家合作已久，应该能在这里找到聘用过的婢女的名录。

结果真被小幡说中了，最近的簿子上没有阿文的名字。K叔叔又一一翻找了三年、五年、十年前的各种记录，结果，连跟"文"有关联的名字都没法找到。

"如果找不到的话，难道会是乡下来的那位？"

K叔叔有些烦闷，却还在固执地来来回回翻阅登记本。三十年前，这里曾经发生过一场火灾，里头的账簿被烧得面目全非，现存的登记本基本上是火灾事故之后的记录。因此，无论怎么挖遍堺屋的东西，登记本也只保留了三十年内的记录。

K叔叔不肯就此罢休，决意要查出一些线索出来。他曲着身子，在一本泛黄的本子上，眼睛死死盯着，手指一点一点地按着那褪色的墨迹，企图搜索出一点点细节。

这个登记簿显然不是为小幡家所编制的。但凡有跟堺屋有所交易往来的武士家族都记载在内，厚厚的登记簿被装帧成横式的本子上，从中要找出"小幡"的姓氏就已不易。而且登记本并非只由一个人手写，有写得端端正正的男人笔迹，也有纤柔瘦弱的女人书写。关键这大半都是一些古文，更有像小孩子一般的文笔。要在这么一推乱七八糟的文字中去仔细辨识名字，可真让人伤脑筋。

过了一会，K 叔叔有些腻味了，他有些后悔，自己当初就不该揽下这活。

"咦，江户川的少爷啊，您在找些什么呢？"

这是一位看起来大概只有四十二三岁的瘦弱男子，他笑着跟 K 叔叔打个招呼，然后坐在了店头。他有着浅黑的肤色，长着一张细长的脸，鼻子有些高挺，最引人瞩目的是他那双很有表情力的眼睛。他身上的和服和外褂都是一样的条纹花样，整个人的装扮看起来就是一个规规矩矩的庶民商人。

他便是来自神田的半七，在衙门当捕快，其妹妹是一名教授弹琴的师傅，就在神田明神附近工作。K 叔叔偶尔会过去那边学琴，自然而然也就跟半七熟络起来。

半七在众多捕快之中也算是一个有头有脸的人物。而且，他的性格豪爽正直，一派老江户的处事准则，是个难得的好捕快。无论跟谁见面、打招呼，他都是一副和蔼可亲的模样。

"最近还忙吗？" K 叔叔问道。

"忙。今日也是因为公事要处理才过来这边的。"

两个人交谈许久，K 叔叔心里头萌生出了一个念头。他想，半七是一个值得依赖的人，跟他说起这宗闹鬼事件的起因后果，不用担心有泄密的风险，而且还可以看看对方有什么好主意。

"我知道你公事繁忙，不过我这边有一个私人请求，能否请你抽个时间听我说说？"叔叔看了看周围。

"没问题。我虽然不知道发生了什么事，但你若相信我，那我姑且先听一听。老板娘，借一下二楼，方便吗？"半七爽利地答应了。

半七率先爬上了狭窄的二楼。

二楼没有什么阳光进来，看起来有些阴暗，屋子内堆着一摞装衣服的箱子。紧接着，K叔叔也上了楼，随后把这近日来的怪事都仔仔细细地说出来。

"你怎么想的？有什么路子可以找到那个女鬼的真实身份？如果知道她是什么人，我们就可以给她做一场法事，让她好聚好散，这样就可以解决小幡家里的烦恼了。"

"唔，我想一想。"半七耷拉着脑袋，思量了一会儿，"少爷，其实你们有见着女鬼吗？"

"这……"一时间，K叔叔竟答不上来，"我也是听他们说的，但没有亲眼见过。"

半七抽着老烟，沉默不语。

"那个阿文就像是一个普普通通的、在府邸内打工的婢女一样，而且浑身湿透了，是吧？也就是说，她的情况，跟《皿屋敷》中的阿菊（日本著名怪谈中的女主角）情况相似？"

"好像是这样，没错。"

"小幡府邸内，是有人看了《草双纸》（日本古典插画小说）吗？"

冷不丁地，半七突然间抛出了一个让人猝不及防的问题。

"这个嘛……我觉得这家里的男主人是不看的，夫人和婢女们倒是很喜欢，她们都在附近的田岛屋租书看。"

"小幡宅邸的菩提寺是在哪里？"

"在下谷的净圆寺。"

"净圆寺呀，原来出处在这儿。"半七笑道。

"这有什么线索吗？"

"小幡的媳妇长得很好看吧？"

"唔，确实挺标致的。今年才二十一岁。"

"少爷，不如这样，"半七煞有介事地说道，"这涉及武士家族的家丑，如果我来出面似乎不太适当，但您如果相信我，把这件事交由我来处理，我可以做到两三天内就找出事情的真相。不过你放心，这个事情只有我们俩之间知情，我保证不会跟其他人说起。"

K叔叔是相信半七的，便郑重地将此事交付给了半七。而且他们商议后决定，到了事情有了最终定论时，才能跟小幡报告结果。

但是，这个事情他只能背地里偷偷进行，还需要和叔叔来相互配合。所以，一番周折之下，表面上是K叔叔在调查此事，实际上却是半七在行动。

说起来，半七也是业界内个顶个的调查高手，K叔叔也十分期待他会有什么样的行动，于是他非常期待第二天的联手调查。当天，K叔叔与半七分别后，还特意到深川某处参加诗句大会。结果K叔叔很晚才到家，第二天起床的时候，K叔叔还反应不过来。

尽管身心疲惫，但他还是在约定的时间准时到达地点。

"我们今天从哪一部分开始入手？"

"就从昨天说的田岛屋开始吧。"

两个人便来到了这个地方。因为K叔叔家也是租书铺的客人，所以跟店里头的掌柜都很熟。半七问掌柜，元旦这段日子里，小幡家的人都租了一些什么书。

田岛屋并没有把细目登记在本子上的习惯，所以掌柜一时半会儿也无法作答。不过，他还是硬着头皮回想了一下，说出了两三种读物以及草双纸书名。

"除了这个，是否有人有租过《薄墨草纸》？"

"有的。好像还是二月左右租的。"

"可否借我看一下？"

掌柜随后在书架上翻找了一会儿，拿到了一份上下卷的草双纸交给了半七，半七打开下卷，直接翻到了书的第七、八页，摊开了书，递给了一边的K叔叔。

那一页上是一副插画，一个像极了武士家的女主人安静地坐在屋子里。

最令人毛骨悚然的是，此时，屋子外头的走廊悄悄地站着一个女人，女人披头散发，全身湿透，仿佛刚刚从水池子爬出来一样。

五

屋外的女人看上去很年轻，只是垂着眉眼、低头丧气。庭院里还有一座洒满落花的池子，女人就如同在池子中刚冒出来一样，头发和衣裳都浸透了水。

最恐怖的是，女子的五官和身体都呈现着一种诡异的姿态，光这副模样，乍一看，足以吓坏胆小之辈。

K叔叔也是吃了一惊。天啊！这图上的女人，居然跟自己想象中的阿文分毫不差！这实在让人觉得太巧了！

K叔叔翻过书本，见到文中的标题写着《新编薄墨草纸》，作者名为永瓢长。

"少爷，你可以租回去看看，这本书还挺有意思的。"

半七的语气淡淡的，话里似乎另有深意。

K叔叔把上下两卷打包好放进了自己怀里，一脸沉重地走出了田岛屋。

"我之前看过那两本书，听你昨天这样一说，立刻想起来了。"半七说。

"如此看来，她们可能是看了书中的插画，受了惊，才会大半夜做噩梦吧。"

"也并不完全是这样的。事情恐怕没有这么简单，我们再到下谷调查。"

说完，半七就跨出步伐，领先走了出去。两人从本乡出发，一直到下谷的池之端。

天空无云，蓝天美如画。一只雄鹰像是午睡一般驻留在消防岗上。一位青年驱着马匹飞驰而过，或许赶得累了，马匹上的毛皮沾着些许汗珠，就连他头顶上的钢盔帽檐也折射着初夏的阳光，顶着大大的日头，不停地在往前赶路。

净圆寺的面积相当大，刚步入大门，就是一片盛开的棣棠。

两个人便与寺庙的住持见了面。

听到上访的人一个是武士，一个是捕快，住持赶紧出门迎接，生怕怠慢了他们。住持今年四十岁，脸色白白净净的，下巴还有些刚刚刮过的胡茬的痕迹。

在来的路上他们两个人就已经说好，先让K叔叔开口，把小幡府邸最近的闹鬼事件简单地说了一遍，还重点强调，只有夫人夜晚会梦见女鬼。他们最后想问问住持，如果要"把女鬼驱走"，有什么可靠的办法。

住持沉默着听完了整个事情的来龙去脉。

"不知这是小幡大人的意思，还是夫人的意愿？或者这是你们单方面的决定？"住持手中不停地拨着佛珠，心里忐忑地问道。

"我们大家的意见都一样。就您看能不能出手相助了。"

K叔叔与半七两人的目光炯炯有神，盯着住持给出的反应。

住持脸色苍白，不禁哆嗦了一下。

"我们道行尚浅，做法事不一定会有效果，但我们会尽力用祈祷的方式来保佑小幡大人一家。"

"那就辛苦您了。"

正好到了午饭时间，住持挽留了二人，命人摆上精心烹制的素食，食盘上还搁了一个酒壶。只是，住持是不能碰酒的，于是K叔叔与半七便不客气地大快朵颐起来。

吃饱喝足后，分别时，住持偷偷摸摸地往半七兜里塞进一个纸包，说："二位舟车劳顿，一点小意思，不成敬意。"

半七又把纸包掏了出来，放了回去。

"少爷，现在事情已经都解决了。只是，这和尚的反应是不是过了些？"半七笑着说。

确实如此，住持的脸色看起来很不妙，还挽留他们好好吃上一顿，这看似是在默默示好。不过，有个细节，K叔叔始终琢磨不透。

"为什么只有小春会一直大喊'阿文来了'？这让我无法理解。"

"我也不清楚。"半七说，"不过我想，小孩子怎么可能说出阿文的名字呢，这明显是有人教过她。不过我得先跟你说个事，那个住持以前是个恶棍，跟延命院的和尚有着相同的坏毛病，早前因为破了色戒，名声败坏。我们不用多话，那恶棍本身心里就有鬼，自然也就没那胆量。这次过来，我不过是想给他一个警告。我想，往后他都不敢再乱来了。所有的事情我就帮到这里了，剩下的要怎么跟小幡大人开口，就让少爷您去说了。在下就此告辞。"

随后，两个人就在寺庙前分别。

K叔叔在回去路上又绕到了一个朋友家，刚好朋友的舞蹈老师就在附近举办了门生的舞蹈评选会，K叔叔的朋友便带着他一起前往宴会。

曼妙的舞姿、美丽的小姑娘，K叔叔不知不觉为之倾倒，玩到了深夜才抵达到家。因此，这一天 K 叔叔没有来得及上门去向小幡报告这次事件的最终结果。

翌日，K 叔叔来到了小幡府邸，与主人家会了面。整个过程中，K 叔叔没有半个字提及半七，看起来就是他自己独自调查的结果，他还说出了草双纸跟住持之间的故事。

听完了 K 叔叔的话之后，小幡的脸色一点点地沉了下来。他随即叫来了阿道，将《新编薄墨草纸》摊开，将那一页插画摆在她面前，严厉地质问道："这个女人，是不是就是你们梦到的那个女鬼？"

阿道看了一眼，顿时面如土色，沉默不语。

"我听说那净圆寺的住持之前是违反过色戒的，现在你们是不是勾搭一起了？你们背着我做了什么龌龊的事？快给我讲清楚！"

然而，不管小幡如何威逼利诱，阿道只是痛哭，还说自己绝对没有做出背叛夫君的不齿行为。

许久后，阿道终于承认，是自己无知，轻信了他人的话，犯下了大错。于是便在两人面前招供出了真相。

"正月的时候，我去净圆寺许愿，跟住持在另一个房间里说话。那时，住持总是认真地看着我的脸唉声叹气，到最后还喃喃自语：'唉，真是没有福气啊！'那一次，我并没有在意，许完愿便告辞回家了。二月，我准备去还愿，住持又是跟上次一样盯着我的脸看了许久，而且还说了同样的话，语气中满是遗憾。这次我听了以后心里开始不安了，便紧张地问：'这是为什么呢？'住持安慰我说：'夫人的面相看起来没有什么福气，要是一直在夫家中伺候，到头来还会招来要命的灾祸。所以，我劝您还是赶紧离开您的夫君吧，要不然还会殃及您的女儿。'我惊住了。如果单是我自己不幸我也认了，但无论如何我都不能让我的女儿跟我一起受苦。于是我又问住持有什么消灾的办法。住持说：'你们是共同体，若是夫人您自己不先从灾难中摆脱，您的女儿也终究定数难逃。'这一番话简直戳中了我的要害，我根本无法接受，你们能明白我当时的心情吗？"

说到这里，阿道放声大哭。

"可能你们听我说完后会觉得我愚蠢可笑，但对于我们女人来说，这些都是宁可信其有不可信其无的，所以，为了孩子，我不能不信。"

后面的故事，也就简单多了。

六

自从寺庙回来后，阿道整个人失魂落魄，脑海中不停地想起那个灾难要降临的预言。本来她觉得自己要面临不幸已经无法避免，可一想到心爱的女儿也会跟着她一起受牵连，她便坐卧不安，生不如死。在阿道看来，夫君小幡是一个顶天立地的武士，是她一辈子敬爱的男人，可年幼的女儿却是她的命，阿道爱她胜过自己的命。再三衡量之下，阿道觉得，作为母亲，她必须要让女儿得到解脱，同时还必须让自己无性命之忧。因此，纵有百般不舍，她也只能选择离开家里，离开小幡。

尽管阿道心里有了这个念头，可她也一直没有勇气付诸行动。

不久后，三月到了，是时候要给小春准备过女儿节了。那一天，家里挂上了小春过女儿节要用的雏人偶，阿道望着人偶许久，频频叹气。她想着，往后的一年、两年，她还能这样平平安安陪着小春度过每一个女儿节吗？小春还能健康成长吗？这对可怜的、被下了诅咒的母女，到底谁会先遭罪呢？

阿道心中苦闷，忧虑不安，为了一个看不见的未来终日寝食难安，就连女儿节的甜米酒都没有心思细细品尝。

五天后，阿道便吩咐婢女把雏人偶都收起来了。对阿道而言，这次这个整理的过程比往年来得更加忧心忡忡。

那天下午，阿道正看着之前租来的草双纸《新编薄墨草纸》，小春也坐在了阿道膝上，两个人认真地看着书中的插画。书里讲的是一个狠毒的女主人弄死了一个叫阿文的婢女，随后将她抛尸于洒满落花的古池中。之后，阿文的魂魄便一直出现在女主人面前，哭诉着生前的怨恨。由于书中的插画很是诡异凄厉，小春可能被吓坏了，便指着插画中的女鬼，颤颤巍巍地问妈妈："这是什么呀？"

"这是一只叫阿文的女鬼。要是你不乖，阿文晚上就会来找你噢！"

阿道只是随口一说，不是存心要吓唬女儿的，可是没想到，这一句话却深深地震撼了女儿小春幼小的心灵。小春被吓住了，脸色发青，紧紧地抱住母亲的腿号啕大哭。

到了夜里，小春在梦中突然间哭喊道："阿文来了！"

第二天夜里，小春再一次喊："阿文来了！"

阿道万般后悔，恨自己太轻率地就说出了不该说的话，于是赶紧将书送回去了。

但是小春却愈发严重了。她像是被梦魇困住了一般，入睡之后都在惊恐地叫着阿文的名字。阿道忧心忡忡、辗转反侧，她觉得，这应该就是住持之前所说的"灾难"降临的征兆。

于是，胆战心惊的阿道也在梦里看到了阿文，并且愈演愈烈，最后一发不可收拾，无法入睡，母女俩危在旦夕。

后来，阿道决意听从住持的告诫，收拾行李，离开这个是非之地。阿道再三考虑，最后用女儿夜夜惊叫阿文的名字为由，编造出一个怪谈，想用家中闹鬼这一借口来掩饰自己出逃的真正理由。

"真是愚蠢！"小幡厉声呵斥已经哭得一塌糊涂的妻子。

K叔叔觉得，虽然阿道这个做法确实不妥，但她爱女心切，倒是真诚。经K叔叔一番好言调解，小幡最后才慢慢平息了怒火，宽恕了阿道。

"这个事情的真相太过于荒唐，我并不想让大舅子松村知道，怕他笑话。可我总归要给大家一个靠谱的说法，对此，你有什么想法吗？"

小幡再次请求K叔叔的意见。

K叔叔想了想，建议小幡让菩提寺的住持过来做一场法事。表面上看，这是一场为了驱逐邪灵、祈福祷告的法事，实际上这不过是做给别人看的而已。

小春在医师的治疗下，心理状态慢慢康复起来。只是自那之后，大家都议论纷纷，说这个法事做得确实有效果，因为再也没有听到小幡府邸闹鬼的事情了。最后，那个叫阿文的魂魄就像没有来过一样，消失得干干净净。

只是，那位不明就里的松村大人自此坚信这世上有着常人无法解释的神鬼之事，便私下悄悄地跟两三位交往颇深的好友提及此事，我的叔父便是其中之一。不过，知道真相的，恐怕只有K叔叔一人。

事到如今，K叔叔还是很敬佩半七敏锐的观察力，他竟能在众多草双纸中找到阿文的原型。至于净圆寺住持为什么要说阿道不幸，半七当时似乎有所顾虑，没有多说什么。直到半年后，那个住持再度与女子勾搭，不仅被净圆寺扫地出门，还被衙门逮捕。

阿道听到这传闻后惊恐不已，如果不是半七及时识破真相，救回了她，恐怕她此刻已经遭人毒手，身败名裂。

"我说过，这个真相只能我跟小幡夫妻知道。明治维新后，小幡便担任了新政府官吏，前途无量。所以，今晚的事情，切记不可对外人张扬。"

K叔叔最后对我说了这句话。

七

故事说完，雨势也在慢慢转小。

院子里的八角金盘叶估计也是玩累了，不再发出声响。

当时我还小，只是把K叔叔讲的话当成一件有趣的故事记在了脑海中。后来回想起来，半七是那个时代环境中一名深藏不露的侦探高手，这类事件对半七来说恐怕只是一件简单的小事而已，他的经历中还有更加引人入胜的奇遇。

十年后，我在机缘巧合之下认识了半七老人。那时候K叔叔已经过世，半七也是一位有着七十三岁高龄的老人了。可在我看来，这是一位精神抖擞、让人不可思议的老爷爷。他的养子经营着一家贩卖海外杂货的小商店，而他自己退隐山居，每天安稳度日。

之后，我有幸与这位半七老人成为密友，每当空闲就会过去找他。半七如今住在赤坂，日子过得相当讲究，每次我上门之前，他都会摆上好吃的甜点和热腾腾的茶水来招待我。

就在聊天过程中，我听到了更多奇闻轶事。到如今，我那本笔记本上几乎都记载了他说过的那些传奇故事。

往后，我也打算从中挑出我最喜欢的故事，一一道来……

第二话　石灯笼下的脚印

昨天傍晚，撞钟敲了六下，门外传来一声响，阿菊小姐一言不发地走进来了。我出声叫她，可小姐并没有理我，只是瞥了我一眼就往卧室走过去了……我们找遍整个屋子都不见她的身影，门也没有打开过的痕迹，应该是没有人出去过。而且最不可思议是，阿菊小姐的鞋子，还好好地放在刚刚她进来时的格子门前……

一

有一回，我跟半七闲聊的时候，说起了他以前的职位。

在德川幕府时期，日本的传统公职人员在机构层级中有着不同的身份称呼。一般来说，辅助政府官员工作的人会称之为"与力"，其下级的官员叫"同心"，主要负责庶务和警察事务。同心的下级就是捕快了，一般捕快都会称之为"御用闻""冈引"或者"手先"。御用闻应用于正式的场合，通常是别人对捕快的敬称或者官方称呼，其实更规范的称呼其实应该是"小者"，但明显这名字听起来没什么威风，所以才作罢。捕快则是出示自身身份时所用的，而冈引则是捕快们的通俗名称。这些人主要是负责巡查、缉拿盗犯和纵火的人，同时肩负着对区域治安的监管、取缔赌博等不良场所等责任，类似于现在的警察职务。捕快的工作往上级汇报后，与力或同心就到当地管辖的衙门汇报。这衙门内，就有一本专门登记这些事务的东西，旧称为"捕物账"。此外，衙门的管理机构每一个层级还存在不同的分布人数，一般与力会管辖四五个同心，同心又带着两三个捕快，捕快下方还会有四五个帮手。混得好的捕快有时候能有十多个帮手。但是，捕快从衙门领到的工薪一个月只有一千五万文，这样的数目连自己尚且无法生存，下面那些最下等的捕快以及一众帮手们，就更不用说了。

实际上，能够被衙门正式任用的捕快是极少数的，至于他们的那些手下，只是挂个名号，平时搭把手干个活而已。任用后，衙门的人只把工薪发给捕快，不负责对他们的手下一并照顾。因此，捕快和手下们顺理成章地成了一种大人与小弟之间的关系，当了大人的捕快就需要多多提携一下小弟们。虽说这样的管理结构确实不合理，也造成了许多弊端，但其实这些捕快自己也会发展其他副业，比如以妻子的名头开一家餐馆或者澡堂等。当然，小弟中也有做得不错的人，这些人如果也有自己的本事，反过来也会帮衬到大人的事业前程。

半七家族原本不是做捕快的，他的父亲半兵卫之前是一名卖布料的商人，但在半七十三岁、妹妹阿粲年仅五岁时，突然间逝世了。母亲阿民也自此成了一名寡妇，守寡了一辈子，含辛茹苦地照顾着两个小孩长大。本来她是想让儿子半七继承家业，让他到布料店里从头做起，但半七生性不羁，不愿意选择这般安稳的生活，所以拒绝了母亲的安排。

"唉，那时候我自由惯了，不听母亲的一番苦劝，害得她老人家总是为我担心流眼泪。"半七痛苦回忆着。

最后他离开了家乡，跑去神田当了一名叫吉五郎的捕快的手下。吉五郎喝完酒后品行大变，但他清醒的时候却对手下确实关爱有加。一年之后，半七的工作迎来了一次重大的挑战。

"这是我最难忘的记忆，那时候我还没满二十岁……"

半七提及他人生中第一次大显身手的故事，跟我娓娓道来。

二

天保十二年，快到年底的时候，那天天阴，半七走在路上，看到一位年轻男人从巷子里走了出来。他是这附近有名的一家胭脂铺的掌柜，店铺的名字叫菊村。半七从小就在这长大，对他十分熟稔。

此时，这个男人面色苍白，看起来心事重重、无精打采的样子。

"这不是阿清吗？要去哪里啊？"半七跟那个男人打了个招呼。

但那个叫阿清的男人看见他只是点了点头。

半七看到阿清的状态不是很好，便打算问一下他的近况。

"你看起来不是很舒服，是着凉了吗？"

"不！没有！"

阿清有些踌躇，似是有些话要开口，但不知道该不该说出来。他犹豫了一下，最后才跟半七悄悄说："我跟您说，我们家的阿菊小姐不见了！"

"啊？为什么会这样？"

"昨天中午，阿菊小姐跟一位婢女阿竹一起去了浅草观音庙，中途两个人走散了，最后只有阿竹一个人灰溜溜地回来。"

"阿菊小姐到现在都没回来？那她母亲肯定得担心死了！没有人知道她去哪儿了吗？好奇怪。"

阿清说，当天阿竹回来后，菊村家就派人出去寻找小姐的下落了。但是，他们把阿菊小姐可能会去的各个场所都找遍了，直到现在这个时辰，也没有找到人。一夜无眠后的阿清眼睛充血，一脸倦色，显得有些疲惫不堪，但在跟半七交谈时，他的眼神仍透着坚毅的光芒。想来，昨晚这一家子的人折腾了一整天了，谁都没能好好入睡。

"阿清，你别开玩笑了，是你把小姐藏起来了吧？"半七故意揶揄道。

"不是！不是！我没有！"阿清连连摇头，耳朵根子一下子就红了。

其实半七早就知道阿菊小姐跟阿清的关系不一般，但看阿清这老实巴交的样子，是不可能有勇气跟阿菊小姐一起私奔的。然后，阿清又补充道，他刚刚是想去菊村家的一位远亲家看看阿菊小姐有没有在那里。不过，见阿清失落的模样，估计是没有找到人吧。

一阵冷风呼啸而过，阿清本来没有认真梳理的头发一下子又凌乱了许多，几根鬓发轻轻飘零着。

"哎，别担心，我在这边帮你找找看。"

"那就谢谢大人了。"

半七和阿清分别后就去了阿清店里。这个卖胭脂的铺子大概只有八米宽，右边有一条小路可以直接走到后门，往左边拐是一个开放式出入口的格子门。这个店内还有一个很深的走廊，走到尽头便是当家的卧室。在卧室的外边还有一座庭院，面积不大。

半七之前来这里转悠过，所以很了解这里的格局。不仅如此，半七还很清楚这里的人员分布。菊村家的男主人在五年前就过世了，所以现在是女主人阿寅管理家里的一切事务。阿菊小姐便是她唯一的孩子，今年十八岁，人长得也漂亮。此外，这家店有三名掌柜，一个是大掌柜重藏，另外两位是二掌柜阿清和藤吉，除此之外还有四个伙计。平日里是阿寅母女和婢女阿竹在照看内务，厨房还有两个婢女在打理。

半七逐一向女主人阿寅、大掌柜重藏还有婢女阿竹都问了一些话，但大家都是摇摇头，表示什么都不知情，更不知道阿菊到底会去哪里。

半七决定打道回府，走之前，特地招来了阿竹。

"阿竹，你是阿菊小姐的贴身婢女，阿菊小姐突然间失踪，肯定跟你有莫大的关系。你要多留意一下家里的动静，有什么情况及时通知我。要是我发现你知情不报，到时候就得一起遭罪了，明白吗？"

单纯无知的阿竹自然不敢不听话，所以到了第二天早上，阿竹一见到半七的身影，就眼巴巴地来到半七身前，说起昨晚发生的情况。

　　"大人，我有事想跟您说。阿菊小姐昨夜回来了。"

　　"是吗？那很好啊。"

　　"可是，她一下子人又不见了。"

　　"咦？这么奇怪？"

　　"对啊！后来大家也没看见她去哪里了。"

　　"她刚来的时候你们没注意到吗？"

　　"有的，我都瞧见了呢，当家的也注意到了，但一转身，她又不见人了。"这阿竹看上去一脸疑惑，实在想不通这其中有什么秘密。

　　"昨天傍晚吧，刚巧撞钟敲了六下。"阿竹放低了声音，靠近半七悄悄说，"那时候，门外传来一声哗啦声，有人进了门，这人就是阿菊小姐，她一言不发地走进来了。当时大家都在忙着做晚饭，只有我一个人看到她进门，我出声叫她，可小姐并没有理我，只是瞥了我一眼就往卧室走过去了。过了一会儿，当家的在屋子里头喊道：'阿菊回来了吗？'我就回答：'是的，她刚刚往卧室的房间去了。'当家的紧皱眉头说：'我刚从那回来，没有发现她，但我也明明看见她回来了啊。'然后我们俩就四处去找阿菊小姐，但是找遍整个屋子都不见她的身影。后来，当家的觉得她可能是从庭院那边出去了，便过去看一眼，却发现这外边的门并没有打开过的痕迹，应该是没有人出去过。而且最不可思议的是，阿菊小姐的鞋子还好好地放在刚刚她进来时的格子门前，难道她赤着脚就出去了吗？一切的一切，真是让人觉得古怪啊。"

　　"你还记得当时阿菊小姐的穿着是什么样的吗？"半七问。

　　"跟她失踪前那天穿的一样，身上穿的是黄八丈和服，头上缠着一条紫色的方巾。"

半七沉思起来。

从前有一个出了名的恶妇谋杀了亲夫，被处死之前，她曾经被绑着游街示众，当时她身上穿的就是这款布料和服，此后，再也没人敢穿类似的和服。直到最近，这款和服又慢慢流行起来。走在大街上，偶尔会看见一些年轻小姑娘为了模仿唱戏名角而这般打扮。

听阿竹一描述，半七脑海中浮现出了阿菊小姐当时的模样。

"阿菊小姐失踪前头上还戴着方巾吗？"

"对的，方巾颜色是紫色的。"

紧接着，半七又问阿竹家里有没有丢失了什么物品，但阿竹说一切都是原样，并没有落下什么。其实阿菊小姐回来好像是一瞬间的事，那时候当家的就坐在卧室里头，她感觉有人有人拉开了房门，就转过去看了一眼，结果发现是一个穿着黄八丈和服、头上缠着紫色方巾的身影，看上去像是阿菊小姐。她不禁开口叫了一声，但是房门一下子又被关上，阿菊小姐消失了。当家的本来以为女儿已经不在人世，这会是女儿的魂魄太想念家了所以回来看看。但是看上去事实却非如此，首先房门的确是有人打开过，再来，神奇的是，门口还留下一双沾了污泥的鞋子，种种迹象都摆明，这只能是活人才能办到的事。

"你们到浅草的那天，阿菊小姐跟阿清是不是约会了？"

"不！不是这样的！"

"别再隐瞒下去了，你的脸色已经出卖了你。快说！阿菊小姐跟阿清是不是约好了要远走高飞？"

扛不住半七施压，阿竹只好和盘托出。

三

原来，阿菊小姐跟阿清掌柜两个人早就互相喜欢上了，暗地里偷偷交往。为了两个人方便约会，阿竹时常会在中间为他们牵线。前天她跟阿菊小姐到浅草观音寺庙，也是因为阿菊小姐要与阿清约会。阿清掌柜先到了约定地点，不多久阿菊小姐也来了，随后他们两个人便携手逛了寺庙，后来又去了茶水店。在这期间，阿竹完成了自己的任务后便知趣地离开。大概离开了半个时辰，阿竹再次回来，却发现他们都不在店里了。伙计告诉阿竹，是那个男的先离开，女的后面才跟上，茶水费还是女方给的。

"于是我就在附近场所寻找阿菊小姐，可怎么找也没有看见她，我想着可能是阿菊小姐跟阿清掌柜先回来了，便急忙跑回店里。可是她也没在。然后我就找了阿清掌柜问清楚，结果阿清掌柜说他提前先走了，并不知道阿菊小姐为什么到现在还没回来。我们两个人都好紧张，生怕阿菊小姐出了事，因此不敢跟当家的说出实情，只好暂时骗她说阿菊小姐在半路中走散了。本来我这两天心里挺着急的，但昨夜看见阿菊小姐回来，整个人都觉得轻松了不少，哪知她突然间人又不见了，这我完全不知所措！阿菊小姐到底是怎么了？"

阿竹慌慌张张地说完，半七则一言不发。

"事情终究会真相大白，你回去先安抚一下当家的和下边的人，让他们别胡思乱想了。今天就到这里了，我先走了。"

半七回去便跟当时的领导吉五郎说了这件事情，吉五郎思考了一会儿，认定这阿清掌柜是最值得怀疑的对象。但半七始终觉得，阿清为人老实本分，应该不会做出这样超乎寻常的事情。

"哼！人再老实又怎么样，他勾引了人家的女儿，哪知道他会不会意乱情迷，做出什么混蛋事？明天一早，你去把那家伙抓回来审审。"吉五郎冷哼一声道。

第二天上午十点，半七又来到了胭脂铺前，只见门口聚了好些人，这些人低声窃语，惊恐地张望着店里，连流浪猫、流浪狗都有模有样地在人们脚底下窜来窜去。这门店本就不大，此刻却慢慢地放了很多鞋子。

一会儿，阿竹哭着脸走了出来。

"嘿，阿竹，怎么了？"

"半七大人，我们当家的被人杀了！"

说完，阿竹大哭起来，眼泪吧嗒吧嗒地往下掉，半七一时没有反应过来，愣在了原地。

"知道谁是凶手吗？"

阿竹还没有从悲伤的情绪里走出来，不停地擦着眼泪。好一会儿，她才平复了一下心情，说出昨晚的经过。

半七在她断断续续的哭声中才还原出整个事情的面貌。

那天，阿菊小姐昨天晚上跟前天一样，又是在傍晚时分回了家，身上还是穿着那件黄八丈，头上缠着一条紫色的方巾。不过这一次大伙都不知道她是从哪里冒出来的，只是突然听见一声"啊，阿菊"从当家的卧室里传了出来。阿竹跟其他婢女都吓坏了，赶紧跑到房内，却见屋子里没有了阿菊小姐的身影，而当家的却血淋淋地倒在了地上。她的胸口上被扎了一个大口子，鲜红的血水不停地往外冒，洒满了整个垫子。在场所有人都尖叫出声，外头的人听到惊叫声，立马往这边赶过来。

"阿菊！我的阿菊！"

当家的躺在地上奄奄一息，不清不楚地说了几个字，在众人惶恐的眼神中断了气，最终大量出血身亡。不一会儿，有人向衙门报了案，验尸的师傅到现场查看尸体的时候发现，这当家的是被某种利器扎到胸口而死去的。

接着，衙门的人过来，一一审问了店里的人。大伙都处在震惊中，心里十分不安，生怕这凶手的名字说出去后会影响到店铺的生意。于是大家在录口供的时候都统一口径，说不清楚是何人所为。然而，衙门的人发现阿菊小姐自始至终没有出现过，感到很可疑，便追查下去，结果发现阿清掌柜跟阿菊小姐私底下有所往来，便认定阿清掌柜跟这起凶手案有所关联，当下就把阿清掌柜带去衙门了。

虽然说阿竹暂时还没有被带走，但她感觉自己始终是脱不了干系，这才胆战心惊，害怕得哭了起来。

"没想到一夜之间竟然发生了这么多事。"半七叹气。

阿竹说，昨晚她亲眼看见阿菊小姐回了家，连家里的婢女都确切地瞧见了阿菊小姐的身影。虽然目前她们对外人都说不知道是谁动的手，实际上，所有家里的人都知道，下这毒手杀害当家的人正是她的亲生女儿，阿菊小姐。

可这要是真的跟阿竹所看见的一样，阿菊小姐是凶手本人，那这件事情已经不是单纯的小姐跟掌柜之间的恋爱纠纷，而是一件非常严峻的刑事案件。

一夜之间事情转变如此之快，半七都不知道该怎么处理才好。

"但是我不能就这样眼睁睁地放着不管，也是时候要大显身手，好好展示一下我的本领了！"

当年的半七到底还是年轻，面对眼前的困难不会就此退缩不前。

半七理了理这前前后后事情发生的过程。

首先，在大前天，阿菊小姐就开始下落不明。当天夜里，她又在家中出现了一下，然后立马消失不见。昨天晚上，不止一人亲眼看见她杀害母亲后消失。

这接连不断的事情，让这宗案件的内情变得更加错综复杂。

"然后呢？"

"然后，我们就什么都不知道了啊！"阿竹又难过地哭了起来。想到自己有可能会被抓去坐牢，阿竹一下子就乱了心神，"要是我也被抓走了，我也不想活下去了！"

"别犯傻，你现在可是整个事件最关键的人物。"半七安慰道，"衙门那边派谁过来了？"

"好像叫源太郎什么的吧？"

"噢，原来是他。"

这源太郎本身是一名经验老到的捕快，也培养了一波能干的手下。半七一听到这人，心中隐隐要跟他比一比实力。但是思来想去，却不知道该如何入手。

"昨夜阿菊小姐回来的时候头上也缠着方巾吗？"

"没错，是一条紫色的方巾。"

"你方才说，阿菊小姐是从庭院方向逃跑的，然后就完全见不到人了，对吧？那你把这门给我打开看看。"半七嘱咐道。

阿竹随即把大掌柜重藏叫出来招呼半七。重藏一夜未眠，眼睛下方是厚厚的黑眼圈。

"哎，大人，您过来了啊。"

"抱歉，打搅了，我想过去院子那边看看情况。"

"好，好，您请这边来。"

大掌柜带着半七来到了卧室前的庭院。这个院子被打理得很干净，院中还特地种植了一片叶子硕大的芭蕉树，用来阻挡冬天里的冷霜。旁边还有一排松树，下人们怕它们的树枝会被积压的雪给压垮，所以用绳子给吊挂起来。

零丁的枝叶，白茫茫的雪色，倒有几分寒冬的意境。

"这防雨的滑门是被打开了吗？"

"没有，是关着的。但洗漱间的那边滑门会开出一点点。"重藏说，"不过在晚上会打开，到了睡觉前再把它合上。"

半七一边听着重藏的解释，一边抬起头看了下身边这棵挺拔的松树。这么高的位置，显然不可能从这跳下来的，而且门前的防盗竹也没有被挪过的痕迹。

"你这围墙建得够高的啊。"

"是啊，所以昨天衙门的人过来搜寻的时候，也判定这凶手不是爬墙进来的，而且也没有发现有人架上梯子翻墙进来的痕迹。更何况，要从那么高的松树上下来，也是不太可能的事情。所以说，他们排除几个方向后认为，只有从院子逃出去才是最有可能的。但让人费解的是，这门可是被锁上了的啊，这凶手又是怎么顺利脱身的呢？"重藏越想越觉得这人特别神奇。

"的确，这凶手既要躲过这防盗竹，还不能接触到松枝，最后还可以安然逃生，实在是要有天大的本事。"

半七寻思，这样大的本领不是寻常的小姑娘能够做到的，这凶手作案经验一定很丰富，才能如此轻易地在众人眼皮底下溜走。但是，根据菊村下人们的说法，他们都看见了阿菊小姐现身，因此这其中必有蹊跷。

于是半七打算仔仔细细地检查一遍，东瞧瞧，西看看，到处往各个不起眼的角落翻找线索。

走到东边的一块地方时，他发现那个角落里搁置着一座雅致的石灯笼，像是尘封了许久，别有一番古味。石灯笼上下两边都积压着厚厚的苔藓，粘稠的苔藓味混着冬天里的湿气扑鼻而来。

"这么高大的一座石灯笼，近期你们都有人碰过吗？"半七假装云淡风轻地问了一句。

"没有，当家的说苔藓长得茂盛又漂亮，干脆就让它好好长着，也不让我们任何人靠近它。"

"原来如此。"

半七为什么会突然问这个问题？因为，这个很久都没人靠近的石灯笼底下，竟有一个模糊的脚印——脚印没有踩实，只有轻轻的脚尖痕迹留在了苔藓的表面上。苔藓上的脚尖处其实很小，如果留下这个脚印的是个男人，那应该是个年轻的小伙子。

但是半七观察半天后觉得这更像是一只女人的脚印。看来自己之前猜测的凶手是一个经验老到的人这一点错了。如果确定了这是女人的足迹，那会不会是阿菊小姐的呢？但是，就算她可以从石灯笼上借力，这个从小在胭脂铺里长大的孩子，怎么可能会翻越过这高耸的外墙？想一想，都觉得这事情太不可思议。

半七突然想到了一些线索，当下就告辞了重藏，起身往两国广小路过去。那个地方的治安比江户这边要混乱，人也拥挤得多。

快到中午的时候，广小路的小贩们纷纷出门摆摊，唱戏班的人搭起了戏台，茶水店的伙计抬上了讲书台。宽阔的街道上，杂技团也准备敲锣打鼓吆喝客人，简易的棚子上挂着制作粗糙的宣传牌，残破的旗帜在寒风中呼呼作响。冬日里细微的阳光照射进来，圈出了一地的光晕。这附近的茶水店一间间并排着，门前的柳树毫无生气地耷拉着，更衬托出寒冬里的冷酷和萧条。但广小路这一带还是蛮有人烟气息的，好玩、有趣的东西特别多，因此客人们陆陆续续被吸引过来，看热闹的人也越来越多。

半七好不容易挤出围观的人群，来到了一家茶水店前。

"嘿，你们这生意不错啊。"

"大人您过来了啊，这里坐。"一个年轻小姑娘看见半七过来，随即奉上了一杯热茶。

"姑娘，我有个问题想问问你。你看前面那个表演杂技的女人，其中有一个叫春风小柳的，你认识她的丈夫吗？"

"你说她啊，这人还没成亲呢。"

"如果她还没有丈夫的话，那她有情人或者亲戚吗？瞧，我说的就是那个在她背后的男人。"

"什么啊，那不就是金次嘛！"姑娘看了一眼，笑了说。

"是是是，我记得他是住在两国对岸的金次吧？他们两个经常在一起？"

"这个我不清楚呢。"

"金次这次可以啊。"

"对啊，我听人家说他本来有一份工作干得挺好的，结果有一次送货上门到小柳家，两个人就对上眼了，虽然他年纪比小柳还要小，但人还是蛮本分的。"

"好的，谢谢你了。"

半七随即走出了茶水店，往刚刚杂技团的方向走过去。

杂技团正在表演一个走钢丝、吊钢索的杂技秀，舞台上方正是一个叫春风小柳的女人，只见她脸上涂着厚厚的白粉，就像戴着一个白色面具一样。她的脸上画着浓浓的眉毛，左右脸颊抹着艳丽的腮红，眼神顾盼生姿，身体不停地扭动。观众们似乎也对她的表演很着迷，痴痴地看着小柳轻巧的身影。虽说小柳打扮得很年轻，但半七估计她的年纪大概也有三十岁左右了。

半七沉默不语，静静地在场下观看她的表演，好一会儿才离开了这里，起身往两国对岸那边去。

半七沿着肉铺店的隔壁巷子口来到了金次家，在门口前叫了几声，发现没有回声，便到金次的邻居家问了一下主人的去向。邻居告诉半七，这主人出门洗澡去了，还未回来，不过房门没有被锁上。

"既然这样，我干脆在这里等他好了。"

半七谢过了邻居，往金次家门口上找了个台阶坐，无所事事地抽起了烟。突然间，他好像是想到了什么，转身轻轻地拉开了没有上锁的房门，走了进去。

半七往里探过去，发现外屋放着一个长方形的火炉，再里头是一间小屋，貌似里面也搁置着一个暖炉，不过这房间的纸门没合实，半七只看见了一张红色被子的一角。

半七努力把身子往前伸去，又看了里屋被子一旁的衣架上好像放了一件黄八丈的女式和服。半七脱下鞋子，准备亲自过去看个清楚。他从纸门上的缝隙里往里偷窥，结果这衣服果然跟刚刚看的一模一样，和服上袖子还滴答着水。看来，这必定是为了掩盖某些痕迹才将和服洗干净了。

心里有了判断后，半七再次返回到台阶处。

刚来到这儿，半七就听到巷子口传来有规律的脚踏声，随后又听到一个男人在跟邻居打招呼。

"啊？刚刚有人来找我？好，我明白了。"

没过多久，半七眼前就出现了一个年轻英气的人，脖子上挂着一条湿毛巾，拐个弯走进了家门。

这人就是房子的主人金次。金次近日迷上了赌博，不务正业的他闲着到处浪荡，所以半七之前就已经跟他打过交道。

"哎呦，这不是半七大人嘛，不好意思让您等了这么久，快到屋子来。"

金次知道半七身份不简单，于是不敢怠慢，赶紧把他请到里面来，还烧起了火炉，热情款待。两个人先聊了下近况，但是，整个谈话过程中，金次的表情不太自然，显得有些拘谨不安。

"金次，我得跟你说声对不起。"

"有什么好对不起的？"

"不是，我想道歉的是，即便我是公务人员，也不应该在家里没人的时候就进去偷窥，这个事情我做得不对，抱歉。"

金次手上正忙着给火炉里添加黑炭，听到半七愧疚的话语，一下子就不敢接话了，神情惶恐，拿着黑炭的手不停地在颤抖。

"你别说，里头那件黄八丈的和服可真漂亮，不过穿在小柳身上未免颜色艳丽了些。这倒也是，她现在跟你交往，难免会打扮得年轻一点。咦，金次，怎么不说话？我请你吃饭，咱们边吃边聊聊你们的爱情故事，怎么样？要我说啊，你能受到小柳这般宠爱，日子过得也是挺滋润的吧，无论她说什么，你都会心甘情愿去做吧？即便是当个帮凶也无所谓？我也知道你不是故意的，只要你一五一十都说出来，到时候我一定给你求个情，怎么样？"

金次震惊，刹那间失去血色，双手抖得更加厉害了。

四

"不是我干的。"金次喃喃道，语气中似有悲伤的意味。

"说下去。"

"大前天的一个中午，我和小柳去浅草那边闲逛。她这人一喝酒就容易醉醺醺的，总是嚷嚷着不想去干活，我劝了很久都不管用，她就是不肯回家。其实她会这么丧气也是因为她的职业，别看她好像赚钱又多又快，但其实她平常的开销也非常吓人。而我最近迷上了赌博，亏了不少，到处欠债。我们连饭都吃不起，所以小柳的心情才会这么糟糕。没办法，我只好陪陪她。这时，我突然瞧见一个年轻掌柜从一家茶水店里走了出来，不一会儿，后面又走出来了一个貌美的姑娘。

小柳说，这女人是菊村家的阿菊小姐，男的是家里的二掌柜阿清。没想到这阿清掌柜平日里看着老老实实的样子，私下里居然跟阿菊小姐眉来眼去，于是便打算好好恐吓他，顺便捞点钱什么的。"

"小柳是怎么知道阿菊小姐的？"

"菊村家的胭脂店也是老品牌了，大家都认识它。小柳也是他们家的主顾，经常会过去买胭脂什么的。"金次说，"小柳说完后，我立马就叫了两顶轿子。之后，也不知道小柳跟人家姑娘说了什么话，三言两语把她骗进了轿子里，两个人乘轿子先回家去了，我则跟在她们后面。到家后我一看，那姑娘一直在大喊大叫，哭哭啼啼。小柳怕她会惊扰到邻居，引起别人的怀疑，就拿布头塞住了她的嘴巴，还顺便把她关到柜子里。我瞧着小柳做得未免太过火了些，可小柳却骂我没出息。我看她凶巴巴的样子，就不敢跟她起争执了。"

"后来呢？"

"当天深夜，小柳就叫来了一个人贩子，商量好要在年底的时候把那姑娘卖到潮来市。人贩子开的价格是四十两，本来小柳是不同意的，但这事目前很棘手，只好点头答应了。第二天天还没亮，人贩子就把那姑娘带走了。不过，在人贩子还没有成功把她卖掉之前，我们是不拿钱的。可是我们的日子本来就挺难熬的，每天还有各种讨债的上门过来，小柳彻底烦了，最后才想出一个办法来——在那姑娘走之前，她把人家穿的黄八丈给扒了下来，又给姑娘换上了自己的衣服，就是你看到的那件和服。"

"然后小柳穿上了这些衣服，装扮成了阿菊小姐的模样，再偷偷去阿菊家？她的目的也是为了要捞走钱财吧？"

"没错，正是这样。在她行动之前，她对那姑娘威逼利诱，问出了她家里放金子的地方，听说是在当家的抽屉里。"

"她难道一开始就有这样的想法？"

"这个我就不清楚了。但是，小柳说她也是有苦衷的。那一天晚上，她出师不利，两手空空就回来了。于是第二天傍晚她又去了菊村，但还是一无所获。回来的时候她还跟我抱怨说：'唉，今天还是没取到金子，而且她母亲吵吵嚷嚷的，本来我就挺烦躁的，后来气不过，就拿刀子就往她胸口扎了一下。'她这么轻描淡写地说。但是我在旁边听到都吓坏了，好一会儿都没能消化这个消息。我看了看她和服上的袖子，确实是沾了血，显然她没有跟我说谎。当时我都急坏了，本来就是打算劫个财而已，怎么就杀死人了呢？但小柳反过来还安慰我说：'别害怕，我这穿的衣服可是人家小姐的，大家肯定猜不到这是我干的。'说完，她还若无其事地把身上的衣服洗了，挂在了衣架上晾干。隔天，小柳就跟没发生过什么事情一样，如常上班去了。"

　　"这人实在是罪不可赦！还有你，你真是……嗳！"半七无奈地摇摇头，"总之，你还算有勇气，敢把一切都说出来。小柳怕是死罪难逃了。如果你配合我们工作，我会帮你求情的，不会要了你的命，你大可放宽心。"

　　"还请您替我说说好话！我知道我很没用，从昨晚开始我就彻夜难眠，所以看到您过来，我就知道我瞒不住了。坦白讲，我这样做确实是对不起阿柳。但没办法，我只有说出来，才能真正放下心里的包袱。"

　　"你要跟我走一趟衙门了，先好好收拾行李吧。现在是大白天，我给你留点面子，不给你套上绳子了。"半七道。

　　"麻烦您了，感谢！"

　　金次跪在地上磕了好几个响头，不争气地掉了眼泪。

五

吉五郎听说半七的讲述之后，也是震惊不已，但还是非常佩服半七敏锐的观察力。

"好小子！干得漂亮！我原先还觉得你还是个菜鸟，没想到你这么能干，真是让我刮目相看。不过，现在凶手还在外头，十分危险，我们要赶紧把她抓过来审问。半七，我再派两个人跟你一起过去。"

随后，半七和两个经验老到的手下再次出发。冬天日头短，到了黄昏时候，杂技团准备要收场子了。

两个老手就在外面候着，半七一个人先走了进去。

小柳在后台准备更换衣服。

"打扰了，我是来自神田吉五郎捕快的手下，我们老大想要找你说些话，烦请你跟我走一趟。"半七客客气气地说。

小柳变了脸色，但她还是快速反应过来，稳住心神，若无其事地笑了笑。

"哎呀，大人，请问找我聊什么呢？"

"噢，想来是因为你太出名了，我家老大想见识见识你的风采呗。"

"别开玩笑啦。"

小柳柔软的身姿斜倚在衣架上，可怜兮兮地看着半七。

"你就别为难我了，我只是执行者而已。跟我走吧，不会耽搁你太多时间的，还是别让老大久等了。"

"唔，您都亲自来找我了，我怎么敢推拒呢？"小柳从衣服中取出烟盒，不紧不慢地抽起烟来。

杂技团的东西渐渐都快收拾完毕了，这里后台空间不大，其他艺人感觉到半七这边的气氛有些古怪，不敢靠近他们俩，小心翼翼地围在旁边看他们的一举一动。

外头的太阳也快下了山，天色慢慢暗了下来。

"小柳姑娘，快天黑了，我们老大性子急，你再拖延下去，我可会被骂惨了，咱们能不能赶紧出发呢？"半七催促。

"好，这就来。"

一出门，小柳见到角落里有两个手下在候着的时候，顿时愤怒地盯着半七。

"哎呀，你们这么突然，倒是让我想起，我还有件事想回家一趟。"小柳撒娇道。

"怎么？要回家看金次？他可不在哦。"半七的语气更冷漠了。

一听到这话，小柳狠狠地闭上眼睛，好一会儿才睁开，眼眶看起来红红的。

"我真的得回去一趟，我有些东西得带走。"

半七和老手三个人团团地围住了小柳。

小柳身子不停地在发抖，最后低声哭泣起来。

这会儿三个人刚巧走到了桥中间，河岸的两边是家常人家，昏暗的夜色里，微弱地闪烁着灯光。入冬以来，寒气湿重，阴沉沉的白雾浮现在水面上，看上去白茫茫的一片，透露出丝丝寒意。守着桥的老人也在小屋里点起了烛火，一群大雁成群结队地飞翔而过，远方传来一阵阵空啼声，船只零零散散，有些已经开得好远了。

"我做了坏事，会把金次也牵连进来吗？"

"那就要看他的表现了。"

小柳默默地抹去眼底的泪水。冷不丁地，她大喊一声："金次，我对不起你。"

说完，小柳推开了身边的人，飞速地掉头逃跑回去。果然不愧是玩杂技的高人，半七只来得及看见她双手握住桥上的栏杆，利落地翻身跳进了河水底。

"别让她跑了！"半七恨恨地说。

守桥老人一听到水里的声音就赶忙出来，在知道半七是捕快后，叫来了船夫找人。但是，他们怎么都没发现小柳的影子。

隔天早上有人报案，说在下游的水边发现了一具被泡肿了的女人尸体，死者正是小柳。

所幸的是，那个阿菊小姐最后被家里人找了回来，人都还是好好的。

"我现在想起来，感觉好像做了一场噩梦一般。当时阿清先离开了之后，我有些无聊，没等到阿竹回来就出了茶水店。在茶水店前我看见了小柳，我们很早就认识，也知道对方的身份。当时她慌慌张张地告诉我，阿清刚刚离开的时候突然倒在了地上，怕是有什么事情要我去医师那儿看看。我当时真的很担心阿清，都没认真想就跟着她走了。结果她又叫来了一顶轿子，对我说：'我叫了一顶轿子，路程有点远，你坐上去吧，这样会快点。'说完，就硬把我往轿子上赶。结果，这轿子兜兜转转，却没有送我到阿清那儿去，反而把我抬到了一间昏暗的屋子前。一进门，小柳就翻脸了，而且还把我关到了柜子里，第二天据说还把我卖到一个很远的地方。当时的我身体已经虚弱到没有力气逃跑了。要不是你们及时赶到，我都不知道自己将会怎么样。"阿菊小姐回忆道。

二掌柜阿清被衙门带走后仅是被严厉批评了一番，便让他回去了。由于凶手小柳已经跳河身亡，所以没有再追责，但她的首级却被挂在刑场上示众。她的情人金次本来也是要遭受刑罚的，但由于他主动坦白，积极帮助破案，所以免了他的死刑，把他流放到荒岛去。

这宗案子到这里就结束了。

六

　　"这就是我第一次经手的案件。"半七老人说，"往后三四年，我的老大吉五郎因病去世，临终前让我继承他的家业、照顾他的女儿。因此，他的那些手下们也就认了我当第二代的领头人，这时候，我才正式成为了一名捕快。"

　　"不过话说回来，你怎么会怀疑到小柳的呢？"

　　"因为我提及了一个细节。在菊村家卧室外的庭院里有一座石灯笼，石灯笼下留下了一个脚尖足迹。这不是寻常女人能够做到的，因此我猜测这人应该有点身手。我排除了很多人，最后想到了杂技艺人。一般来说，干这行的女人不多，而春风小柳的名声本就不好，因此非常可疑。加之她最近又喜欢上了一个比她年龄还小的情人，而我又在她的小情人那里看到了跟阿菊小姐的穿着类似的和服。之后的事你就知道了，我也没花什么力气就把这宗案情给破了。好些年后，金次因为受到政府特赦，最后返乡了。阿清也入赘当了菊村家的上门女婿，接过了家里的产业。不过，由于菊村家出过凶杀案，生意受到了一些影响，生意慢慢也就黄了，最后举家都搬走了。不过，最让我觉得遗憾的是没能亲手抓住小柳，让她从我眼皮子底下跑了出去。"

　　"您的故事可真有意思，还有更离奇的吗？"

　　"啊？你还继续听下去？这要聊起来可得花好多时间呢，你下次再过来吧，我给你讲讲。"

　　"好，届时我一定到。"

　　就这样，听完故事的我和半七老人许下诺言后，这才起身离开。

第三话 角太郎之死

　　台上，角太郎的戏服上涌出了大量的鲜血。底下的观众们不明所以，还以为这是事先准备的染色材料，还在赞叹他的表演如此形象生动。没料到，角太郎一声哀号，瞬间倒地不起。

一

快过年了，每一户人家门前都摆放着门松，烘托着过年的气氛。一群贪吃的小孩们围观在一家卖点心的橱柜前，争先恐后地拿着桌上免费的小点心，津津有味地吃起来，嘴上尽是糕点渣滓。好多商铺已经在准备清仓，一眼望去，琳琅满目的东西随意搁置，宣传单上均是大打折扣的尾货商品。大街上，红红的灯笼高高挂起，五彩斑斓的旗帜随风飘摇，远处隐隐约约传来欢快的乐曲声。鲜艳的色彩、美妙的音乐，人们的喜悦之情溢于言表，在这座中心城市中到处洋溢着浓浓的年味。

"快过年了啊。"

我无所事事地混在这一群忙着置办年货的人群中，倒显得有点格格不入了。我突然间有些伤感，想着不如先回家好了。

谁知，就在我转身出去的一瞬间，碰到了半七老人。

"呀，是你啊，好久都不见你过来了。"半七老人一见到我就满脸笑容。

"本来是想过去的，可是这不是快过年了嘛，我怕您不方便。"

"不碍事的，我在家也是闲着无聊，也没什么心思过各种节日。要是你这会儿没事，就跟我一块回去坐坐吧？"

我没有过多客气，当下就跟着半七老人去了他家。

"老婆子哟，家里有客人来了。"

半七老人跟以往一样把我领进了之前的房间，不一会儿，半七的妻子也给我端来了热茶和各式各样的美味点心。

就这样，我们俩就像是忘记了时间一般，远离了外头的喧嚣，悠哉地说天聊地，直到太阳下了山。

"说到这儿，我想起了和泉屋的那一群戏曲爱好者。"半七老人突然想到了什么。

"是发生了什么事情吗？"

"在以前，有一群业余的戏曲爱好者会在休闲时间聚集起来，大伙一起搭戏台演戏，这种业余活动我们都称之为'票戏'。安政第五年，位于具足町的和泉屋有一家五金行，这一家人都很喜欢戏曲，还不时会在家里搞演出。结果那年十二月突然就发生了一件惊天动地的大事件。当时为了这个案件，我还费了不少工夫呢！"

半七老人缓缓地说了起来。

二

那一年腊月，好几天都出了太阳，天气十分暖和。有一天，半七吃完早餐后便想着要去朋友家那儿坐坐。这时候，半七的妹妹阿粲从后厨房急忙忙地赶了过来。

自半七的父亲离世之后，半七的母亲阿民带着两个小孩一起在神田神社定了居，全心全意照料起他们的生活。长大了的两个孩子如今也各自安家立业，半七当上了神田衙门上的捕快，妹妹阿粲也成了一名三弦（弹拨类乐器）老师。

"大嫂，起床了呀，哥哥醒了吗？"

半七的妻子阿仙和婢女们正在厨房里忙活，听到有人叫她，便回头看了过去。

"阿粲啊,这么早过来,是有什么事情要找你哥哥吗?"

"确实是有事得找他。"阿粲转身叫了躲在后面的人,"没事的,你进来吧。"

阿粲叫的人是一个年纪看上去大概有三十七八岁的女人,有几分姿色,不过此时却是垂头丧气、病恹恹的样子。阿仙想,这女人应该从事是阿粲的同事,可能也是常磐津的一名三弦老师。

"这位姐姐,别害羞,来,屋子里坐。"阿仙一边说着话一边解下围裙,亲切地走到客人旁问候道。

女人感到有些不好意思,进门前先给阿仙鞠了个礼。

"您应该就是夫人吧,您好,我叫文子清,家里住在下谷,说来还得特别感谢您家阿粲平日来对我的帮忙和照顾。"

"别客气,我家阿粲年纪小,您多照顾她才是。"阿仙打趣。

这说话间,阿粲拉着文字清来到了里屋。

"哥哥,我今天带文子清过来,因为她有一件特别重要的事情想跟您聊一下。"

阿粲跟半七打了招呼,跟他介绍了身旁的三弦老师老师文子清。

半七瞧了瞧文子清,她的脸上毫无血色,额上还贴着药膏,眼睛发红,一看就知道心里藏着不少事。

"好。也不知道我能帮上什么忙,但我先听你说说。"

"请原谅我的唐突,只是这件事我不知道该找谁才能解决。"文字清突然屈膝,向半七恳求道,"您知道前一阵子和泉屋票戏那次风波吗?"

"是,这事听说影响很大呢。"

原来,那和泉屋一家子都是戏曲爱好者,每到逢年过节就会邀请亲朋好友来做一场戏曲演出,这已经成为他家的经典表演节目。

临近年底的时候，他们挑了一个暖和的傍晚，准备上演一出好戏。和泉屋一家子对这票戏非常重视，先是搭了一个三间房间长的大舞台，道具和戏服也都极其精致华美，几乎能与职业戏曲家媲美。此外，他们这次找的演员基本上都是邻居或者商家里的伙计们，至于说故事的人和吹拉弹奏的乐曲家，则是公开招募的戏曲爱好者。

这一次他们的演出节目是《忠臣藏》中的第三、四、五、六和第九节，一共五幕。其中，早野堪平的扮演者是和泉屋的大儿子角太郎。这年轻的小伙子今年不到二十岁，模样十分帅气，白白嫩嫩的脸庞夺去了不少姑娘们的芳心。大家都一致夸他俊俏，也觉得他就是这个角色的不二人选。

《忠臣藏》起初三段讲的是浅野内匠头和吉良上野介两个人发生了争端，浅野咽不下气，想要拔刀刺伤吉良。到此，故事戛然而止，演出也停留在了这一幕。

等第六节开场的时候已经差不多快到八点了，观众才慢慢聚集起来。很多人都是为了看大少爷的精彩演出，其中也有不少人是他的忠实观众。

人多了以后，烛台受气流影响有些东倒西歪，空气里弥漫着一股子浓烈而又刺鼻的胭脂味，舞台的上方还燃放着星点烟花，台下的观众们不时掌声连连，引得外头的行人频频探头，驻足观看。

没过一会儿，这场盛大的演出就变成了一出巨大的悲剧。

台上，角太郎正演到切腹自尽、了结生命这一幕，此时，他的戏服上涌出了大量的鲜血。底下的观众们不明所以，还以为这是事先准备的染色材料，还在赞叹他的表演如此形象生动。没料到，角太郎一声哀号，瞬间倒地不起。

"死人啦！死人啦！"

有人尖叫出声，一时间，场内的人纷纷逃离。

三

和泉屋突遭飞来横祸，票戏演出就此不欢而散，热热闹闹的喧嚣声不一会儿就变成了此起彼伏的哀叹。

后来有人查看了舞台现场才知道，原本给角太郎表演的假道具居然成了真刀子，但是角太郎自己并不知情，他沉浸在表演中，没留意刀子的问题，手一举，刀子深深地扎进他的小腹，瞬间倒地。事出后，家人赶忙把受伤的角太郎抬到医生那儿去。

角太郎被送往医院的时候嘴唇发青，脸色苍白。医生迅速帮他缝了伤口，但是他尚未完全脱离生命危险。两天后，角太郎还是没能扛得住，当天夜里撒手人间，一条年轻的生命就这么去了。第二天中午，和泉屋的家里人为角太郎办理了丧事。

角太郎的死震惊到了所有人，这件风波也成了大街小巷里议论的热门话题，人们都在猜测：到底是谁把道具撤了，换上了一把真刀子，害死了角太郎？

今天是角太郎出葬的第二天，这来的人跟意外死去的角太郎有什么关系呢？

半七一时半会儿的也猜不出来。

"这次事故，文字清是相当难过的。"阿粲说。

闻言，文字清痛哭起来。

"大人！求您帮帮我吧，替我儿子报仇！"

"这……这是您儿子？"半七竟被文字清的话愣在了原地。

文字清眼眸里泛起泪花，凄凉又坚毅的眼神定定地看向了半七。她嘴唇发抖，身子颤颤巍巍地晃动着，说出这实话，想来怕是鼓足了莫大的勇气。

　　"您意思是，这角太郎是您的亲生儿子？"半七惊讶。

　　"对。"

　　"这倒是让我大吃一惊。所以，那角太郎不是当家的女主人所生？"

　　"是，角太郎是我怀胎十月生出来的儿子。二十年前，那时候我也是一名三弦老师，在仲桥那边卖艺求生。这和泉屋当家的男主人经常过来，后来我们就在一起了，隔年我就有了角太郎。"

　　"然后呢？"

　　"女主人知道我有了孩子之后，就上门找了我，跟我详聊了很久，说她现在也没有孩子，想把角太郎领走，还跟我承诺说，回去一定把这孩子当成自己亲生的。我起初是不愿意的，但是一想到这孩子跟了她往后才能有一番大作为，因此没多久我就点头答应了。女主人走之前还给我留下了一笔封口费，希望我跟这孩子断得干净，也免得落下街坊闲话。我拿着这笔酬劳就离开了这里，搬到了下谷附近，继续当三弦老师。虽说我不能再跟孩子见面，可我到底是一个母亲，所以时常会打听他的一切。二十年了，他越来越出色了，我心里真是高兴啊！可谁知道……他、他怎么突然就走了呢？我、我的心都快揉成一团了！我快疯了！"

　　文字清泣不成声，心里承受着巨大的悲痛。

　　"真没想到事情居然是这样子的。"半七扶额道，"但是，既然角太郎是因为意外身亡，您怎么说要替他报仇呢？"

　　"因为我知道，这一切是那女主人动的手脚！"

"您先平静平静，把您的理由讲清楚。若女主人真的有杀人动机，那时候她为什么还要领走角太郎，并且照顾了他整整二十年了呢？"

文字清神色凄然，轻哼一声，似在嘲弄半七的单纯，抹了一把眼泪继续说了下去。

"角太郎五岁的时候，这女主人终于有了自己的一个孩子。这亲生的孩子是个姑娘，名字叫阿照。如今阿照也有十五岁了，也到了可以继承家业的年纪了。您想想，一边是自己抱来的养子，一边是怀胎十月出来的亲生女儿，哪一个会比较亲呢？这女人心里一旦有了计较，眼里可是容不得一丁点沙子，肯定会想尽办法除掉这孩子。我想，就算这件事不是女主人自己动的手，那怎么也跟她脱不了干系。说不定是她嘱咐了下人，趁着大家伙没留心的时候就把道具给换了，导致我孩儿惨死。她的杀人动机很明显啊，我难道不怀疑吗？大人，换做是您，是不是也会这么想？"

半七想了想，文字清的话也不是全然没有道理。从女主人的角度来说，角太郎确实是家族里的私生子，虽然他也成就了女主人通情达理、宽以待人的口碑，但谁知道她心里实际是怎么想的呢？而且她也可能为了自己的孩子着想，因此才设计出了这般诡计？

半七接触了太多行径恶劣的犯罪事件，太明白这个中的人情冷暖。

不管旁人怎么想，这文字清可是相当肯定自己的推测——和泉屋的女主人容不下角太郎，所以趁机把他杀死。所以，这人就是她最大的报仇对象。

"大人，您能想象一个失去了孩子的人是什么样的心情吗？我真是恨啊！特别恨！我恨我当初为什么要把孩子交给她，我恨不得现在就拿着刀子要了那毒妇的命！"

文字清此时整个人怒火中烧，完全失去了理智，几乎癫狂。这要是真的有人去给她助力加油，恐怕和泉屋又有新的命案了。

半七沉默不语，手上抽搭着香烟，冷寂了一会儿，才徐徐开口道："你说的话我都听明白了。我答应我会尽我最大的能力帮你查清凶手。不过，这件事暂时不得对外宣扬，要保密才行。"

"这女主人表面上是我儿子的母亲，她会因此而脱罪吗？衙门的人真的能查清楚，真的能为我儿子报仇吗？"文字清反复问道。

"这是肯定的。总之你放心吧，这事交给我处理。"

文字清确认半七真的会替她儿子找出幕后凶手，才终于安心离开。

而后，半七便打算出门一趟，阿粲把文字清送出门后，一个人留了下来，和大嫂阿仙聊起了天。

"你觉得文字清说的那些是对的吗？"阿粲在半七身后问道。

"暂时还不清楚，一切还得查过之后才行。"

即使半七身份是一名捕快，但也不能手上没个证据就贸然闯进和泉屋去搜查。因此他去了京桥找了专门管辖各种批文的小头目，但不巧这人没在家里，就只好悻悻地离开了。

半七出了小头目家门，正琢磨着接下来要去的地方。突然他后面跑了一个男人，这人大概五十岁左右，一脸富态，看上去像是一个店主。

男人气喘吁吁地来到半七面前，开口先自我介绍了一番："抱歉，打扰了，敢问您是来自神田的半七大人吗？没想到会在这里碰到您。我是十右卫门，家住在芝露月町，是开五金店的。是这样的，我有个比较急的事情想跟您说一下，不知道可不可以占用一下您的时间呢？"

"没关系，我跟您走一趟吧。"

四

随后，两个人就去了最近的一家小饭馆，接着他们走进了一间舒适雅趣的房间。

时值早春，柔和的阳光照拂在人们脸上，一盆剪裁精美的花盆搁置在桌子旁，翠绿的枝条迎着阳光伸展，仿佛置身于一幅漂亮的水墨画中。

点完菜之后，两个人就相互给对方敬酒。

"我想您大概也听说和泉屋的那宗意外事故了吧？坦白说，我就是那女主人家的哥哥。我也知道这人没了就是没了，多说什么也无法挽回。只是这流言四起，好多人都在议论纷纷，所以我妹妹如今的处境也是非常艰难。"

十右卫门纠结了好久才吐露出实情。

原来，角太郎的意外身亡不但使他的亲生母亲文字清充满仇恨，也让一些知晓当年内情的人议论纷纷、指指点点。十右卫门为妹妹感到心疼，这次过来就是找人商量出一些方法，看看能不能帮到她。

"大家都搞不明白，为什么好端端的，这刀鞘里的假道具就变成了一把真刀子呢？我不是故意偏袒我妹妹，而是我十分了解她的为人，她一直把角太郎当亲生儿子一样，断不会有杀害他的念头。如果在事情都没有查清楚之前，我妹妹就莫名其妙地被指认为残害儿子的凶手，那我很担心她的精神会因此受到重创，说不定还会发疯。真的，没有人会想看到这样可怕的结果。我妹妹实在太可怜了。"

十右卫门心情低落，不时还拿出手绢擦了擦鼻涕。

这一大早上文字清泣血控诉，甚至想亲自手刃仇人，如今十右卫门也说自己的妹妹无辜蒙受了太多责难，这两边的话谁真谁假呢？半七也不敢轻易判断。

"那天晚上，您也去看戏了？"半七问。

"对，没错。"

"后台很乱吧？"

"嗯，那里有两个房间，一间大房间里大概有十个演员，里头十分拥挤，另外一间小房间就只有两个演员。演员虽然不多，但过来打下手的奴仆挺多，所以整个房间到处都是人、戏服、道具什么的，几乎让人站不住脚。而且大家都是商人，没有跟武士一样随身携带着刀剑。最重要的是，道具发下来的时候，角太郎貌似还细心地检查过，没看出什么异样，所以那会儿道具应该还没有问题。应该是到了角太郎出演的时候，道具才被人掉了包。到底是谁这么狠心呢，我一点头绪都没有。"

"噢，我了解了。"

半七没怎么碰酒杯，双手交叉，慢慢消化着这番话里的信息。十右卫门也默默无语地端坐一旁。

一会儿，一只小苍蝇停留在了纸窗上，嗡嗡作响。

"你刚才说的那两间房间中，角太郎当时在哪一间？"

"他在第二间小房里，他的周围还有三个奴仆，分别是庄八、长次郎以及和吉。他们每个人干的活都不一样，庄八主要是给角太郎穿戏服，长次郎给主人递茶水，而和吉是当中的一名演员，扮演的角色是千崎弥五郎。"

"我再问一句，角太郎平时有什么其他爱好吗？"

"他这人不喜欢围棋、象棋之类的休闲娱乐，我也没见他沉迷过酒色。"

"是否有婚娶呢？"

"这……最近的确在谈一门亲事。"这会儿十右卫门倒是有些支支吾吾了，"唉，算了，角太郎都不在了，我就都说了吧！其实，角太郎喜欢上了一个婢女，名叫阿冬。由于这姑娘看起来还不错，所以妹妹就想成全他们，于是想给阿冬找一户门当户对的人家领养，再风风光光嫁进来。这后面的事你就知道了，角太郎一死，这门亲事到最后就黄了，只能说双方都没有缘分吧。"

半七耐心地听完了这段恋情。

"阿冬几岁了？是哪里人呢？"

"今年刚满十七，品川人。"

"那能不能让我见见她？"

"阿冬本来年纪就小，角太郎死后，她整个人一蹶不振，卧床不起。不过，大人如果想见她一面，我这边可以安排一下。"

"好，这事得快点安排。如果可以，现在就去吧？"

"好。"

随后两个人约定吃完饭后就到和泉屋找阿冬去。接着，十右卫门招来伙计将饭菜一一端了上来。

心事都说出来之后，十右卫门胃口大开，迫不及待举起筷子准备用餐。而他对面的半七却是吃了几口便停了下来，叮嘱饭馆的伙计再送来一壶酒水。

"大人，您是特别喜欢喝酒吗？"

"不，我这人其实不怎么会喝酒，但我今天想破戒喝个痛快，要是没点酒精刺激一下脑袋，我还真办不起事来。"半七打趣道。

十右卫门却是不明所以，一脸疑惑。

半七拿着送来的热酒，一杯接着一杯喝了起来，整个酒壶一下子就空了不少。在太阳底下，半七的脸红得像个熟透了的虾子。

"怎么样，我这脸够红吧？"半七摸着烫呼呼的脸颊说。

"是的，这完全就是醉了酒的模样。"十右卫门哭笑不得。

十右卫门心里想，如果他就这样带着一个醉得一塌糊涂的男人回去，怕是会惹人议论。但紧要的事情亟须解决，所以他也不敢回绝，付款后搀扶着半七走出了饭馆门口。

半七的脚步虚浮，差点还跟路人撞上了。

"大人，您还好吗？"

这半七晃了晃手，表示无碍。十右卫门这下子有些悔意，觉得自己不该一时冲动就找了半七，这人看上去也是不靠谱的。

"哎，你就带我去后门偷摸着进去吧。"半七叮嘱。

十右卫门还在犹豫是不是不该带着半七进后门，但半七已经挣脱他的手，自行拐进了后门。看他这模样，倒不像是喝醉了的，于是十右卫门赶紧跟了上去。

"阿冬在哪里呀？"

半七走进了后门，寻着小路打探下去，直到来到了一间婢女居住的房间。里头坐了三个婢女，但貌似没有发现长得像阿冬的姑娘。

"请问阿冬在吗？"

听到声音，三个婢女一起转了身，行了礼，并告诉他们，阿冬身子困乏，如今在另外的房间躺下休息了。那间房，刚好就是角太郎出事那晚更衣化妆的小房间。

于是，半七按着她们指路的方向走进了一所狭小的内院里。

这个院子的门外长着一颗南天竹，竹子上缀满着一颗颗红果实。十右卫门站在门口打了声招呼，接着便有人从里面打开了门。开门的一名年轻男子，他皮肤黝黑，眉毛粗黑，额头又窄又小。这个男人本来坐在阿冬的床畔，阿冬则把整个身子深深地藏在被窝里，谁也不见。

这男子显然被不速之客吓到了，他向十右卫门鞠个躬，转身就匆匆离开了。

十右卫门跟身旁的半七解释，这人就是和吉，角太郎的三个奴仆之一。

阿冬见有客人上门，就赶忙起了身，脸色比上次十右卫门见到她的时候还要苍白。她看上去失魂落魄，连话都断断续续说不清楚。到最后，她也没有说清楚她跟角太郎的恋爱始末。

故人已去，这刚刚燃起的激情，如今也只能随风飘去，一切只剩下爱情的灰烬。或许她本身就不想再记起那般痛苦的回忆了吧，这短暂的恋情还未开花结果就生生夭折。

半七默然，远方不知从哪里传来一声声悲伤的啼叫，更衬出现在这般凄惨的气氛。

但阿冬却很感谢府内上上下下的人给予的帮助，特别是和泉屋当家夫妇，他们都对她关怀备至，让她十分感动。还有和吉也是蛮照顾她的，这早上就已经来看望她两次了。

"和吉有没有跟你说过什么话？"半七问。

"我本打算辞掉这边的工作回老家，否则在这里也是会触景伤情。但和吉百般劝阻，让我别那么想不开，希望我能到明年结束后再考虑回家。"

半七一边听着阿冬的描述，一边点点头。

"真谢谢你了，好姑娘。非常抱歉，你身体不舒服我还让你说了这么多话。你可要多照顾好自己，明白吗？我也该走了，你带我去前面吧？"这边问完话后，半七转而跟十右卫门说。

"好的，您往这边走。"

半七一路跟着十右卫门走到了店铺的前门去。饭馆里灌下的那一壶酒水现在开始真正发挥作用了，半七此刻满脸红通通的。

"当家的，这里的人都齐了吗？"半七环视一圈，看见一个四十岁左右的掌柜正在做账，旁边站了两个年轻的二掌柜。刚刚跑出阿冬房间的和吉和另一个男子也在前面忙活，还有四五个人在前方搬着货。

"哎，没错，差不多都在了。"

半七找了个座位，端端正正地摆了架势，若无其事地瞄向了各个人的脸："大当家呀，按理说您这里也算是有头有脸的大户人家，但是依我看来，这和泉屋也太乱了，居然还窝藏着那杀害主人的凶手，你不仅好吃好喝伺候着他，还给他工资。这日子，未免也过得太滋润了吧？"

半七一开口，大家都停住了手上的活，我看你，你看我，不知道该如何是好。十右卫门也是手足无措。

"大人，您说话小声点吧！这儿人多。"

"哼，做了亏心事就不怕鬼敲门？我可告诉你了，这里面有一个穷凶极恶的大恶人！"半七冷哼一声，"都听好了啊，这人欺负了朋友，冒犯了主人，居然为了一个女人就动了杀心，以下犯上，干了这弑主的祸事！他还以为这事能瞒天过海？哼，别笑得太快，我想这和泉屋的男主人怕是眼睛瞎了，待我去杀几个寒鸦子，给下人们去熏一熏，把它们烤熟了，拿着给你们主人治治眼睛吧！"

这店里的人一个个被骂得不敢出声，半七是衙门的人，此时又喝醉了，店里的人实在不敢跟他起冲突。

没想到，半七好似没有骂过瘾，又开始叫嚣了起来。

"哎，我算是走狗屎运啦，这会儿要是逮住了他，可真给我送来了一份超级大礼啊！喂！你们这些浑小子，可别装得什么都不知情，是黑是白，我心里可都有数了！我可不是眼睛不好使的人，真要是被我抓住了，可别跟我发牢骚、抱怨什么的。我可是一个冷酷的人，绝对不会手下留情！"

十右卫门听不下去，只好上前相劝。

"大人，您好像喝得不少啊，我扶着您去房间躺一会儿吧？要是在这儿大吵大闹会影响生意的。嘿，和吉！就是你，过来，带着大人上里屋去。"

"是！"和吉浑身颤抖，准备搀扶着半七回房去。

突然，他的脸上被揍了一拳，半七挥舞着自己的拳头叫嚷着："我说走了吗？别碰我！你们这些浑小子别想靠近我！喂，你这小子还盯上我了是吧？我说你们是弑主的恶人，就应该马上把你们抓起来，让你们上大街示众去！你不知道吧，这定了死刑的人，处刑的时候可残酷了，你以为游街示众就结束了？不不不！最可怕的是后头，我们会再把犯人绑在林地里，然后大喊一声，拿着刀的人就会从你的腋下再深深刺入，一直到你心脏的位置！哈哈，是不是很可怕？"

半七身旁的和吉现在已经跟死尸一样，动弹不得。店里众人也不敢大口出气，每一个人就好像真的在处刑现场一样，呆若木鸡，毫无血色。十右卫门紧皱眉头，脸色铁青，他最怕听到这样的描述。

外头晴朗的天空，干净得十分纯粹，明晃晃的阳光照射在店铺门前。

半七终于收起了这个恐怖的话题，整个人醉倒在了座位上，但没有一个人敢上前去碰他一下。

"唉，就让他直接躺那儿吧。"

话刚说完，十右卫门一脚去了里房，和当家的夫妇低声在商量什么。店里头的人也开始忙着自己手上的工作。

五

过了半个时辰，这装作醉倒的半七居然翻了个身，一个骨碌就站了起来。

"哎呀，嘴巴好渴，我得去厨房找点水。别别别，都别起身，我一个人去就好了。"

半七没去厨房喝水，反而是转身回到了阿冬休憩的那个房间。他灵活地往窄廊里跳了下去，潜伏在一片竹叶后边，像只偷窥的老鼠一般，悄悄地躲在暗处。

不一会儿，窄廊里走了一个人，此人正是刚刚离去的和吉。和吉特意放慢了脚步，轻轻地拉开了阿冬的房门，接着，里面传来一些声音。听起来好像是一个男人的哭泣声，半七离得太远了，什么话都听不清，最后只好起身，往房间的方向再靠近一点。

是和吉的哽咽声。

"阿冬，我跟你坦白了吧，是我杀死了大少爷。没办法，我实在太喜欢你了，虽然我这人懦弱，不敢跟你说出真心话，可我很早就注意到你了，我一直都想要跟你在一起，结果没想到半路却杀出了一个角太郎。当我得知你们要定亲，我心急如焚。阿冬，你能理解我的心情吗？我真的很喜欢你，即使你的心属于别人，我也没有怨恨过你，要恨就要恨那个大少爷！可要是最后你们真的成了结发夫妻……不，这不可以！我一定要把大少爷除掉！那天晚上，我找了一个时机把道具刀偷偷调包了，没想到居然成功了，大少爷假戏真做，倒在了血泊里。然而看到大少爷的时候，我整个人都惊呆了，我不敢靠近他，一想起他的惨状，我就害怕到不行。可是，如果大少爷没了，你就是我的人了！你知道我这心里有多煎熬吗？”

躲在门后的半七听了个清楚，不用看，他也知道此时的和吉肯定面如土色。

接着，和吉又继续哽咽。

“今天来的那个捕快，我都看出来了，他就是假装喝醉酒，故意跑到我们店里大声叫嚷，指认我们这就有真正凶手。而且最恐怖的是，他还讲了一堆可怕的极刑。我想他一定是查到什么线索了。我以后肯定会被他们带走，然后一通审判，关进小黑屋，接着就游街示众，到最后还会被刀子活活捅死。啊，我简直不敢想象下去了！就算最后真的被抓走了，阿冬，我还是深深爱着你！我只求你，在我死之后，你能不能给我烧一支香？哪怕一支也好，求求你！对了，我身上还有些点存钱，通通都给你吧！”

和吉的声音逐渐变小，到后来就听不见了，只有阿冬低低的哭泣声。

不知道过了多久，町内开始报点，刚好敲了八下。里面的人似乎是醒过神来，准备要离开。

半七觉察到有人要外出，赶紧躲到了竹叶处。随后他就看到了和吉病恹恹地走了出来，毫无血色，眼神散漫。半七随即也起身，抖了抖身上沾上的叶子和泥巴，往店前的方向走了回去。

来到店前时，半七也没有见到和吉的身影，他倚在了账房的桌子上，有一句没一句地和和泉屋的大掌柜聊了起来。聊了半天，他们也没看到和吉出来。

"咦？那个叫和吉的奴仆呢？"半七假装不在意地随便问了一句。

"啊，刚才还在呢。"大掌柜疑惑道，"我也没交给他什么差事，他怎么就不见人影了呢？您是在找他吗？"

"也没什么事，不过，能不能帮我看看他去了哪里？"半七道。

于是，大掌柜吩咐了手下的人找了一下和吉，可里屋和厨房都没有发现他的踪影。

"当家的走了吗？"

"没走呢，在里面。"

"那就麻烦您传达一声，我现在有些事得找找他。"

里屋的房门像是被紧紧合上了，尽管现在是白天，可里面昏沉沉的，十右卫门以及和泉屋当家夫妇都围坐在了一起。

和泉屋的女主人看起来有四十岁出头，感觉人还挺不错的，眉毛稀疏，额间眉头紧锁，一脸愁容。

"当家的，有个事情我得先告诉您，那个替换道具、杀害大少爷的人，我找到了。"

"是谁？"

众人震惊，纷纷抬头看向半七。

"是你们自己人。"

"确定是自己人？"十右卫门靠近了些，再次确认，"所以，大人方才是故意装醉的？"

"抱歉，我刚刚失礼了。此人就是府内的奴仆——和吉。"

"竟然是他？"

三个人愣在原地，一时半会儿还不敢确信。

这时，一个婢女急匆匆地跑了过来，说和吉在柴房里上吊自杀了。

"看来他真的是去寻死了。"半七叹了一口气，"刚刚十右卫门提到角太郎和阿冬两个人订婚的事情，然后我就留意到，演出那天角太郎、阿冬、和吉恰好都在一个房间里。两个成年男子，一个貌美的姑娘……我想，这三人之间没准会有什么故事。随后我就跟阿冬见了一面，随意聊起她近日的情况，结果她说起，近期有个叫和吉的人跑得很勤快，还特别照顾她，这就更让我相信了之前的判断。于是我刚刚便以醉酒为名，去店前大吵大闹了一番。不过，坦白讲，这都是为了你们店铺的名誉着想。我本来可以直接将调查结果汇报到衙门那里去，将和吉直接带进牢房，接受一通严厉的审问，等他招供以后再把他游街示众。但要是这么一来，事情怕是会闹得更大，传出去之后对你们没什么好处。不过，当时我手里也没有证据，只是想借机观察观察大家的神色。如果问心无愧，自然就坦坦荡荡。因此我故意吓了吓他，那小子本来就做了亏心事，也不敢再丢尽主人家的脸面，加之不愿意死得太难看，最后老老实实地说出了实情，一死百了。如果还想知道他说了些什么，恐怕您得找找阿冬去问问了。"

这三个人听得是一脸震惊。

"大人，您可真神！"十右卫门不禁大为佩服，"这捉拿要犯本来就是您的职责所在，可是您为了顾全店家的颜面，还配合着演了这出戏，实在是考虑得十分周全。真是对不住，这让您白白失去了一次表功的机会。不过，不知道我可不可以再请求您一件事，和吉这件事……还请您别说出去了，好吗？"

"这个没问题。但是人死不能复生了，他也算是得到了报应，就当做个好事，好好给和吉安葬吧。"

"那就太谢谢您了！"

"当家的，虽然这件事我不会跟别人说。但有这么一个人，我不得不对她说出实情。我先跟您打个招呼，还请你见谅。"半七补充道。

"谁？"十右卫门问道。

"这事也挺难办的。此人便是一名叫文字清的三弦老师。"

和泉屋当家夫妇听完，立即面面相觑。

"她为了这件事操了不少心，一开始也是有求于我，所以我得跟她把这件事说清楚。还有，我想多嘴一句，角太郎已经走了，你们平日里就多多照顾一下她吧。她已经上了年纪，孤苦无依的，这往后老了，处境是非常可悲的。"

听到这里，女主人放声痛哭。

"大人说得是，这都是我的错！我明天就去看看她，也请您放心，往后我会把她看成我最好的姐妹。"

六

这之后，阿冬继续留在和泉屋打工，后来还被收为养女。后来又经十右卫门介绍，嫁去了浅草。女主人也实现了自己的诺言，跟文字清也越来越亲近，最后也找到好人家，有了个依靠。亲生女儿阿照也招了一个能干的女婿入门。这之后，和泉屋改头换面，成了一家钟表店，生意也很好。

"天快黑了。"

半七老人起身，把旁边的座灯点亮。

"因为这段往事，有时我会过去探望一下。哎，当家的可真是一个热心肠的好人呐！"

不过，自和泉屋的那件意外事故发生之后，大家便心照不宣地不再演出其中的第六节了，大概是不想重提往事，再揭伤疤了吧。

第四话　两个头颅

把油纸掀开后，熊藏惊叫起来。出现在他们面前的竟然是一个头颅，肤色发黄，干瘪瘪的，像是被岁月侵蚀很久了，头颅已经腐烂得很严重，甚至无法分辨此人生前是男还是女。

一

春节的时候，我上门给半七老人拜年。

"新年好啊！"

"新年快乐！请继续多多关照啊！"

半七老人对我的到来很是高兴，一见面就跟我说了很多祝福语，还盛情款待，倒让我有点拘谨了。不一会儿，管家端上了小酒，我们俩慢品慢酌，到最后都不胜酒力，两个人的脸上都红通通的，这也抵挡不住聊天的热情，席上都说了好多话。

"老人家，在您以往的经历中，有没有跟儿女私情相关的故事？"

"这种事情，"老人有点无可奈何地笑着说，"基本上我们接手的案件都是一些杀人诈骗的刑事案件，至于儿女私情嘛，还真的挺少。不过我们也不是万能的，有时候也会犯点迷糊，由于自己错误的判断还曾经闹出了不少笑话。我之前说的都是比较成功的案例，今天来讲一个让我自己觉得特别难堪的故事吧。现在想起来，我依然觉得自己做了一件非常愚蠢的事情。"

二

公元1863年正月初六的傍晚，有一个叫熊藏的人到半七家拜访。这人是半七的手下，家里是做澡堂生意的，所以大家也戏称他为"澡堂熊藏"。又因为这个人特别爱八卦，喜欢从各处收集小道消息，自己再添油加醋四处吹牛皮，所以大家又给他取了另外一个外号叫"吹牛熊藏"。

"晚上好，大人。"

"是熊藏啊，你的生意最近做得怎么样啊？是不是又从哪里听来了趣闻？"半七问。

"您别说，还真的有这么一回事。"

"是吗？这新年伊始，你就要开始说第一个大话了？"

"那怎么会呢，我保证这次说的事可是连一点水分都没有。"熊藏难得正经起来，开始说起了他的故事，"从去年入冬以来，有个男人会经常跑来我家澡堂二楼待着，他行为举止十分古怪，我怎么瞧都觉得这人十分可疑。"

三马曾著有一本书叫《浮世风吕》。他在书中有写道，在那个时代的社会风俗中，很多公共澡堂的二楼都会请一些年轻姑娘在楼上贩卖一些茶点。这里的人形形色色，有人在二楼午睡，有人和伙伴们下棋，也有人专门花点小钱就是为了能色眯眯地看看漂亮的小姑娘。熊藏家也不例外，他们在二楼雇用了一个貌美的年轻女孩，名叫阿吉。

"大人，那个男人还是一名武士，武士经常来这里不是更奇怪了吗？"

如果来者是武士，那么他在进入澡堂洗澡之前，通常都会被店家要求先把随身携带的刀剑放在刀架上。

"武士光顾澡堂也是很平常的事情吧？"

"但是他跟一般武士不一样啊，他可是来得很勤快呢。"

"这人应该是在江户这边长期办事的武士吧。而且经常上二楼的话，有可能是喜欢上了阿吉姑娘呢。"半七揶揄道。

"所以我才觉得很可疑啊。您看，这人每天都过来报到，前前后后可都有五十天了，就算是春节，澡堂里也常常能看到他的身影。如果是在江户这边办事的武士，又出身名门，这个时间还能来澡堂，那也太不像话了吧？而且我发现，他每次来的时候不止一个人，还有一个同伴，两个人总是进进出出的，也不知道在做什么。到了傍晚时候，这两个人必定准点回来，然后再一起回去。您瞧瞧，这两人一年四季都往我家澡堂跑，可不是寻常武士的行为作风。"

"这……确实说不过去。"半七点了点头，开始沉思起来。

"您是怎么想的呢？那两个人是不是有其他身份？"

"难道……是假冒的身份？"

"您说得对！"熊藏使劲拍了手，"我就说嘛，这两个人的身份肯定是造假的，他们装扮成武士说不定是要干什么坏事！所以在这大白天的时候，他们就在澡堂二楼偷偷计划着，等到天色变黑，再去执行。大人，您觉得我说得对不对？"

"按你这么描述的话，的确可能会是这样。不过，你说这两人长什么模样？"

"他们看起来年纪都很小，一个大概在二十岁出头，长着一张小白脸，也算得上是一个挺俊美的人；另一个年纪也差不多，但是身子比较高，长得也不错。他们看起来都是情场老手，每次给的小费都很宽绰，而且跟姑娘聊的内容也不是那些俗气的话题，说话很有风度。据我观察，阿吉喜欢的是第一个秀气的男人，而且被迷得团团转，无论我想问点什么，她都闭口不谈。有一回，我偷偷躲到楼梯角落里想听听他们在说什么，结果有一个人放低了声音说：'咱们不能随便就把人给杀了，让对方老老实实的就好，要是跟我们磨叽个没完，把人给绑了先吓唬吓唬他，再不听话，那就别怪我们不客气了。'大人，您说，谁听到这样的话不起疑呢？"

"也是。"半七低头苦思。

自从西方舰队停泊在伊豆海面以来，那一带闹事的人很多。有一些游荡无赖之徒聚集起来，到处去威胁那些富商，表面上是说要给军队募集资金，但实际上做的都是坑蒙拐骗的事情。这些人中很少有真正的武士，大部分的人都是因为品行恶劣而被官邸解除关系，要么就是无所事事的小混混冒充的，他们同流合污，结党营私，到处敲诈勒索，搞得附近的百姓苦不堪言。半七想，那两个人的行径恐怕也是如此，而且他们还把澡堂二楼当成一个窝藏地了，着实非常可疑。

"既然如此，明天我过去打探一下。"

"还请您一定要过来看看。中午的时候，那两个人应该会在我家澡堂待着。"说完，熊藏告辞。

翌日，吃过早饭的半七出门到办公地点，结果遇上了他的上司。这上司嘱咐他说最近这局势动荡不安，让半七严加监管周边的治安情况，还督促他要尽力做好职责范围内的工作。半七深受鼓励，他决定要把工作重心放在熊藏说的那件事上。

和上司告别之后，半七准备出发到熊藏家的澡堂。到大街上的时候已是早晨四刻半，很多街坊都出来互相道贺拜年，敲锣打鼓，街上满是鞭炮爆竹声，特别有春节的气氛。

半七从澡堂后门进来，此时熊藏已经在房内等待很久了。

"大人，您来得真是时候。我昨天说的那个男人，刚巧在浴池里洗澡呢。"

"噢？那我去会会他。"

半七退回去，再从澡堂正门进来，进门口挂着一幅威武壮士的画像，门后方还传来美妙的音乐。他像一个寻常的客人一样，先给了钱，换了衣裳，再来到浴池边。白天来泡澡的人很少，浴池里的人大概一只手就能够数得过来。

半七舒服地在浴池里泡了一会澡，不久就起身穿上外衣上了二楼，熊藏也尾随其后。

"你看我眼神，是不是那个？"半七瞟了那个男人一眼。

"就是他。"

"那就不是假冒的了。"

"他是真的武士吗？"

"你观察一下他的脚。"

由于武士一直以来都要随身携带刀剑，所以他们的左脚会更有肌肉。从形状上看，左脚会明显比右脚厚实一点。刚刚在浴池里，大家都是裸着身子洗澡，因此半七看得很清楚。

"难道是将军府上雇佣的人吗？"

"应该不是。你看他们头上扎的发结，应该是来自边属地方的人。"

"还是您分析得对。"熊藏也觉得半七的说法比较中肯，"不过大人，还有一个奇怪的举动，他们俩今天回来的时候，手里好像拿着一个包裹，还慎重地把它放在了阿吉那里。咱们用不用去看看里面是什么？"

"话说，阿吉这小姑娘跑去哪里了？"

"这几天没什么生意，阿吉就跑去街上看热闹去了。二楼现在没有人，我们去拆一下包裹吧，说不定还会有意外收获。"

"这……那好吧。"

"我记得阿吉貌似把它藏到了一个柜子里了。啊，找到了。"熊藏翻箱倒柜地找了一会儿，结果真被他找到了一个包裹。他迫不及待地解开蓝色的包裹巾，拆出来一看，里面又有一个黄绿色的包裹，熊藏掂量了一下，感觉里面像是放了两个箱子。

"我去跟楼下的人说一声。"为防止那武士突然出现，熊藏随后下楼嘱咐了前台伙计多留意一下。要是他们过来了就咳嗽一下，打个信号。

用了两层包裹巾的箱子有些年代感，看着像是放了那些表演神鬼故事的面具。两条乌黑粗实的绳索从箱子底部穿过，绕到盖子上，再打了一个紧实的十字结。

熊藏眼疾手快，三下五除二利落地把绳索给解开了。

然而开了箱子他们也没能看到什么，这东西还被某种淡黄色的油纸给遮盖住了。

"这包裹可真密不透风。"

把油纸掀开后，熊藏惊叫起来。

三

出现在他们面前的竟然是一个头颅，肤色发黄，干瘪瘪的，像是被岁月侵蚀很久了，头颅已经腐烂得很严重，甚至无法分辨此人生前是男还是女。

他们端着头颅看了好一会儿，敛住呼吸，大气都不敢出。

"大人，这、这是怎么回事？"

"我也不清楚，打开另一个看看。"

这一次熊藏不敢再快手快脚了，他用指尖掀开了另一个包裹巾，只见里面也是一个头颅，但这头颅的结构很明显不是人类，而更像是一种动物的头颅。它有着短小的头角，嘴大张着，露出了里面的獠牙，头颅表面肤色枯槁，肉皮焦黄，触感十分坚硬，倒像一块硬邦邦的石头。

这接踵而来的巨大发现让半七他们震惊不已。

不一会儿，两人对男人的身份产生了分歧。熊藏觉得这两人就是招摇撞骗的人，拿着诡异的头颅去赚赚小钱。而半七却深信这俩人一定是武士，所以对熊藏的猜想并不赞同。堂堂武士怎么会带这种东西？而且还随随便便地把它交给一个小姑娘？这个头颅到底有什么来历？

半七心里有很多疑问，但想不明白。

"唉，还是没想出来。"

突然，楼下传来两下咳嗽声，半七和熊藏对视了一下，知道这是两个武士要回来的信号，于是赶紧收拾包裹，放回了原来的位置。

外头的热闹声渐渐小了，阿吉也从外面回到了澡堂，那个武士披着衣服上了二楼，半七装作什么事情也没有发生过一样淡定地喝着茶水。

阿吉看到了半七，知道半七的身份，当下就用眼神示意那个武士要小心一点。随后，武士找了个角落，一个人安静地坐着。熊藏轻轻地拉了一下半七的衣摆，抬起下巴点了点楼下的方向，于是半七便跟着他一起下了楼。

"今天不能再行动了，阿吉提醒了那个武士，他们肯定会有所防备。"半七说。

眼下他们只能暂时收手，熊藏也不能多说什么："我会看好他们的。"

"怎么我这次没看见另一个人？"

"也不知道为什么，确实没看见另外的人出现，可能要再晚点。"

"那就麻烦你了，当心点。"

离开澡堂之后，半七走在大街上也一直在想着这件事，但现在找得到的线索太少，无法判断这其中的关系。

"也不可能是法师啊，难道拿着这鬼玩意儿祷告或者诅咒？莫非是天主教的人？"

最近这局势动荡，上面对这些宗教活动查得更加严厉了。要是他们真的是天主教的人，半七可不能就这么置之不理，因此，他更加坚定自己一定要弄清那两个人是什么来历。

回到家之后，当天晚上并没有其他异常的事情，半七也就倒头睡了过去。

第二天一大早，澡堂熊急匆匆地跑进半七家。

"大人，事情不好了！那两个人动手了！哎，真后悔没能及时抓住他们！"

熊藏说，昨天晚上有两个无赖伪装成强盗，以筹集军用资金为理由，打劫了当地一家当铺。一开始店里的老板还死守着不肯配合，结果此举激怒了两个无赖，他们动手砍伤了老板，还把店内大部分的钱财都给抢走了。熊藏还强调，因为这两个人把自己伪装得很严实，所以没有办法辨认他们的相貌，但从体型上看，跟澡堂的那两个武士非常相似。

"肯定就是这两个浑小子！他们就是在澡堂打掩护，四处干坏事，要是不阻止他们，大家都会寝食难安。"

"嗯，这事挺紧急。"半七扶额道。

"对！我们要赶紧把这烫手山芋给解决了，要不然这事被其他捕快盯上了，很有可能还会被别人抢了功劳去。"

半七也觉得熊藏说得在理，要是自己不把这件事处理好，那岂不是失职？可是，就算情况迫在眉睫，没有确凿的证据，怎么能够随便抓人？更别说对方也是随身携带刀剑的人，要是争执起来，刀剑无眼，发生了恶战怎么办？半七忧心忡忡。

"情况我都了解了，现在你先回去看一下那两个人回来了没有。我这边收拾一下就马上跟你汇合。"

送走熊藏之后，半七草率地吃了早餐，换完衣服准备前往澡堂，路上又因为一些事情绕了远。结果在日荫町一带，半七瞥见了一个年轻的武士在一家刀剑铺前和老板在商谈着一些事情。半七仔细看了一眼，发现那个男人正是昨天在澡堂遇到的人。

半七停下了匆匆的步伐，躲在暗处观察店里的情况。只见那男人接过老板手中的金子慌忙地从店里离开了。本来他还想继续跟踪下去，但想到或许可以从店里的老板先打探一下关于那个男人的消息，于是返回到刚刚那个刀剑铺。

"早上好，老板。"

"早上好，大人。"

老板知道半七的身份。

"这最近的天气可真冷啊。"半七找了个凳子坐下，"不好意思打扰您一下，我有个问题想问问您。就在几分钟前，您这里走出去一个武士装扮的男人，不知道这个人是经常跟您有所来往吗？"

"不不不，这是我第一次看见他。他手上有个东西急于转手，走访了好多家都被拒绝了，最后找来这里，还非得让我买下。"老板哭笑不得地说。

他的左手边，放着一个用油纸包裹着的物品。

"这是什么东西？"

"噢，这个是……"

老板打开油纸，拿出了一个浑身沾满泥垢的东西，看起来形状像是一条鱼。老板说，这种东西叫泥鲨皮，是专门用来制作刀剑上的护套的。

"原来是这样，看起来好脏呢。"

"这是它最原始的样子。"老板一边解释一边翻开那条泥鲨皮，"这种东西一般都是从很远的地方运送过来的，最初的模样就是你现在看的样子，浑身都沾上了污泥。我们接手之后，还需要对它进行加工处理，先洗去污垢，再慢慢打磨，最后才能成为合格的商品上架。只不过这加工的过程极其繁复，得小心翼翼地处理。只有洗刷干净后你才能看得出这原材料哪些地方有刮痕，哪些部位有血块。不过，如果只有刮痕的话还比较简单，我们还能够处理，但遇上血块就让人很头疼了。打捞鲨鱼的人把一种利器插进鲨鱼的皮肤里，最后鲨鱼皮肤表面上就留下洞口，这种痕迹，是怎么也没有办法洗刷得了的。鲨鱼皮沾上了血块，就卖不了高价了，尽管可以油漆过一遍，但它的价格始终只有不到白鲨皮的一半。基本上我们拿到十张泥鲨皮就会有三四张留有血块，因此我们买进原材料的时候都会算上一个平均额。我头疼的就是这些买来的东西都需要经过加工后才可以看出有没有污点，所以才说这玩意很费劲呢。"

"竟然是这样。"半七没想到，这看似脏兮兮的泥鲨皮有一天也会变成一件漂亮精美的刀剑护套。

"那个人便是拿这个跟您做交易的？"半七问。

"他说这东西是在长崎买来的，一开始他还开了一个很高的价格，但我没同意。这人是武士，一看就不是行家，所以我不能担保他的东西就一定是好的。而且他只带了一张泥鲨皮过来，看起来都脏死了，这万一还带了血块，那我岂不是亏死了？所以我没多想就拒绝了他。可他不肯死心，最后放下身段说，不管多少钱，只要卖了就行，于是最后我就按最低的价格买进了它。所以……"

老板大概是占了一个很大的便宜，一直在偷乐着，半七也没好意思问他最终的成交价格是多少，但他总觉得这里头有不可告人的秘密。想来这武士行事十分古怪，一会儿带着两个怪异的头颅，一会儿又转手出一张泥鲨皮，这样到处折腾。是不是这些东西有什么特殊的联系？半七想了好久。

"谢谢老板您提供的信息，我没有其他问题了，打扰了。"

告别老板之后，半七就动身前往熊藏家澡堂。熊藏远远瞧见他，赶忙出来迎接。

"大人，那浑小子刚刚还在呢，刚刚又跑出去了。"

"他手上有没有拿着什么物品？"

"有是有，但我看不清是什么东西，好像是一个细长的包裹。"

"看来跟我打听到的情况差不多。那他的同伴呢？"

"高个子今天没有出现。"

"熊藏啊，看来还需要你去昨天那个被抢的店铺里问一下老板和伙计他们，看昨天被劫走了哪些东西，留意一下，被劫物品里除了金子还有什么。"

半七吩咐完之后就走上了澡堂二楼。他看见阿吉在座位上神色郁闷，便打算上前去问一下最近的情况。

阿吉见到半七这两天都过来澡堂这边，心里有些不安，可还是主动打起了招呼。

"大人，您来了，今天天气冻死人了。"

随后，阿吉还从身后端出茶水点心，殷勤地招待半七。两个人就在澡堂间有一句没一句地聊着天。

"阿吉，你家里人最近过得怎么样？"半七问。

"谢谢大人关心，都挺好的。"

阿吉家里是做泥瓦生意的，今年她母亲也有五十岁出头了。

"你母亲岁数也大了，把你们供养长大都不容易，要记得多孝顺她老人家。你哥哥呢，将来还要继承家业，工作上是忙不过来了。你除了在这边澡堂干活，空闲时间还是多陪陪你母亲，凡事亲力亲为，别等到后悔了才发现一切都来不及了。"

"嗯，我明白。"阿吉羞愧地低下了头，她知道，半七在隐晦地提醒她跟那个武士走得太近了，以至于疏于对家人的照顾和关心。

半七见阿吉了解到他想表达的意思，就继续说了下去。

"听说你在热恋中？"

"大人，这……您别听别人乱说话。"阿吉羞红了脸。

"他们都在传呢，说澡堂来了两个年轻的武士，你跟其中一个对上眼了，现在正打得火热呢！"

"这，这是没有的事！"阿吉摆摆手道。

"没关系的，年轻人交往很正常的，我不会说什么。就是有个事情想问问你，那两个武士是在哪个府邸就职？听说是来自西国那边的？"

"好像……是吧。"阿吉支支吾吾。

"这样啊，那可能需要你过去我那边谈谈话了。"

阿吉突然听到半七的"邀请"，一下子吓住了。

"大人，叫我过去有什么事情要说吗？"阿吉胆战心惊地问。

"只是了解一下那两个武士的情况。怎么，你不想去？既然你不想去，那要不要现在就坦白地告诉我？"

阿吉沉默不语。

"快说出来吧，这两个人都是什么身份。这要真是江户这边的办事员，怎么可能大过年的日子还天天跑来澡堂四处游荡？你们是不是有什么其他事情？别跟我说你什么都不知道啊，你肯定多多少少知道一些内幕。还有，那个柜子里放的到底是什么鬼玩意？快点儿，再不开口我可真的请你过去一趟了。"半七吓唬着。

阿吉毕竟年纪小，经不起半七这么吓唬，本来涨得通红的脸色瞬间发青。在半七的追问下，阿吉还是乖乖地说了一些内容。但是她只知道他们俩是麻布那一带的府邸内家属，其他来历就不清楚了。

后来，半七又说了一番好话，阿吉又说出了一个重要的细节。

"我听他们说是来找人报仇的。"

"报仇？"半七不信，"别骗我了，这会哪有人会巴巴地跑来江户这边找人报仇的？好，就算我当他们是真有此目的，但你真的不知道他们家在哪个地方？"

"我真的不知情。"

半七见阿吉再也不肯透露出更多信息，就没再继续追问下去。过了一会儿，楼下传来了熊藏慌慌张张的声音。

"大人！下来一趟！"

"唉，真不能让人省心。"

半七佯装淡定，转身下了楼，熊藏立马靠过来悄悄跟半七耳语。

"我去问过了，那家被打劫的店铺老板说，他们丢了几件无关紧要的东西，其中有五张鲨鱼皮。"

"五张鲨鱼皮？"半七联想到今天早上的事情，顿时一愣，"是一张沾上污泥的泥鲨皮还是经过加工处理过的鲨鱼皮？"

"这我倒是没问，我再去一趟。"

于是，熊藏又匆匆跑回去问了店主，结果人家说那是加工过的白鲨鱼皮，是从露月町那边典当过来的。半七知道不是泥鲨鱼皮后有些失望，这明显跟他早上触摸过的东西不一致，显然二者之间是没有什么关联的。

"唉，找不出任何线索。"

四

快到了中午时间，半七便跟着熊藏一起回去了澡堂。

"我刚问了阿吉一点事情，看得出，她还真是对那个家伙喜欢得很。"半七笑了笑。

"对啊，所以才要命啊，这孩子现在已经听不进话了，要不要把她带去您那里问问？"

"也是没办法，我刚已经都吓唬过她了，不必再强迫她。逼得狠了说不定会起到反作用，暂时别对她太苛刻了。"

两个人一前一后回到澡堂时，远远地就看见一个年轻武士从澡堂间走了出去。这人正是那个矮一点的武士，不过他神色惶恐，怀里还紧紧地抱着一个黄绿色的包裹，看样子里面装着一个箱子。

"呀！那浑小子想跑！"熊藏惊呼。

"赶紧追！"

熊藏飞快地往武士逃跑路线追过去，而半七突然想到了其他事情，转身跑去了澡堂二楼。

此时，座位上已不见阿吉的身影。半七打开柜子，发现那两个古怪的箱子也消失了。

"完了！箱子都被他们带走了！"

半七又下楼问了前台的人，伙计说阿吉说要出个门，一会儿就回来，让他帮忙看着。结果伙计还没反应过来，阿吉就一溜烟地跑了。

"她手上拿着东西了吗？"

"没看见。"

这人实在不够机灵，半七也问不出来什么，只能暗恨自己太大意。他想，肯定是自己刚刚出去那时候碰巧那个武士回来了，阿吉跟他说起这些事，所以两个人便商定好准备跑路，还带着箱子一起失踪了。

半七悔恨不已，自己差点就可以逮住他们了，现在功亏一篑。

他又问了伙计，想知道阿吉的家住在哪个地方。伙计说可能在神明宫一带，于是他接着往阿吉家里的方向赶过去，但是她家里只有老母亲独自在家，哥哥一早接活去了。老人家说，阿吉今天跟往常一样很早就出门了，到现在人还没回来。半七看她不像是在撒谎，而且这小屋子也躲不了人，便只能不了了之。

这一趟毫无收获，半七沮丧地回去了。过了不久，熊藏也低落地回到了澡堂。

"大人，我碰巧在路上遇到了朋友，就说了几句话，结果一回头，就再也没看见那浑小子的踪影了。"

"你怎么能在关键时刻分散注意力？"

事情已经到了这个地步，再骂下去也挽回不了什么，半七心里很是烦躁。

"你给我提高警惕，看看阿吉今天有没有回家。还有，要是那个武士的同伴也出现了，也给我盯紧点，把他们的住址找出来！"

说完，半七气呼呼地回家去了。

晚上睡觉的时候，半七想到这一整天的糊涂事，翻来覆去怎么也睡不着觉。第二天早上，外头天气非常寒冷，半七起了床，跟平常一样用冷水洗了脸，不多时便出了门。

没有阳光的早晨，瓦墙外的石头宛如冰冻的铁块，十分坚硬。邻居间的小孩子调皮地舀了水泼向了地面，不一会儿就冻成了厚厚的冰块。

半七搓搓手，忍不住哈了哈气，步伐加快向澡堂方向走去。

"熊藏，怎么样，有没有什么异动？"

"大人，阿吉昨天没回来，她母亲上门来了，也说她没有回家，我估计她是跟那个男人一起跑了。"熊藏眉头紧皱，答复道。

"竟然是这样。"半七觉得事情更加复杂了，"现如今也不知道他们去了什么地方，先暂时在这等等，兴许他的同伴还会再过来。"

"有道理。"熊藏懒懒地回应。

于是半七走上澡堂二楼，搜了一圈，发现阿吉人确实已经不在了。今天早上二楼还没来得及生火，熊藏的妻子一边给客人道歉，一边急急忙忙地端上火炉和热茶。这会儿楼上没有什么人，因此半七就一个人坐在位置上无聊地抽着烟草，寒意似乎还未缓过去，阵阵冷风渗进衣服里，让人身子一抖。

"唉，这孩子最近做事真不认真，连这窗户破了个洞也没及时处理。"熊藏望着窗户上的破洞，埋怨道。

半七冷冷地看着忙碌的夫妻俩，没有多说话。他还在想着那个武士身上古怪的地方。从这两天发现的两个不同的头颅，到昨天在刀剑铺转卖的泥鲨皮，这人拎着的东西怎么也联系不到一起去。他到底是谁呢？法师？天主教的人？强盗？哪一种身份看起来都很可疑。

熊藏在旁边看着半七的脸色，不敢上前招呼，默默无语。过了一会儿，外头传来了四下钟声。楼下有个人进了门，前台伙计喊了一句"往这边请"然后又故意咳嗽几声，有意引起半七他们的注意力。

"来得真是时候。"熊藏伸着身子往楼下望过去，只见那个高个子武士随身携带着刀剑，长腿一蹬，走上了二楼。

"哎，客官，来这坐，外头天气很冷吧。"熊藏走过去招呼着，"这里的孩子今天有事来不了了，还没怎么收拾呢，请别介意啊。"

"哎，阿吉姑娘没来？"武士正准备放下刀剑，听到这话抬起头来，有所疑惑，"难道是身子不舒服？"

"我也是不清楚，她也没叫其他人来跟我说一声，我想确实是天冷受了风寒了吧。"

高个子武士听完，没有多说一句，换完衣服就下去了。

"大人，现在要怎么做？"

"现在没有证据不能抓人家。毕竟他是带着刀剑过来，要是拌了嘴、动了怒，那就不得了。不如先这样，你把他的武器收起来。我们再留意一下，等他再上来的时候，你再问问他的同伴去哪儿了，然后看对方是什么反应。"

"那我们要不要叫上其他人？"

"暂时还不用，这人是单独过来的，不用太过紧张。"半七确认自己身上也带了一个捕棍。

两个人全神戒备，似有一种准备要大干一架的姿态。

五

故事说到这里，半七老人突然间停了下来，有点哭笑不得。

"现在想想，我当时确实是太荒唐了。那个武士上了二楼，熊藏就继续跟他聊下去，一直在引导他说出同伴的下落，可对方回答起来支支吾吾的，不肯说出实话。我在一旁听了非常着急，因为这人话里就没一点靠谱的东西。我一急，就把捕棍横在他面前了。现在想起来，当时可丢人了！那人一见到我把捕棍掏出来了，都吓坏了，不敢再隐瞒下去。然后我们才知道，确实如阿吉所言，这两人就是来报仇的。"

"啊？他们杀人了？"我惊呼。

半七笑着摇摇头，继续说了下去。

原来，这高个子的武士名字叫梶井源五郎，是边属地某个地方的人。去年开春的时候他来这边办事，现在居住在麻布一带。那个长得秀气的武士叫高岛弥七，是他的一个好朋友。他们年纪相仿，又都很爱玩，所以交情很深，常常相约一起下酒馆、逛妓院。

去年下半年的时候，这两个人和其他两个朋友神崎乡助和茂原市郎说好一起去当地一家妓院玩。结果席上神崎和茂原喝醉酒，吵起架来了。其他人赶忙上前劝说，好说歹说，好不容易才平息了下来。但神崎心里气不过，恨不得马上离席回去。但那时候已是深夜，旁边的梶井和高岛都纷纷伸手挽留，想留下他休息一晚再走，但气恼了的神崎怎么着也不肯再留下来。

没办法，他们不能让神崎一个人回去，只好四个人一同离开了妓院。

晚上五点的时候，他们走到了一个海岸边。黑漆漆的海面上，三三两两的船只点着灯火，孤零零地漂游着。一行人赶着马，风尘仆仆地往驿站方向赶，马脖子前不停晃起清脆的铃铛声。冷风烈烈，寒气逼人，吹醒了刚刚喝了酒的四人。

突然间，走在最后的神崎拔出刀剑，一道白光在黑夜中一闪，站在他前面的茂原痛喊一声倒在了地上。就在同时，神崎收回手中的刀剑，往另一个方向逃跑了。

梶井和高岛都惊呆了，好久才反应过来，上前查看茂原的伤势，但此时的他已经没了呼吸。茂原的后背上有一个极深的刀口，神崎只用了一刀就让茂原送了命。

梶井和高岛两个人都不敢声张，只好把尸体偷偷地往茂原家里运过去，说是在妓院发生了口角，残害了自己的朋友，凶手神崎实在不可饶恕。茂原家下令追杀神崎，誓要把神崎找出来。但五天过去了，还是没有发现他的踪迹。

茂原有一个弟弟名字叫市次郎，自小便跟哥哥关系很好。茂原惨遭毒害，弟弟万分悲痛，发誓自己要单独出去找人，替哥哥报仇。

府上的人同意了市次郎的行动，但是此事还不能对外声张，于是让他运送哥哥的遗骨回乡安葬，再顺便去祭拜一下佛寺、拜访亲戚，一边还乡一边找人。梶井和高岛也因为这件事受到了严厉的惩罚，茂原家要求他们必须和市次郎一起把凶手找回来，将功赎罪。

但由于地域限制，他们只能在江户的范围内搜寻，并定下一百天的时间，他们必定要找到神崎的栖身之所。

这两个人接到要求后就每天早早出门找人，直到傍晚再回府。起初，这两人还有模有样地四处寻找，后来渐渐地没了心思。最后，两个人每天早晨按着点准时出门，然后到茶馆、戏馆还有澡堂消磨时间，不干正事，抱着玩耍的心态到处浪荡。回府后，他们又随便编造一些说辞，说什么自己去了哪些大街小巷里找了好久都没有找到。为了省钱，他们还专找一些便宜的地方逛，最后就挑到了澡堂二楼这个地方，还把这里当成了他们的集合点。不过，一来二去的，后来事情也就渐渐变味了，因为高岛和阿吉走到了一起。阿吉听了他们的事情之后也非常担心，不停地劝高岛放弃找人。

高岛也认真想过，现在他们每天都是吃喝玩乐、不务正业，这个状态是不可能找到神崎的。就算真的找到他了，自己有没有勇气杀了他帮茂原报仇还不一定。于是，高岛就想到了自己未来的日子，要是一百天内都交不出人，这后果简直不敢想。虽然不会被驱逐，但不能完成任务的他们最终也会被叫回去。高岛心里放不下阿吉，这要是回去了，他们不知道何时才能再见上一面。但梶井却没有高岛这么多顾虑，他家里有大有小，还需要有人照顾。

这享乐的日子终究到了头。高岛越想越不安，胸口仿佛始终压着一块大石头，让他喘不出气来。

"哎，别这么说嘛。"于是梶井一直哄着高岛，但今年以来，高岛出走的心却是越来越坚定，每次回宅邸，他总会搬一些自己的东西到阿吉这里。

再过了不久，他们古怪的举止吸引了熊藏的注意。阿吉便跟他们说，这老板跟捕快走得很近，要是捕快引起怀疑，只怕事情会更加糟糕。高岛心里更不踏实了，于是情侣俩商量之后就收拾包袱私奔了，再也没有回来过。而梶井迟迟都没看见高岛出现，才急忙忙过来澡堂这边找人。

梶井把来龙去脉都讲清楚了，但还是没法解释一点：那两个头颅到底有什么来头？

"这其实是高岛祖祖辈辈传下来的珍贵宝贝。"梶井解释。

原来，高岛祖先曾随他的主人来到朝鲜，拿下了一场战争中的胜利品，那便是包裹里一个干枯的头颅和一个不知道是什么动物的头颅。不过，当地的人说，这是法师在做法事祈祷或卜卦用的东西，是一个神圣的祭拜品。高岛祖先见此物甚是珍奇，便把它们带回了日本，只是，他们问遍了各路名人，都不知道这是什么东西。后来，这两个头颅便被当成了传家之宝，在高岛家里世代流传了下来。这件事在他们那边很出名。所以，高岛在打算离家出走的时候，就把这宝贝拿出来给阿吉照看。

　　至于这泥鲨皮是怎么回事，梶井便不清楚了，不过听说高岛的祖父曾在长崎久留，这玩意儿有可能是在那边买回来的东西。靠着这泥鲨皮，高岛应该勉勉强强赚了一点小钱，但那两个家族世代流传的头颅宝贝，就不知道能卖多少钱了。

　　不过，这一对年轻男女抱着两个不明来历的头颅会去哪里安家呢？一想到这里，半七就会觉得有些可笑，甚至还有点同情他们。说起来，这也算是为了爱情勇敢私奔的了吧。

　　"虽然这个事情现在说起来就是一个笑料，但当时的情况确实非常尴尬。"半七笑道，"熊藏都没问清楚，我就亮出了捕棍，搞得对方无比紧张。不过那武士也没有在意我们的举动，最后这个事情就这么翻篇了。至于后来，据说高岛再也没有回去过，阿吉也是。那个报仇的对象也没能找到，梶井也没有被勒令返乡，反倒天天往澡堂往。后来，我找了朋友问了一下头颅的事情，朋友告诉我，这东西有可能是西方的木乃伊之类的东西。说起来，这真是让人觉得古怪透底的玩意儿啊。"

第五话 黑蛇里的怨灵

鬼节那天傍晚，廊庭外吹起了丝丝凉凉的风，屋檐下的灯笼左右摇晃，阿仲无意间瞥见一道黑影，她就站在阴暗的角落里，垂头丧气，阴气森森。

阿仲倒吸了一口气，腿也开始颤抖起来，惊呼："歌女代的魂魄回来了！"

一

二月份过去后，我因为工作太忙而没法抽身拜访半七老人。算一下时间，我们离上次见面已经过了有三个多月了，于是我在五月底的时候给半七老人写了一封信。没想到半七老人很快就给我回信了，他在信中写道，他们那里即将在冰川神社举办一个盛大祭典，届时会有好吃好玩的东西，邀请我过去参加。我想着很久没见到他了，便在那一天赶到半七老人家里，路途中，意外下起了小雨。

"这雨下得可真不是时候。"

"这也是没办法的嘛，快要到梅雨季了，总会有些蒙蒙细雨。"半七的心情好似受到了一些影响，他抬头望向窗外，"今天可是一次郑重的祭典仪式，这雨会不会阻碍到祭典的顺利进行呢？"

不一会儿，管家端上了一些好吃的小食，还有一壶小酒。美味佳肴尽在眼前，我也就不客气地吃起来了。在这个过程中，半七老人不时会说起庙会戏台的一些趣闻。

外头的雨越下越大，管家赶忙收起放在廊庭外的祭拜品，外面的庙会戏台上也好像停止了伴奏声，一下子变得冷清了许多。

"唉，老天不作美，这雨下得太大了，本来想带你出去溜一圈，现在看来是没有办法了。今晚就待在家吧，之前说的故事还想继续听下去吗？"

半七老人让管家收起餐桌，回头问了我。

对我来说，半七老人的故事可是比外头唱戏、吃喝玩乐快乐多了，于是我兴趣盎然，让他多说说以前的老故事。

"你这是要我自吹自擂吗？"老人笑笑，但还是对我的央求无可奈何，"蛇这种动物，应该没有人会喜欢吧？要是你不介意，我就继续说下去了。"

二

就在安政大地震发生的前一年，七月十日，传闻中，若是人们在这一天去参拜观音菩萨，便能得到四万六千日的恩德。因此，很多人都会在这个重要日子去浅草观音寺祭拜，半七也不例外。

天还没亮，半七就起身了。远方的塔楼被暮霭遮盖，朦朦胧胧，白鸽在上空飞旋，迟迟还未俯身进食。早上来的人稀稀疏疏，半七得以悠闲地在寺庙中参拜，结束后便回到家里。

半七才刚刚从山下走到街道上，就看到一间卖刀子的店铺旁有一个巷子口，七八个男人围在那里窃窃私语。由于职业习惯，半七便打算停下来看看他们在说些什么。随后，一个穿着单衣瘦小的男子跑了出来，神色紧张。

此人是半七的线人之一，名字叫源次，家里是做木桶生意的。

即使放在以前，线人这个职位也是存在的。但是跟现在有所不同的是，他们都是有正职的，比如街道上那些小摊贩，卖菜的、卖鱼的、做木桶的。平日里他们就是做做生意，表面上看都是一些寻常的小百姓，但是在关键时刻，这些人总能给出一些案件的线索。虽然他们不会出面抓人，但正是因为线人们之间的相互牵线，才顺利帮助捕快们把案件侦破，成功拿下犯人。

"大人，您这是要去哪儿啊？"

“我刚从观音寺回来。”

“您人在这儿刚好，我正准备跟您说，这里发生了一件诡异的事情。”男子低声说着，眉头微皱。

源次对这里是相当熟稔的，为人也算是机灵。既然他都这样说了，那肯定是发生了不好的事情，于是半七也紧张起来。

“怎么回事？”

“鬼师傅今天早上死了。”

鬼师傅其实就是歌女寿，是一名舞蹈老师。她收养了一名侄女，给她取了一个艺名叫歌女代。歌女寿打小就对歌女代进行一系列舞蹈技术的训练，原本让她学有所成，将来可以承继她的衣钵。但由于她的整个训练过程极其苛刻残忍，歌女代在去年秋天发病身亡，当时年龄只有十八岁。之后，歌女寿便受尽指责，人人说她古怪至极。

歌女寿当时四十八岁，但看起来比她的实际年龄还年轻，是一个美艳的女子。因为职业的关系，天性爱玩的她在年轻的时候还闹出了不少绯闻，哪知近年来更是猖狂，到处厮混，邻里之间的人都不怎么待见她。

歌女寿收养侄女，本意是想专门培养她出来卖艺，给她赚钱。因此，她也对歌女代并没有太大的耐心，而且训练方式极其残酷，几乎没有人性，歌女代只要有哪一点做得不好，就惨遭养母毒打。歌女代早期营养不足，发育过程中又被狠心虐待，身子就落下病根，动不动就会生病。可歌女寿并没有怜惜她，有时候还变本加厉。

经过一段长时间的严酷训练，歌女代的舞技越来越好，人也长得越来越漂亮。在她十六岁的时候，便开始被养母拉去卖艺，招揽门生，教授舞蹈。显然，歌女代的美貌吸引了不少年轻男子，养母歌女寿奸计得逞，赚了不少钱。可她的欲望就像一个无底洞，不会因为收一收小费、买买衣服、摆弄一些小饰品就得到满足，她还想要放长线钓大鱼，做一个长久的打算，赚更多的钱。

很快，歌女寿等到了这条"大鱼"。这人这是一个来自江户的大主管，他见到歌女代后甚是喜爱，想要买下歌女代回家做小妾。可歌女寿怎么会轻易就答应了他的要求？她开始故意刁难那个男人，说这个女儿是要留着给她养老的，不能就这么送出去了。对方果然中了招，铁了心要把歌女代拿下，为此，他不惜付出巨大的代价。他承诺道，只要歌女代能跟他走，歌女寿不仅每个月会得到一笔丰厚的抚养费，而且这事成了之后，他还将送上一百两金子的嫁妆。

歌女寿一听完，果然十分动心，她喜笑颜开，再也没有多扭捏就答应了这门婚事。当晚，歌女寿便迫不及待地将这一消息告诉了歌女代。对歌女寿来说，这一次的婚事她可是相当满意的，日子过了这么久，她终于等到了一次"翻身"的机会。

"母亲，您就放过我吧。"未料，歌女代听后痛哭起来，这一嫁，岂不是意味着要把自己这一生都搭进去了？本来自己的身子就不好，平日里给众多门生上课，身子就已经吃不消了，现在她还要照顾一个老爷，怎么受得了？况且，只怕是嫁到了那种地方也只能看着别人脸色做事，苟延残喘地活着。如今虽然辛苦了点，好歹还能靠着自己的舞艺赚钱，自给自足，不必委曲求全。因此，歌女代恳求养母去帮她回绝这门婚事，还不停地跟养母保证，说自己以后一定会加倍工作，哪怕干活干到死，也要给养母挣到钱。

歌女代苦苦哀求，可养母却丝毫不见心软。她好言相劝，但这平日里乖顺听话的养女，此刻的态度十分坚决，一直不肯点头答应。连日来，歌女寿连哄带骗，而歌女代始终没有动摇。至此，歌女寿的心情越加烦躁，感觉事情变得有些棘手。

又过了一段时间，梅雨季节到了，歌女代的病越来越严重，不仅没法出面教习舞蹈，卧病在床的日子也越来越多。而那个要买下歌女代的大主管见事情没有任何进展，便主动跟歌女寿推了这门婚事。

眼看着金子就要到手，没想到就在自己眼皮底下溜走了，歌女寿心生怨怼，对歌女代越发看不顺眼，觉得她搅乱了自己的好事。

于是，歌女寿从床上硬把歌女代叫起来，怒道："你不是说要加倍干活吗？现在怎么还躺在这里？你不知道时间很宝贵吗？快给我起来干活啊，臭丫头！"

之后，歌女代没日没夜地站在讲席上教授舞蹈，休息的时间也变得越来越少，病情也越来越严重，但是歌女寿从来没让医生过来帮她看病。还好有一位负责伴奏的姑娘，名字叫阿仲，她很同情歌女代的处境，经常在暗地里给她买药。尽管如此，歌女代的身子也不见好转。当年的夏天，阳光非常毒辣，酷暑的气候加重了歌女代的病情，她的身体几乎到了病入膏肓的地步，可歌女寿不管不顾，依然还是让歌女代继续授舞营生。歌女代拖着残缺不堪的身子，撑着一点脆弱的生存意志每天站在台上授舞。虽然阿仲忧心忡忡，但在歌女寿的淫威之下，她不敢有所作为。

几天后就到了鬼节假期，七月九日当天，歌女代终于耗尽了她身上所有的力气，在跳起最后一支舞蹈的时候，就此倒地，再也没有起来过。这位才十八岁的小姑娘，不堪养母长期的狠毒虐待，于初秋时节，永远地离开了人世间。

三

鬼节那天傍晚，廊庭外吹起了丝丝凉凉的风，屋檐下的灯笼左右摇晃，阿仲无意间瞥见一道黑影，她就站在阴暗的角落里，垂头丧气，阴气森森。

阿仲倒吸了一口气，腿也开始颤抖起来，惊呼："歌女代的魂魄回来了！"

很快，街头小巷传出了各种流言。大家都说作恶的歌女寿害死了自己的养女，歌女代变成鬼魂，要来找歌女寿复仇。更有甚者，说每到深夜的时候，他们在歌女寿的家里还能听到一些古怪的声音，咚咚咚，咚咚咚，授舞的讲席间还会响起一阵阵有规律的踩踏声，这都是歌女代鬼魂回来的征兆。

后来，各种谣言本加厉，散播于各个大街小巷，越来越多的人相信歌女代鬼魂出没的事实。歌女寿的歹毒变得人人皆知，她为此也被大家叫作"鬼师傅"。鬼师傅的名声败裂，她的门生也渐渐不再上门，连阿仲也不愿意再给鬼师傅卖艺求生了。

就在今天，有人说鬼师傅死了。

"这是怎么个死法？那样一个狠心肠的人，难道是自己吃坏了东西吗？"对于鬼师傅这种狠毒的女人，半七也对她没有什么好感。

"她不是中毒身亡的。"源次神神秘秘的，靠近了半七耳朵低声说，"鬼师傅是被蛇给活活勒死的。"

"被蛇勒死？"半七惊讶道。

"是的。侍女阿村是第一个发现尸体的人，她说鬼师傅就死在床上，脖子上还有一条黑蛇，盘得紧紧的，看起来就像是被黑蛇给活活勒死了。是不是很可怕？大家也都被吓到了，不过，大家都说这人活该有此下场。"源次说。

半七夜听得胆战心惊。

这难道是歌女代的冤魂找上门了吗？她把自己的怨念生成了一条黑蛇，活生生地绞死了心肠歹毒的养母？黑蛇勒死鬼师傅，无论是谁，光是想想也都觉得这事非常惊悚，让人心里发毛。

"既然如此，我们先过去现场看看。"

半七领先走了过去，源次只能紧张地跟在他旁边。等到他们过去现场的时候，围观看热闹的人渐渐多了起来。

"今天可是歌女代一年的忌日啊。"

"这个狠毒的人迟早遭报应，歌女寿死得活该。"

每个人都在说长论短，他们的眼神里显然也对鬼师傅的死惊恐至极。

半七和源次避开前门，从后门绕进了鬼师傅的家。房内的门窗都被紧紧关着，没有阳光，看起来很昏暗。鬼师傅的床原封不动，床外边还挂着纱蚊帐。

房东跟她的女儿阿村就坐在房内，神色慌张，一言不发。

半七先跟房东打了个招呼："房东，真没想到会发生这样的事情。"

"是半七啊。您说这都是些什么事啊，我也是倒霉透了，阿村今天早上发现尸体后，我就让人赶忙过去衙门报案了。但是这验尸的师傅还没来，我们都不敢上前去看。现在坊间议论纷纷，亡魂复仇的消息也是满天飞，虽听起来不切实际，但看她这不寻常的死法，怎么也没办法让人想明白，唉，真是头痛！"房东不知所措。

"这房子周围会经常有蛇出没吗？"半七问。

"就是因为没有，所以才奇怪。我们这边房子盖得可严实了，连其他小动物都爬不起来。我这房子虽然外头有个院子，可地方太小，蛇是没办法在这里寄居的。正是因为如此，大家才会对鬼师傅的死法感到十分惊骇，都在说这不是蛇干的事，而是……"房东想起了鬼魂复仇的事。

"我可以看看里面是什么情况吗？"

"您请，您请。"

房东带着半七领到了隔壁的房间。这个房间大概有六张席子那么宽，旁边搁置着一个低矮的柜橱，墙上挂着一幅神像。因为最近天气炎热，床上外头挂起了高高的蚊帐。

歌女寿睡在一张草席上，身上盖的薄被滑落到了脚下。她的头微微仰起，下方的枕头被推到了旁边，整个身子睡出了草席外一边。她的发髻已经都散开，头发乱糟糟的，眼目狰狞，眉头皱起，嘴角歪斜，舌头凸出，这痛苦的死状，看起来确实如被东西活活勒死的感觉。她的衣服貌似被人扯出了大部分，袒胸露乳，裸露的皮肤有些微微发红。

"有看到蛇吗？"源次蹑手蹑脚地走了进来。

半七把蚊帐掀了起来。

"这里光线太暗了，开开窗，让光进来。"半七说。

源次打开了离床上最近的一扇窗户。

早晨时候，阳光正好，明晃晃的光线一下子照射进来。视线清晰之后，鬼师傅的死状让人更加觉得恐怖、恶心。她的脸色发青，脖子上还能瞧见一条全身乌黑、滑溜溜的东西。

源次吓得连退三步，汗毛竖起。

却见半七又上前一步，仔仔细细地观察了一遍，瞧见那上面是一条一尺长的黑色小蛇，蛇尾松松垮垮地盘在脖子上，蛇头则无精打采地垂在草席上。半七伸出手，想看看那条小黑蛇死了没有，手刚动一下蛇头，结果它像是惊醒了一般，冷不丁地一抬头，吐出长长的舌头。

半七寻思了一下，一会儿从口袋中拿出一张怀纸，将其折叠起来，再一次俯身轻轻地按压了一下蛇头，没想到小黑蛇有所畏缩，呆呆地落在草席上，一动不动。

把现场都检查完毕后，半七走了出来，洗了一下手，又去了刚刚进来的第一个房间。

"里面有什么线索吗？"房东着急地问道。

"目前还不能断定，还得等验尸的师傅过来，让他再看看有什么其他异常的问题。我还有事，先走了。"

房东想要再从半七的口中听来更多的信息，可半七打算就此离开，并不多言。房东毫无所获，感到有些失落。源次也等了半七好久，一见到他出来便跟在了他后头。

"嘿，大人，有什么发现吗？"

"那个叫阿村的人看起来挺年轻的，年龄多大了？"半七突然问。

"应该是十七岁左右。可这不可能是一个女孩动的手吧。"

"唔，"半七想了想，"但这女孩也不能排除在外。我就跟你说吧，这鬼师傅可不是被蛇给活活勒死的，应该是有人先将她给掐死了，再放上黑蛇，掩人耳目。所以你可得帮我留意一下那个叫阿村的女孩，同时看一下有没有其他可疑的人在这附近鬼鬼祟祟的。"

"如此说来，她的死不是那个歌女代的魂魄来复仇了？"源次疑惑道。

"也许有人想替歌女代复仇，但这也只能是活人能办到。我再去找找还没有其他线索，你就在这里观察一下周边的情况。说到这里，我还有一个问题：鬼师傅走的时候，身上的财物多吗？"

"那个女人挺贪心的，也许会留一点。"

"那她最近有在交往中的对象吗？"

"听说是在热恋中。"

"好，我知道了。接下来这边就交给你了。"

四

半七刚交代完给源次的工作之后，正想准备转头，就瞥见一个年轻的男子在人群中四处张望，似乎有意无意地靠近半七他们，偷听一些谈话的内容。他还不时地探过头来，悄悄地打量着半七他们的神色。

"你往那个方向看，那个探头探脑的人是谁？"半七低声询问。

"那个人家里是在町内做装裱书画生意的，名字叫弥三郎。"

"他是不是经常来这里？"

"歌女代还在世的时候，他每天晚上都会过来。但歌女代去了之后，他就再也没有出现了。其实，不仅是他，这里好多门生都走了。唉，她的养女一死，这鬼师傅名声臭了，可没人敢往这边来。"

"你知道歌女代的菩提寺是哪个地方吗？"

"往广德寺再过去点，在妙信寺那儿。去年给歌女代送葬的时候，我也跟大家一起去了，所以那个地方我很熟悉。"

"好，我清楚了。"

半七和源次告别之后，回去路上突然又想到了一些什么，于是转个弯往广德寺的方向走去。

初秋的阳光依然强劲，水面上波光粼粼，一只小昆虫从半七的眼眸间掠过，飞进了低矮的瓦盖土墙内，前面正是妙信寺。

寺庙前，左右两边开着一些卖花铺。也许是鬼节降至，过来扫墓的人很多，每个门店前都放着供佛祭拜常用的芒草。一丛丛绿油油的芒草依次摆开，好生热闹，几乎快让人站不住脚。

"早上好，店里有人吗？"半七站在一个卖花铺前问道。

听到声音，一个老婆婆放下了手中剪枝花草的活，直起了身，回应道："早啊，您也是过来扫墓的吗？"

"老人家您好，请给我装一些芒草吧。还有，您知道歌女代安葬在哪个地方吗？"

半七借着买芒草的机会，顺便问了下歌女代的坟墓，还问起了老婆婆说有没有看见谁经常过来这边扫墓。

"这之前呐，好多门生都会过来扫扫墓，可最近来的人越来越少了。倒是有一个装裱书画店的少爷会在每个月歌女代的忌日过来，就在坟前合掌礼拜。"

"他是每一次都会出现吗？"

"对啊，别看他年纪还这么小，没想到这么懂事，昨天他也来了。"

问完了话，半七谢过婆婆，转身找了一个木桶往里面装了些水，然后把芒草放了进去，随后走进了墓地。

歌女代一族的坟墓都是用石头堆积而成，火葬之后，她的骨灰也埋在了小石塔中。歌女代的坟墓与隔壁的古墓之间长着一棵茂盛的枫树，嫩叶遮住了石塔，树上传来一阵阵暗哑的秋蝉声，坟前还放着新鲜的花束，那花束沾上了一些早晨的露水，看起来就像是那个少爷的眼泪一样。

半七也放上了花束，默默地鞠了个躬。当他静静地想事情时，背后传来唰唰的声音，半七回头，看见有一条小蛇在草丛间匍匐，似在追赶着猎物。

"难道他是抓了这个小东西？"半七有点困惑，一路看着小蛇前进的方向，"不，有可能不是这样的。"随即，他又否定了自己的猜想。

结束后，半七走出了墓地，来到了刚刚那个卖花铺。他再次询问起老婆婆，想知道这歌女代生前是不是也经常过来扫墓。老太婆说，那个歌女代虽然年纪小，但人却很孝顺，也经常过来扫墓，有时还会跟刚刚那个少爷同行。

半七想到这两个年轻人之间的来往，感觉他们可能存在着某些特殊关系。

"今天真是谢谢您了。"

半七掏出香油钱，走出了寺庙。

接着半七在路上遇到了一个男子，这个男子也是半七的属下，本名叫松吉，高高瘦瘦的，因为看起来过于瘦弱，所以常常被大家取笑。

"小鬼，恰好看到你了，我刚还准备上你家去呢。"

"大人，您这是找我有事？"

"你应该还不知情吧，那个臭名昭著的鬼师傅今天早上被人发现死在家中。"

"啊？"松吉惊讶道，"您说什么？那鬼师傅死了？"

"这里可是你管的地方，那个鬼师傅死在自己家里，闹出了这么大的风波你居然都不知道？"半七呵斥道，"平时工作认真点！"

松吉刚刚才消化完这个令人震惊的消息，他的眼睛睁得大大的。

"我的天啊！竟然发生了这种可怕的事情！所以说人活着就不能太缺德，您看，报应不就来了吗，一不小心就给冤魂弄死了。"

"先别信那些传言，你按我的吩咐，去找一下这附近在卖知立神社护符的小商贩晚上都住在哪个地方，尤其是看看万年町周围有没有类似的人。这事虽然比较急，但是找人不会太难，你要赶紧去找出来。"

"好的，我这就去。"

"那就麻烦你了。你做事比较细心，所以你顺便查一查这些卖护符的小贩有多少人，具体都是哪些人，这些细节，务必摸清楚。"

"我明白，我一定不负您所托，保证完成任务。"

半七目送着松吉离开，自己也回到了神田家里。

黄昏时刻，源次上门拜访，跟半七说起了今天的验尸结果。目前来看，这鬼师傅是被人杀害还是被蛇给活活绞死，目前尚没法确定。由于鬼师傅本身作恶多端，验尸的师傅对她亦是厌恶不已，于是也没过问过多细节，草率地立下结论，最终指认蛇才是真正的杀手。

半七并没有打断源次说话，笑着听完。

"鬼师傅的葬礼准备什么时候进行？"

"我听说是明天早上七点，鬼师傅这人没有亲戚好友来往，所以届时也就由房东跟一些街坊邻居出面做法事。"

这天晚上松吉都没有过来报告任何消息。等到了第二天，半七打算出门看看葬礼的情况。他来到了妙信寺，看到做丧事的师傅抬起棺材走过来了。来送葬的人大概有三十几个，其中还有鬼师傅之前的门生弟子。

人群中，源次警戒地观察着周围可疑的举动，脸色苍白的装裱店少爷也在礼仪队伍一旁，瘦弱娇小的阿村也在里面。

半七环视了一圈，装着无所事事地坐在角落边上。

寺庙和尚诵完经后，鬼师傅的遗体便送去了火葬场。送葬的人群也渐渐散了，半七等到最后才离开。

出去之后，半七又绕到了墓地上，见到那个弥三郎少爷在歌女代的坟墓前合掌礼拜，念念有词，好似在祈祷些什么。半七偷偷地躲在枫树后面，轻轻地往前探去，屏住呼吸，想听听看弥三郎在念叨着什么话，但弥三郎只是在说一些祷告语，本本分分的，没有其他过分的举动。

过了好一会儿，弥三郎终于默祷完，刚准备离开，便与半七的眼神撞上了。弥三郎神色紧张，跨步走出去，半七出声叫住了他。

"您是在叫我吗？"弥三郎顿住，心里头很不安。

"就是你，耽搁你一会儿，我有些事情想问问你。"

弥三郎叹了口气，默默地走到半七跟前。随后，两个人便蹲在草丛上。

今日没什么阳光，看起来阴沉沉的，草地上的露水还未干，凉凉的湿意渗进两人的鞋底。

"别人都说你很用心，听说每个月你都会来祭拜？"半七先开个了头。

"歌女代是我的小师傅，以前我经常在她那里学习跳舞，所以每月我都会过来祭拜她。"弥三郎哀声说道。他大约已经猜到半七是捕快了。

"那我就直话直说了，你跟歌女代之间是什么关系？"

弥三郎大吃一惊，然后他低了低头，手上反复地拨弄着地下的小草。

"你就跟我说实话吧，你们是不是情人关系？歌女代被养母虐死了，而在她死后刚满一年的忌日，养母歌女寿便离奇横死。大家说，这是歌女代把怨念附身在小黑蛇上，驱引小黑蛇把歌女寿活活勒死了。这说法的确是很离奇，可我们也不能就此对这件凶杀案置之不理。而且有传言说是你在替歌女代复仇，是你杀了歌女寿，然后伪装成黑蛇杀人的惨状，现在连衙门这边也把你当成可疑对象了。"

"不！不！我不会做出那种事来的！"弥三郎颤着嘴唇，接连摇头否认，浑身发抖。

"别紧张，我知道不是你动的手。我先介绍一下，我是来自神田的半七，是一名捕快。我不是一个听信别人谣言就做判断的人，我有自己的原则，所以，既然你不在我的怀疑范围内，就坦然说出一切吧。你跟歌女代到底发生过什么事情？在歌女代的坟墓前，你要是有哪一点说得不对，那就是真的对不起她了。"半七一脸严肃地说。

墓前的鲜花早已过了花期，凋零的花瓣四处散开，只剩下花杆子枯萎地垂落着。弥三郎看着一地萎谢的花，渐渐地掉起了眼泪。

"大人，我跟你都说了吧。在前一年的夏天，我每天晚上都在小师傅那儿练习舞蹈，不久，我们俩就对彼此有了一些好感。但是，我发誓，我们俩绝对没有干过什么坏事。小师傅本来就身体弱，我也是一个胆小的人，所以我们都是背着她养母，暗地里聊聊天、说说话而已。有一回我们去扫墓，小师傅哭着求我带她一起离开，说她实在没有办法在那里生活下去了。说起来，我到现在都很后悔自己当初为什么不痛下决心，答应她的请求。当时，虽然我也很心动，但是一想到我的父母、我年幼的弟弟妹妹，我就不敢跟她远走高飞，把这里的一切都抛下不管。于是我就劝小师傅，让她安心点，不要胡思乱想，又说了一番好话，她才肯回家去了。可没想到，回去之后不久，小师傅就再也起不来了。而且我听说她养母是被黑蛇给活活勒死的时候，我也是吓了一跳，这不是正好赶上了小师傅刚满一年的忌日吗？我一想到是我自己把她推向了水深火热之中，心里就万分愧疚，整天吃不上饭也睡不着觉，所以我每个月都会来她的坟前祭拜，只有这样才能减轻我的内疚感。但我做的事情就只有这些，我不会抱着复仇的心态去杀了她养母的，这最近发生的事情真的跟我没有什么关系。"

正如半七的猜测一样，歌女代生前跟弥三郎之间有过一段感情。看这年轻男子忏悔的泪水，确实不像是假的。

"歌女代逝世后，你还有再过去吗？"

"这……"弥三郎欲言又止。

"不要对我有所隐瞒。在这之后，你真的一次也没有去过？"

"嗯，其实有个事情——"弥三郎有点难以开口。

"什么事？"半七催促。

弥三郎不敢迟疑，说出来接下来的事情。

五

在歌女代去世后的一个月，歌女寿来到了他家店前，把弥三郎叫了出来，说是要为了歌女代忌日的一些事宜来找他讨教一下，而且还请他晚上过去她家里一趟。弥三郎没有多想就答应了，晚上如约到了歌女寿的家，两个人聊了一些祭拜的事情之后，紧接着，歌女寿提出想要把弥三郎收养为儿子，说是自己的女儿走了之后她很孤单，想找个人陪陪她。

弥三郎被突如其来的请求吓到了，他自己本身就是要继承家产的大儿子，当然不会屈身来给歌女寿当养子。可是这歌女寿一直不肯放过他，自那之后就死死纠缠着弥三郎，想尽各种理由来叫他过来。有一次，两个人在路边碰上，歌女寿便硬拉着弥山郎到酒馆喝酒，还给他灌了不少酒。不一会儿，歌女寿自己也醉得稀里糊涂，还暧昧地挑逗着弥三郎，说一些很露骨的话，一会儿说要让弥三郎当她养子，一会儿又说要让他当情人。性情懦弱的弥三郎自然不敢回话，他胆战心惊，双手不停地挣脱出歌女寿的束缚，慌不择路地赶紧往自己家的方向跑回去。

"你们喝酒的那一天是什么时候？"半七问。

"是今年正月的时候。到了三月份，我们又在浅草碰见，她又想像上次一样把我拉到某个地方去，我也好不容易才摆脱了她。然后到了五月下旬，一天傍晚，我在澡堂里洗完澡出来，就看见歌女寿也从另一边澡堂出来了，她看到我便死命地拉着我的手，非说有事情要谈，让我一定得到她家里去。我实在没法再躲，只能跟着她一起去了。结果到她家的时候，房门前坐着一个男人，肤色有些黝黑，年纪在四十岁左右，看起来比歌女寿还年轻几岁。歌女寿吃了一惊，整个人都愣住了，没有再敢上前走一步。我当时觉得太好了，既然她家里来了客人，我就连招呼都不打，赶紧就跑了。"

"哦？原来还有这回事。"半七笑了笑，"那个男人是什么人，你认识吗？"

"我不清楚。不过听房东的女儿阿村说，这人离去之前跟歌女寿还大吵了一架。"

这其中发生了什么，弥三郎就不知情了。

两个人随后在寺庙前告别。

"今天你说的事情，暂时不要跟别人说起。"

半七走了几步路，便遇上了松吉。

"我刚到您家没有见到您，听说您在这边，我就急急忙忙跑过来了。我昨天按照您的吩咐去找人了，可在万年町没有发现卖护符的人，后来又四处打探，在本所的一家旅馆店里，找到了一个符合情况的人，现在我们要怎么做？"

"那个人年纪有多大？"

"挺年轻的，才二十七八岁左右。我听老板说，这人几天前中暑了，就没做生意，一直都待在旅馆。"

半七有些失望。这人的年纪明显跟弥三郎说的那个男人不一样，而且这小贩也没有可疑的作案时间，因此不用在这个人身上浪费时间了。

"那个人身边有同伴吗？"

"好像有一个人，今天早上到山之手那边去卖东西了，这人年纪大概在四十岁。"

不等松吉说完，半七高兴地拍了下大腿。

"得了！你先过去看他回来了没有，我马上就去！"

松吉走后，半七又去了歌女寿的家，他想着，或许阿村能知道歌女寿和那个男人之间吵架的一些细节。但是他到这里的时候，屋子里只有两个陌生的女人，她们说阿村跟着大家去送葬了。半七等了好一会儿也不见阿村回来，于是起身离开，转头又去了源次家里，然而源次的老婆也说他去送葬了，到现在还没回来。

这时候，大概是十点。

"现在那个卖护符的人在山之手那边，算上时辰，应该到中午才会回来。"

在这边没有打捞到一点收获，半七决定再去做点什么。于是，他又匆匆地跑了几个地方，在路上顺便吃了个午饭。他来到一个河岸渡口前，已经快两点了。

半七站在一旁等待渡船，不一会儿，有一个四十多岁的男人走了过来，那个人皮肤黝黑，头上戴着一顶草帽，身上穿着护套、护腿和草鞋，颈部还悬着一个小箱子。敏感的半七一下子就觉得这人就是那个卖护符的同伴，看起来这个人也跟弥三郎说的一模一样。但是现在半七没有任何证据，不能直接就拿下他。因此他决定看看那个人是不是准备要回旅馆，如果是，那到时候再想办法留住他。

于是半七就装作没事人一样，眼睛却不时地瞟他一眼。卖护符的人似乎也觉察到了，为了躲开半七的注视，他特意跑去柳树下等待，还把自己外衣稍稍扯开，拿着个扇子假装在吹吹风。

　　上午还是阴天，到了中午就出大太阳了，没有风，这燥热的火气覆盖在河边的水面上，热辣辣的阳光照着一排排屋顶。终于，对面缓缓地驶来了一艘渡船，船上的乘客们都顶不住太阳的曝晒，纷纷举着手绢在额头上遮挡阳光。船桨有规律地拍打着河浪，船夫的身影渐渐地有了轮廓。

　　船靠边之后，乘客们一个个都上了岸。那个卖护符的人趁着人流，大跨一步上了船，半七也紧跟着跳上。

　　"船开咯——"船夫声音洪亮。

　　抱着小孩的妇人、年迈的老奶奶、提着一堆礼品的伙计，还有一群男男女女赶忙跑过来，一一准备上船。船夫正准备摇动船桨离开，卖护符的人突然看到另一个坐在船尾的男人，他立马上前，紧紧地拽住这人的衣襟，大骂道："你这个小偷，竟敢拿走我的护符宝贝？你这坏心肠的人，小心河神找你算账！"

　　这个被人称作小偷的男人年纪也在四十左右，穿着一件过时的蓝色便衣。现场那么多人，他当然不能就这么被人说了。

　　"你说我是小偷，拿出证据啊。"

　　"哼，还敢不承认，看我打不死你！"

　　卖护符的人抓着对方的衣襟，生气地用力猛扯了几下，对方憋不过气，伸手想把前面的手拿开。两人作势要扭打一团，剧烈的动作使得渡船瞬间变得摇摇晃晃，里面的乘客害怕地大哭起来。

　　"这里不能打架！不能打架！要打上去打！"

　　船夫骂骂咧咧，其他人也都开口劝架。最后，卖护符的人先松开了手，可还是火冒三丈，凶狠的眼神一直盯着对方。

渡船到达目的之后，半七率先跳上了岸，小偷也紧跟着跳上来。卖护符的人当然不肯就此放过那个男人，伸手抓住前面那个人的袖子。小偷一见到他的手过来，赶紧将其隔开，恰巧得了个空当准备撒腿就跑，而此时半七已紧紧地抓牢了他的臂膀。

"你放开我！"男人扭捏着身子，想要挣脱。

"别乱动！我现在通知你，你已经被捕了！"

半七出言呵斥。

男人吓傻了，不敢造次。那个卖护符的人追了上来，听到这话，也猛地停住了脚步。

"你被他偷走的东西，是不是一条小黑蛇？"半七回头问卖护符的人。

"对，就是！"

"你们都跟我到办公的地方去。"

半七拉着这个男人往附近的衙门走过去。

"都招出来吧。"半七怒目道，"说！你是鬼师傅的丈夫还是她偷偷养着的情人？你上次去找她的时候，就因为看见她跟一个年轻男人在一起，你就怀恨在心，跟她大吵了一架，吵完架不解气，还想找个机会把她给杀了。狡猾的你利用鬼师傅的臭名声这一点，先把她给掐死了，再把偷来的黑蛇缠在了脖子上。你可真厉害啊，为了掩饰自己犯下的罪行，装神弄鬼，瞒天过海。结果你的目的做到了，大家都以为是歌女代的鬼魂来复仇。然而，你以为自己能一直隐瞒下去吗？那也太小看我们捕快的实力了吧！别以为做了亏心事就能躲得过去！哼！可笑！快给我从实招了！要是再给我拖延时间，我可就一棍子下去了！"

六

"我跟你说，这以前啊，审讯犯人可是很严厉的。"半七老人说到这里停了下来，对故事的细节进行了补充，"无论在哪个衙门，上至捕快，下至小兵小将，面对犯人的时候，说话一定要狠，要在气势上震慑对方。犯人们要是死不开口，我们真的会狠狠揍他们一顿。"

"最后呢，那个男人全部招了？"我问。

"当然，我都这么吓唬他了，他敢不说吗？哎，其实，那个男人本来是寺庙里的一个和尚，年纪比歌女寿还小，但因为犯了色戒，所以被住持赶了出来。十年前，他在甲州地方还了俗，还回到了家乡。刚到家乡，他便迫不及待地去找了歌女寿。可没想到这女人喜新厌旧，对他置之不理。而且，那天晚上，他亲眼看见歌女寿带着一个小毛孩回了家。那个男人气昏了头，便发誓要找到机会报仇。于是，他在各个地方的旅馆逗留，前前后后两个多月左右时间里，他四处打探歌女寿的消息。后来，他听到歌女代被养母歌女寿给残虐致死的故事，也因为这个事情，大家给歌女寿取了一个'鬼师傅'的外号。那个男人本身在寺庙当过和尚，他马上就想到了冤鬼复仇的怪谈，便利用这个理由，设计了这一出诡计。想来，他能够用蛇来作为杀人道具，也算是挺用心的，只不过用错了地方。"

"所以，那条黑蛇是从卖护符的人那里偷来的？"

"那个卖护符的人跟他在同一间旅馆住着，那个男的看到卖护符脖子上的小箱子，一下子就联想到了要用蛇来做道具。要是没碰上那卖护符的人，或许他也想不到这个坏主意吧，只能说，这两个人都很倒霉。转眼间到了鬼节，刚巧也碰上了歌女代的周年忌日，天时地利人和，于是他在半夜的时候从后门绕到鬼师傅的房间去，先活活掐死了鬼师傅，再往她的脖子上放上一条黑蛇，这大家误以为是歌女代的鬼魂索命。一开始我还觉得房东的女儿阿村会是一个可疑的对象，但后来才知道，她那天晚上睡得很香，一点动静都不知道。”

“可是，为什么您会觉得，这黑蛇是从卖护符的人手中来的呢？”这个谜团始终都让我看不明白。

半七老人乐了，笑着说：“也难怪你们现在的人会很难了解。这以前，一到了夏天，大街上总会有一些卖护符的小贩们，他们自称自己卖的护符能够驱邪免灾，其中最出名的护符就是来自知立神社。当然，还有各种假冒品。这些人往往都会在脖子上挂着一个小箱子，箱子里装着蛇，然后他们会在大家面前表演，从自己身上拿出护符轻轻地按压在蛇头上，这里面的蛇一见到符纸就受了惊，缩回了箱子去。其实，真正的知立神社派发的护符可不是这样。这些造假的小贩首先都是把蛇给训练到位了，我听人家说，他们还会在护符上施针，反复地用针刺探蛇头，直到蛇怕痛，自己缩回去。时间一长，这蛇慢慢地就养成习惯了。只要一有人拿着护符压住它的头，小蛇就立马感到疼痛，缩了回去。因此，这些小贩们都是利用这些作假的招数来欺骗那些行人。当时我查看鬼师傅的死状时，瞧见那条小黑蛇浑身没力气，便想起了那些小贩。于是当时我就拿出怀纸试探了一下，没想到这蛇果然有反应，所以我就更加确信了。之后我就是按着这条线索一步地追查下去，接着就碰见了那些人。嗯？你说那个男人？杀了人，当然是死罪难逃了。”

"那个小贩呢？"

"那种骗人的把戏放到现在肯定是免不了惩罚，但以前大家可都是不在意的。而且，除了护符这种东西，其他造假的东西也有很多。那小贩估计知道这钱赚得不地道，心里发虚，所以在我盯着他看的时候，才会那么不自在地避开我。"

"那个知立神社在哪里呢？"

"在东海道那边。那假把戏现在也还会有人上当吧。这雨停了，外面唱戏又开始了，怎么样，你人都来这里了，总得去溜一圈吧？先去看看野台戏好了，这祭典还得等到晚上才热闹呢。"

半七老人带我参观了町内各种有趣的玩意儿。

回家后，我翻开了一本《东海道名所图会》，找到了其中关于知立神社的典故，上面的意思大概是，驱邪免灾的护符是由一位松智院的二神官在符纸上画咒，这附近很多人都会跑来跟他索取。据说，因为在夏天时候，人们会随身携带一张护符进到山里，那些可怕的诸如蛇鼠之类的动物都会退避三舍、不敢靠近，行人过山，就会十分安全。

第六话　警钟怪谈

这事被大家传开了之后，很多妇女和小孩都不敢在夜间走路了。这傍晚响起的撞钟就跟鬼怪出没的警告声一般，吓得众人纷纷躲进家里，生怕一不小心自己也遭了殃。

就在同一个时间，町内又发生了一件离奇的事情。

一

一个下雨的天气，我上门看望了半七老人，刚进门，只见他手中拿着一件细长物状的东西，他说这个东西是刚从四谷大鸟社庙买回来的，是驱邪专用的竹耙。每年在这期间，当地都有集市。

"幸好我回来得及时，不然你就白走一趟了。来吧，屋里坐。"

半七老人先将手中的竹耙恭敬地放在祭坛上，随后带着我走进了房间里，我们还是坐在老位置上，接着聊起了祭典的事情。

刚刚入秋，正是干爽的季节，很容易引起火灾事故。半七老人因为之前工作的缘故，倒是经常接到很多火灾报案。在那时候，如果有人故意纵火，那可得遭受非常严厉的惩罚，即使有人在火灾现场盗取财物也是罪责难逃。

"这人世间呀，真的是有很多离奇的事情。这个故事我不方便讲出它发生的地方，咱们之前不是讲了一个鬼师傅的案件吗？今天这事情发生的地点跟那个离得不远。鬼师傅那件事之后，还发生了一件闹得满城风雨的怪谈。"

二

那时候，一场神圣的祭典仪式刚刚结束。冷风吹了好几天，人人都穿起了长袖衣服，这从早间到晚间，冷风依然还是能从袖子里钻进去，让人觉得冷飕飕的。夜里，烤番薯的小摊贩在简陋的木桌前点起了烛火，微弱的灯光，忽明忽暗，更衬托出隔壁的澡堂间燃起的水雾白烟。凛冽的秋风从各个角落里跑出来，一阵阵地刮在人们脸上。人们战战兢兢，生怕这秋风点燃了干燥的林子，一不小心就发生了火灾。

这不，该来的还是来了。

九月底，町内的警钟突兀地响起。

"着火了！着火了！"

大家一听到警钟响起，急急忙忙就往外冲。然而，人们四下观望，却不见哪里有火灾的迹象，就连一丝白烟也没见着。大家不明所以，觉得甚是古怪。

奇怪的是，这一整个月，一到晚间，这样的警钟声持续会响起，有时候一个夜晚还会响起一两次，有时还到了三四次。警钟声的节奏没有规律可循，偶尔一声、两声，偶尔连续当当敲个不停。这本是町内最近的火警报钟，警钟一响，结果搞得大家紧张兮兮，连隔壁町也受到了影响。警钟声接连响起，灭火小队像无头苍蝇一样四处乱跑，火灾现场却无迹可寻。如果没有见着火灾事故的现场，怎么去灭火呢？难道大家都出现幻觉了？这真是神奇，只闻其声，不见其火，这灭火小队最终毫无所获，只能垂头丧气地撤回。

到了最后，大家都觉得是骗人的把戏，想来是有人在背后捣蛋。一时间，人人都很气愤，扬言要把这恶作剧的人抓出来，好好惩罚他一番。这件事也惊扰了将军府，一番追责之下，江户町办事处遭了殃，所有在职人员都被教训了一顿。

在江户时代，办事处就相当于现在的警务机构，只是规模比较大。在每个町内都有专属的办事处，比如武士府邸区；坐落于屋敷町的办事处称之为"辻番"，里头的人员就由当地有权有势的武士家族派人就任；商人与平民居住区里，办事处被称之为"番屋"，在这之前，都是一些地主轮流管理事务，一般来说都会有一两个人担任主要事务管理人，同时还有两三个办事人员，大一点的办事处还配备着五六个人干活，慢慢就变成了一种裙带关系体系。

当时的消防瞭望台就建在了这样的办事处的屋顶上，如果有人发现了火灾苗头，办事人员就必须上去敲击撞钟，或者是让町内的门卫人员上去示警。所以，如果这警钟出现了什么问题，首先要怀疑的就是他们了。

这个办事处的规模很小，办事人员一共只有三个，一个是老大佐兵卫，另外两个手下是传七和长作，这三个人在办事处里轮流管理各种工作。

这佐兵卫是个老大哥了，年纪大概有五十岁左右，是个老光棍。他的身子不好，一到了冬天，便进入了疝气的高发季节，整个人苦不堪言。他的两个手下年纪也是单身汉，年龄四十岁左右，也都是孤身一人生活。

被上级领导严斥时候之后，他们加强了对町内的警备，每天晚上都认真巡视着消防瞭望台的动静。然而奇怪的是，当他们都正儿八经地去巡逻时，警钟一声都没响过，只要他们稍微放松下来，这警钟便当当作响，似乎要有意提醒他们不可懈怠一般。他们也曾在领导面前仔仔细细地搜索了一下警钟的里里外外，但是没有发现任何异常的情况。然而，这警钟就像是故意跟他们作对一样，只会在夜间的时候突兀地响起。

虽然当时的人都比较迷信，但这警钟在有人的时候就不响，偏偏没人看管的时候就自行响起，渐渐地，大家都认为这是有人使的绊子，故意反反复复，把他们给折腾死。最后，大家总结出了一个定论：快入冬了，大家对这类火灾事故很敏感，生怕会发生不好的事情，这人就是利用大伙的恐惧心理，让人不得安心。

连日来都找不着那个捣蛋鬼，百姓们都渐渐焦虑起来，再这么下去，假如有一天真正的火灾发生了却没人在意，那可怎么办？因此，陆陆续续有人提出要搬家，还大张旗鼓地收拾行李准备离开这里，也有人把家里的老人、妇女和孩子都转移到了别的地方。现在町内只要有一点烟火星子出现，都叫人忐忑不安。大家的心理状态已是疲惫到不行，终日惶恐不安的生活让人紧张不已、全神戒备，身体就快到了极限。

事情发展到这般严重的地步，已不是办事处那几位老头子能出力解决的了，因此，不仅是灭火小队，町内的成年男子也纷纷出手援助，他们组织成一支巡逻队伍，每天晚上以消防瞭望台为中心，从各个区域来回出没，加强对街道的探察。

可能是因为看守人员倍增，捣蛋鬼也有所收敛，接下来五六天的时间里，警钟竟然再也没有响起，众人开始慢慢安心下来。

十一月中，庙里办了一场法事，这几天来，阴沉沉的雨总是下个不停。天气越发不好，大家觉得这警钟也好久不再响起了，便放松了对巡视的警戒。

结果，意外又发生了，一个女人为此遭了殃。

那个女人名字叫阿北，以往是在町内某个场所内做艺伎的，后来有个大掌柜看上了她，不仅替她赎身，还买了一座漂亮的房子让她定居下来。事故发生的那一天，那大掌柜白天时候过来找了阿北，晚间才回去，随后阿北出门去了澡堂洗澡。女人洗澡一般都比较费时间，所以阿北很晚才慢悠悠地回了家。

下雨的夜晚，路上行人很少，街上很多门店都关上了门，雨伴着寒风，丝丝凉凉，让人不禁打了个寒战。

阿北正准备拐个弯进入巷子，突然间，她的雨伞像是被人定住了一样，变得十分沉重。阿北感到有些怪异，便转了一下伞面。没想到，这伞面竟从中间扯出了一个口子，伞外像是有一双看不见的大手，从撕开的伞口子向里探了进去，狠狠地抓住了阿北的头髻。阿北忍不住惊叫出声，脚步不稳，身子一下子失去了平衡，没落到空地上，反而踩中了水沟上的井盖，整个人都摔了下去。

大伙儿一听到惊叫声，立马顺着声音找到了阿北，结果发现她的右腹部被井盖撞击，人已经昏迷不醒了。大家把阿北扶起来，送到医生那儿去。

之后，阿北慢慢清醒过来。阿北回忆说，自己当时受了惊，没有来得及看那人是谁，只依稀记得，她撑着的伞突然变得有点沉重，随后伞面被人莫名其妙地开了个口子，口子里突然伸进来一双手，抓了她的头髻，接下来她就倒地晕了过去，什么都不知道了。

这件事发生了之后，民众再度陷入了恐慌。

"鬼怪来了！"

这事被大家传开了之后，很多妇女和小孩都不敢在夜间走路了。这傍晚响起的撞钟，就跟鬼怪出没的警告声一般，吓得众人纷纷躲进家里，生怕一不小心自己也遭了殃。

而就在同一个时间，町内又发生了一件离奇的事情。

三

就在阿北遭受袭击的第五天，一场下了好几天的雨终于停了下来，家家户户的妇女们便出门到井边上搓洗衣服。一眼望去，一条条的长竹竿上挂着衣服，在晴朗的天气中飘飘摇摇，让人感觉非常宁静舒适。

到了黄昏时刻，人们渐渐散去，衣服也慢慢减少，最后就只有图章铺的竹竿子上还留着两件红色的小衣服，就像是没了气的风筝一样，弱弱地垂落在树干上，衣服的袖子里灌满了风，鼓鼓作响。这店里的女主人怕是不打算收回衣裳，准备在外头足足晾晒一整天。

突然，奇怪的事情发生了，这杆子上的红衣裳居然自己动了起来。

"快！看那件衣服！"

行人们看见自动行走的红衣服，吓得纷纷大喊大叫，大伙也都好奇地走出来，抬头仰望。

只见这飘动的红衣裳像是被施了魔咒一般，脱离了竹竿，在无尽的黑夜中摇摇晃晃，四处乱闯。这倒不是因为风吹而动了起来，而是这红衣裳宛如长了一双脚，从一个屋顶飞快地闪现到了另一边的屋顶上。

大伙都惊奇不已，有好事的人从地上拾起了一块石头往红衣裳逃走的方向投掷了过去。这红衣裳貌似被石头打中了，受到了惊吓，逃走的速度更加快了，一眨眼就从一家当铺的屋顶上消失了，再也看不见人影。最后，有人在当铺后院的树干上发现了那件高高挂起的红衣裳。

红衣裳的女主人此刻脸色发青，对这般诡异的事情感到十分震惊。

这两件事情莫名其妙地发生，大家都在议论纷纷，还形成了两种不一样的说法，一种坚定地认为是鬼怪作祟，另一种则觉得，所有诡异的事情不过是人为而已。有人说，阿北受伤应该是鬼怪驱使，而这红衣裳事件则是活人才能干的事，即便大家确实没有看见红衣裳里的人，但很有可能那个人是利用衣服把自己藏得密不透风，让大家看不清他是谁而已。

到底是鬼怪还是人为，无论怎么说，人们都很难把两件事情说到一起去。

不过后来有人举报，说町内有一个生性调皮的打铁铺的学徒，名字叫权太郎。举报者说，红衣裳事件发生的那天傍晚，她看到权太郎在当铺的隔壁家墙角下鬼鬼祟祟，所以认定他就是那个偷了红衣裳的人。

"肯定就是那浑小子！"

权太郎年纪才十四岁，是町内出了名的捣蛋鬼。从他日常的行为表现来看，人们很快就相信了这一说法，觉得这人就是连日来把大家搞得筋疲力尽的家伙。

"哼！你这小子真行啊，脸都被你丢尽了！"

权太郎成了众矢之的，打铁铺的人只好狠狠地教训了他一顿，随后又领着他到处给人赔罪，还把他拉去办事处认罪。但权太郎死活都不承认事情是他做的，他还表示，红衣裳行走事件发生的当天，他只是被院子里的甜柿子诱惑到了，才会翻墙过去偷柿子。至于故意敲警钟或者偷走红衣裳，虽然都很像他的作风，但却不是他干的事情。

然而，此刻却没有人愿意相信权太郎的话，他越是否认，越人们就越是觉得他面目可憎，结果，权太郎又被办事处的人揍了一顿，后来还把他捆绑了起来，关进了一间黑屋子里。

捣蛋鬼总算抓到了，大家终于可以放宽心，安稳入睡了。结果当天夜里，消防瞭望台再次传来了警钟声，一声又一声，听得人胆战心惊。这声音就像是为权太郎在控诉冤情一般，宛若金石撞击，声音洪亮。

由于前阵子深受警钟所累，办事人已把这敲钟的棒槌给取走，不知道此人是拿了什么东西去撞击警钟的，居然还能响得起来，实在是太匪夷所思了。

一时间，众人再度陷入了恐慌。

这件事很快引起了大家的高度重视，町内所有人几乎全部出动，对消防瞭望台加大了防守力度，没日没夜地在周围勘察探点。然而，怪事还是接连发生：只要是大家严加看守的时期，这警钟就一声不响；但凡有人一疏忽，钟声就立马敲起。

这反复折腾的日子持续了一个月左右，附近的老百姓们都心力交瘁，终日惶惶度日。大家手足无措，不知道这往下的日子该如何是好。

四

"啊，天真冷哈。"

"呀，是半七大人，屋里暖和，来，进来坐。"

半七上门那天碰上了老大哥佐兵卫值班。他一见到半七，就微笑地把半七请进屋子来。这时候的天气不怎么好，时常下着雨，冷冰冰的，办事处的人烧起了烫手的火炉。

半七伸手过去取暖，感觉身子有了些温暖，整个人热腾起来。

"听说你们这近日发生了不少倒霉事，值班很辛苦吧？"

"我们确实费了不少工夫，可都不管用啊。"佐兵卫紧皱眉头，"不知道您是怎么想的呢？"

佐兵卫把事情的由来一五一十地跟半七讲清楚了，半七默默地听他说完。

"这个么，"半七寻思，"按理说，我觉得应该不是那权太郎搞的事吧？"

"别提了，我们把他绑得严严实实的，他是不可能做出那种事的。真是奇了怪了，这警钟就是跟以往一样，一到晚上就自己响起来，我们都不知道这究竟是谁搞的鬼。所以，权太郎被排除嫌疑之后，我们就把他放回去了。"

"我现在听你这么一说，还不能有所判断，但我还是会试一试，看能不能把背后的人揪出来。本来我应该早点过来，但我还有其他事情要处理。这样吧，我能不能先上去看一下警钟？"

"当然可以。"

随后，半七便上了屋顶，来到了消防瞭望台。他仔细地查看了警钟周围，然后动作利落地下了梯子，往附近的地方转悠了一会儿。听说那个受了惊的阿北就住在不远处，隔着消防瞭望台，目测是有三间屋子的距离。里头还有个小巷，巷子前有一片空旷的地方，那儿还有一座年代久远、供奉着谷物和食物之神的社庙，这附近的小孩都在空地上玩耍。

半七兜兜转转，仔细检查之后便打算离开。结果，在路过阿北家的时候，发现她家的门外挂着"房屋出租"的告示。佐兵卫跟半七解释，自从发生了那件事之后，阿北就没敢在这所房子住下去，把它当成烫手山芋一样，恨不得马上转租出去。

接着，半七又来到了打铁铺前。铁铺内，器具里的火星子啪啦作响，店里有一个四十岁的大叔，正专心致志地站在几个学徒旁指导着他们干活，看来这人应该是店里师傅。佐兵卫指了指一个地儿，那有一个正在使用风箱的小孩子，他就是被众人怀疑又被挨打的权太郎。权太郎此刻被烟熏得脏兮兮的，他长着四四方方的脸，还有一双古灵精怪的大眼睛，确实像一个爱搞恶作剧的小男孩。

"谢谢您作陪，我这还有事情得赶快处理，过几天我再来一趟。"半七巡视完之后，便跟佐兵卫告别离开。

结果，直到四五天之后，半七才处理完那边的工作事宜。等他再次过来的时候才知道，町内又出现了各种诡异的事件。一谈起这些事，大家的脸色都变了，惊恐万分。

这次遭不幸的人是一个叫阿开的姑娘，芳龄十七，家里头是售卖香烟的。那一天，她本来是去了亲戚家，结果很晚才归家。这时候，太阳已经落了山，只有寒风在空气中翻滚，呼啸而过，卷起一地细沙。阿开知道町内最近发生的怪事，心里头紧张得不得了，不敢左顾右盼，把头埋在颈肩，步伐加快往回赶。就在此时，她听到身边传来细碎的脚步声，顿时全身竖起鸡皮疙瘩，她没有胆量回头看，毫不犹豫地继续往前走。等着快到家门口了，突然吹来一阵冷风，冷风裹着沙粒吹进了阿开的眼睛里，她不由自主地揉了揉眼睛。冷不丁地，那一直跟着她的怪异东西像一阵狂风般向阿开袭来，还狠狠地将她扑倒。

阿开凄厉尖叫，倒在地上，随即便失去了意识。众人听到叫声赶忙出来查看，结果就看到了已经昏迷不醒的阿开。还好阿开并没有大碍，仅仅是膝盖上有些擦伤，头发也被弄得乱七八糟的。然而阿开醒来后便像丢了魂魄一般，整个人都恍恍惚惚，当天晚上还发起了高烧，躺在床上，三天三夜没有起来。

这一次的事件，是鬼怪，还是人为？众人又开始有了各种猜测，毕竟举报权太郎的人正是阿开，说不定是权太郎想报仇，或者有人故意推倒她，为了给权太郎报仇？可是，当人们向店里的师傅求证时，师傅表示那天夜里他一直看着权太郎，他没有外出过，其他学徒也都可以作证。既然权太郎没有外出，那自然不可能还继续跑出来搞恶作剧，于是这件事到最后也没有一个合理的解释。

"以后不许晚上出门！"

阿开的事情传开后，大家都嘱咐家里的人，大晚上都不能轻易出门。

然而，日子过了一两天，又有人遭罪了。

这一次倒霉的不是妇人和小孩，而是办事处的老大哥佐兵卫。因为疝气，佐兵卫的身子本来就十分虚弱，到了冬天，他的老毛病发作得更加厉害了。最近町内发生了种种事件，上级领导频频开会，老大哥佐兵卫事务繁忙，操劳过重。这大白天，他还能用点药敷在伤痛处对付对付，但到了夜间，这疝气发作更猛烈了，此刻他实在扛不住了。佐兵卫紧紧地捂着腹部，身体发抖，尽管坐在火炉旁，他的头上也在不停冒冷汗，痛得呻吟不已。

"大哥，我们帮您叫医生过来吧？"两个手下有些心疼老大哥。

"不用，我还能撑住。"

这老大哥生活节俭，竟为了省点看病钱，将就着先用药敷应付过去。但随着天变得越来越黑，佐兵卫痛苦剧增，不敢再马虎下去了，想赶紧过去看病。为了节省医药费，他不想大老远请医生过来，宁肯牺牲自己，亲自出门走一趟。

"哎，那我陪您过去。"传七说道。

于是，传七搀扶着病弱的佐兵卫一步一步缓慢地来到了隔壁町的医生家门口。医生看完病之后，嘱咐佐兵卫日常要多注意保暖，别再受了寒风。佐兵卫和传七两个人告辞了医生后就准备原路返回，此时已经快到十点了，地上都是白茫茫的夜霜。

"我听说你们那边不太平，还请二位路上小心。"两人出门之前，医生又叮嘱了一番。

医生不提醒还好，一提醒之后，两个人心里竟有些发慌。回去的路上，传七紧紧搀扶着佐兵卫的臂膀，配合他走路的频率，亦步亦趋地往前走。

　　"门禁时间还没到，咱们还是走快点吧，要不然待会儿还要把门卫喊醒，那就太麻烦人家了。"

　　万籁无声的夜晚，身边安静得只能听见落霜的声音。没有月光的照拂，町内只剩下零星的家常灯光，三三两两，忽闪忽现。佐兵卫抱着小腹，痛苦前行。两个人大概走过了两三间房子，一转眼，一个黑乎乎的影子从一家当铺的角落里跳了出来。两人还没有回神，那影子突然间身体伏地，匍匐前进，伸腿把佐兵卫狠狠绊倒在地。本来就脚底发软的佐兵卫挨了这么一下子，顿时摔倒在地，再也起不来了。身旁的传七见状，吓得肝胆俱裂，脚底抹油，一溜烟跑得干干净净。

　　传七跑回了办事处，跟另一个手下长作气喘吁吁地说了这件事。两个人拿着武器胆战心惊地回到了案发地点。然而到达现场时，黑乎乎的影子已消失不见，倒在地上的佐兵卫依然在低低地呻吟，他已经摔伤了膝盖，头皮上还残留着一小块瘀伤，也不知道是那影子所为，还是自己跌破的。

　　他们再一次回到打铁铺，再一次审问了权太郎。然而，权太郎当晚就在店里，并没有出门。

　　但是，如果这不是权太郎搞的恶作剧，难道是河童作祟？但显然河童是不可能出现在陆地上的，因此传七的猜想被否认了。

　　这几次的事情发生后，大家的恐慌与日俱增。最奇怪的是，最近好多人家里的食物总是莫名其妙地丢失。从上次阿开被袭到佐兵卫被突袭，大家怎么想怎么觉得这是活人才能干的坏事。因此大家心里都认定，一定是町内来了一个比权太郎还爱捣鬼的家伙，于是再次加强了夜间巡逻。

然而，自佐兵卫被袭击的事件发生以后，消防瞭望台就再也没有传来警钟声，诡异的钟声也沉寂了许久。

阿北家的房子对外出租后，很快有人就搬了进来，结果奇怪的是，那人搬进来的第二天就慌慌张张地搬走了。听那个人说，那天夜里她睡觉的时候，身旁的灯突然间熄灭了，接着像是有一双手把她的头髻给打散了，还拼命地把她从被窝中拽出来。更诡异的是，第二天大家检查房子的时候，发现家里并没有任何东西失窃。

"这房子不干净，有鬼怪作祟啊！"

流言四起，人心惶惶。本来人们以为，这警钟不再响起便可以心安了，可在大伙生活的周遭，怪事却不断发生，让人措手不及。

这一次，这个险些中了招的人就是门卫的妻子阿仓。

在那个年代，门卫跟近卫不同，门卫就是町内打下手的人，每天去上街打打梆子，给大伙报个点。门卫家一般都是挨着办事处，门前还会贩卖一些生活用品，比如鞋子、蜡烛、黑炭或者蒲扇等，挣点小钱，日子久了，他们也会囤点积蓄。

这个门卫家的邻居是一间笔墨铺，有一天，大概是快到傍晚的时候，笔墨铺怀胎十月的女主人肚子开始阵痛，看似马上就要临产了。这家的男主人第一回遇见这种情况，急得手足无措，不知道该如何是好，便出门叫来了门卫的妻子阿仓。

阿仓经常给町内的人帮忙干各种杂活，从中拿点小钱，是一个果断坚强的人。接到求助后，阿仓也就毫不在意地揽下了请求，手脚利落地换上了衣服和鞋子，赶紧去把产婆找了过来。

夜色沉，泛着一地白霜。产婆住的地方并不远，只有四五个町的距离。阿仓借着些许明亮的灯光，直奔着产婆家的方向一路跑过去，没有心思去左顾右盼。来到产婆家前，阿仓直截了当地表明来意，产婆立即决定跟着阿仓一起返回到笔墨铺去。

产婆年纪大了，走路都是慢悠悠的，她步履蹒跚地跟在阿仓身后，嘴里还一直念叨着些碎话。阿仓有些心烦，却不得不配合着老人家走路的节奏，敷衍地回应着。眼看就快到了町内了，阿仓不由地拉起产婆，加快了脚上的步伐。

出现在阿仓眼前的是一条小道，两旁坐落着一些泥砖建的仓房，再往前就是一个宽旷的林木场。这条小道几乎没有什么灯光，而且这个地方正是阿开遇袭事件的发生地。但这条小道同时也是町内必经的边界地带。阿仓长舒一口气，心想，她怎么着也要鼓起勇气走回去。于是她催促产婆赶紧跟上她的行程。

电光火石间，一排木头后方突然间跳出了一只犹如犬类动物的不明生物。

"呀，什么鬼东西？"

阿仓手中还扶着一个老人家，她不敢就此撒手，只好定了神，大胆往前探过去。模模糊糊的视野中，只见那个不明东西曲身弯腰，对准阿仓的腹部位置，突然向她发起攻击。

"你给我走开！"

阿仓使劲甩开，但对方不肯放弃，再一次抓住她的衣带。阿仓的衣带被蛮力扯开，眼看就要全部松开了，阿仓开始有些慌张，她开始大喊大叫，想把周围的人吸引过来。

产婆也在呼救。大伙听到有人呼叫，纷纷跑了过来。哪知这鬼东西一听到纷至沓来的脚步声，瞬间退缩，往阿仓的脸上抓了一把，敏捷地逃跑了。阿仓向前追了好久，但对方行动十分敏捷，一转身就不见了身影。

"哼！我敢肯定，这根本不是鬼怪做的事情！那分明就是个大摇大摆的活人，而且还是个男的，大概也有十六七岁的样子！"

阿仓将当时的现场状况一一还原了一遍，听完阿仓的讲述，大家也认为那不明生物就是一个活人。可是，就算大伙儿都有心追查下去，最终还是抓不到嫌疑人。

不过，只要是活人所为，那么事情就变得简单多了。町内上级领导召集了所有办事人员，讨论着各种方案，看看要怎么把那个家伙给揪出来。

此时，町内又发生了另一宗事件。

这次事件仅仅在阿仓遇袭的半刻钟后。之前红衣裳事件的女主人在厨房干活的时候，突然间听到屋顶上传来一阵咕咕声。这女主人没留意，以为是一些猫鼠之类的动物，便不予理会。结果这声音越来越大，丝毫不肯停歇。女主人想起之前衣裳被抢的事情，不禁毛骨悚然。最后，她还是被自己的好奇心折服，上前拉开了天窗的绳索，徐徐地将它打开。最后，也不知道她到底看到了什么，惨叫一声，连滚带爬地逃了出来。

后来，女主人哆哆嗦嗦地回忆道，那会儿她慢慢地解开绳索时，天窗开启的一瞬间，她的面前出现了一双炯炯有神的眼睛，她怕极了，不敢再往下瞧过去，于是慌不择路地躲开了。

听完这女主人的说法，众人又动摇了之前的猜测。

"这门卫的妻子说得不是那回事，一看就不像是人为的。"

结果，当晚的会议并没有得出结论，草草地便结束了。

五

就在整个町内持续发生各种诡异事件，各种谣言纷至沓来的时候，半七去了消防瞭望台，再次巡视了这附近的地区。

"也不知道是不是我多想了，这町内看起来很阴暗啊。"半七嘀咕着。

入了冬以来，天气就没有回暖过，尽管有过一两回晴天的时候，但不久太阳又被厚厚的乌云给遮挡了。即使是大白天，天空也是阴沉沉的，啼叫的乌鸦茫无目的地飞旋打转。

半七抱紧了身子，打算先到打铁铺前看看。来到店铺前时，店里突然滚出了一堆大小不一的橘子，一群孩童在门前争先恐后地拾起橘子来。以往每年到了十一月八日，打铁铺的师傅们都会休假一天，前往社庙参加"风箱祭"。今天刚巧就到了这一天。店里的师傅们不紧不慢地将手中的橘子往外抛掷出去，学徒们也在一旁不停把新鲜的橘子运送进来。

半七又去了町内办事处，跟办事处的人闲聊起来。里头的人见到半七，个个都唉声叹气，自从警钟自发响起之后，又有人接连不断遭殃。没办法，这办事的人都得轮流值班。要是这事情不及时解决，大伙儿没了盼头，町内的生活会越来越糟糕。接着他们又跟半七抱怨了好久，大家都提心吊胆过日子，好久没能踏实睡觉了。

"您别担心了，我这几日就会找出一些线索来的。"半七安抚佐兵卫说。

"那可真是要好好拜托您了，这入冬的天气，我们这容易着火，这警钟的事情没解决，大伙都不敢歇会啊。"

"我理解，你们真是辛苦了。再等几天，风箱祭差不多结束之后，您帮我把权太郎叫来一趟吧。"

"怎么？他真的有嫌疑？"

"哎，不是，就几个问题想问问他，您还是别吓坏他了。"

不一会，打铁铺门前的橘子渐渐少了，这被吸引而来的孩子们也都兴趣寥寥地离开了，佐兵卫这才去把权太郎叫了过来。半七坐在办事处里，安静望向窗外，泥土墙的天色越发沉重了，一团团乌云聚集起来，这街上的吆喝声也慢慢变得喑哑。

"这就是来自神田的捕快半七大人，来，认识一下。"权太郎走进了办事处，半七瞧见他身着一件平纹棉衣，卸去了脸上的污垢，整个人其实也是一个还算白净的家伙。

"权太郎吗？哎，你师傅呢？"

"已经准备在喝祭酒了。"

"今天是风箱祭，你应该也不用干活了吧。今天拿了多少个橘子啊？"

"我数了一下，也有十个吧。"说完，权太郎轻轻地颠了一下衣兜里的橘子。

"唔，不错嘛，来，到后面跟你聊两句。"

此时，外头噼里啪啦地下起了冰雹。

"呀，居然下起冰雹了。"半七抬头看了一下天空，"不过没啥要紧的，来，跟我走吧。"

半七带着权太郎往办事处后面的巷子走去，不一会儿就来到了社庙前的一片空地上。

"嘿，小子，你是真的没动过那警钟吧？"

"真没有。"权太郎摇摇头。

"也没有碰那红衣裳？"

权太郎一脸无辜，表示什么都不知情。

"那你有兄弟吗？或者玩到一块去的同伴。"

"我一般都不怎么跟人来往，但是我有一个哥哥。"

"你哥哥年纪多大了？住在哪里？"

这冰雹越下越起劲，半七扛不住了，只好拉着权太郎往阿北之前出租的房子走去。外边的门没有上锁，轻轻一推就开了，半七走到台阶处，顺手抄了一条毛巾给自己身子擦了擦，然后就坐在了位置上。

"来，坐吧，你哥哥是一个人在家吗？"

"他都十七岁了，跟我一样，在鞋子店里当学徒。"

权太郎说，他父亲去世后不久，母亲就跟别人跑了，家里只有哥哥和他两个人相依为命。说到伤心处，权太郎的声音慢慢变小。

半七听了，黯然叹气。

"你哥哥对你好吗？"

"挺好的，遇到休息日的时候，哥哥都会带我去逛庙会，给我买好多东西吃。"权太郎声音抬高了些，脸上重现了笑容。

"你真是很幸运，遇上了这么棒的哥哥。"这刚落了音，半七就变了脸色，"可是如果你哥哥被我们抓走了，你该怎么办呢？"

权太郎一下子被吓哭了。

"啊，大人，我们知道错了！"

"干了坏事，可是要受惩罚的哦。"

"可是我本来也很冤枉啊，我都说不是我干的了，他们还是狠狠地揍了我一顿，所以我就……"

"所以你就怎么了？可别撒谎了，我这身上可是带着捕棍的。快说，是不是因为你怀恨在心，所以故意让你哥哥干了一些坏事？快说！"

"我没有故意叫他，是哥哥为我打抱不平，想给我报仇……而且他说，为什么我们要为自己没做过的事情而挨打，这简直没有道理。"

"可你平时不也调皮捣蛋，上次不是还翻墙过去偷柿子吗？"半七说。

"我就是偷了个柿子，怎么就成了大罪过了呢？你们骂我一顿不就得了，被师傅打一顿我也认了，可这办事处的人又不分青红皂白地打我，我都解释了，但是他们也不听，还把我关起来。哥哥说，只有坏人才会被抓进去的！"权太郎大声哭诉着，眼泪吧嗒吧嗒地往下掉，"哥哥是为了给我报仇，所以才会吓唬那个举报我的那个臭丫头和办事处的那个糟老头。哥哥只不过是在一个合适的时机，给他们一点颜色看看而已！"

"如此说来，这香烟铺的女儿阿开、办事处老大哥佐兵卫、门卫妻子阿仓遇袭的事，都是你哥哥干的了？"

"大哥，原谅我们吧！"

权太郎扑通一声跪倒在地。

"这都是我的罪过！您要抓就抓走我吧，哥哥他没有错！他就是不想看到我被欺负而已，他做这一切都是为了我。大人啊，我现在就剩下哥哥了，我不能没有他！哥哥是个好人，请您放过他吧，求您了大人，有什么事冲我来，求求您，我去认罪了好不好？好不好啊，您就答应我了吧！"

权太郎屈膝，紧紧地抓着半七的衣袖，脸上一把鼻涕一把眼泪，哭着请求半七的宽恕。

半七心头一阵苦笑。没想到，这个出了名的捣蛋鬼，竟对哥哥也有这般深厚的感情，处处为了哥哥着想，什么责任都往自己身上揽。

"好好好，你先别哭了，我会帮助你哥哥的。"半七把他从地上扶起，"你那些话我听过就好了，不会再去跟第二个人说起。只不过，待会儿我说的话你都要好好记住，然后好好去做，行吗？"

权太郎见半七没有责备他，立刻点点头，还立下诺言，说什么事情都肯去做。

接着，半七低声跟他说了一些话。权太郎安静地听完后，转身走出了房子。

外头的冰雹下了好久才停下来，暗沉沉的乌云却一点都没退去，乌压压地直逼地面，町内笼罩着阴沉凄凉的氛围。这会儿，街道上少有行人，就连平日里四处流浪的猫猫狗狗也不见踪影，整个町内静悄悄的，显得十分安谧。

刚刚离开阿北出租房的权太郎小心翼翼地来到社庙前，从衣兜里掏出了四五个橘子，往门口的缝隙里轻轻地塞了进去。随后，权太郎弯下了腰，把身子缩成了小小的一团，蹲在门外，敛住呼吸，不敢大口出气。

半七等了好久也不见权太郎回来，于是出门来到了权太郎身边。

"嘿，小子，没有异常的声音吗？"半七压着声线询问。

闻言，权太郎只是把头稍微抬起了一点，轻轻地摇了摇头，半七得到这答案后，感到有些失落。

刚停了一阵子的冰雹又一股脑儿地下了起来，半七赶紧将毛巾遮在了头顶上，猫在角落里的权太郎全然没有反应，还是一动不动地蹲在地上。

半七有些心疼，出声让他过来。权太郎这才缓缓起身，走到了半七身旁。

"这么久了没有一点声音吗？"半七又问。

"嗯，我盯了好久，并没有什么动静。"

一无所获的他们只好又回到了阿北的房子里。

"你身上还有橘子吗？"

权太郎递给了半七三个橘子，半七将它们握紧，然后起身轻轻地拉开了身后的房门。

进门首先是一个次卧，里面有一张干净的床铺。半七走到房子尽头，发现另一道纸门已残败不堪，还有好些都散了架，糊纸也像是被人故意扯坏一样破破烂烂的，已经完全看不出原样。往里走还有一间中卧，貌似是给主人家的女儿居住的。

半七环顾了四周，将手中的一个橘子轻轻地滚到次卧深处去，接着又拿出一个橘子在中卧做了同样的动作。

办完事后，半七将房门合上，返回到台阶处。

"别说话。"半七向权太郎低声警告。

接着，两个人就在门外全神贯注地盯着里面的动静。

冰雹声不久又停了下来。房门内依然还是安静，连一根针的声音都没有。

权太郎有点焦急。

"是不是不在这里呢？"

"别说话！"

半七刚叮嘱完，里面终于有了一点轻微的动静，两人对视了一下，继续屏气凝神，听着外面的动静。貌似有东西从刚那个破了相的纸门里钻了出来，又偷偷移动到主卧去。这脚步声不像是人，倒是像某种猫科动物，脚底上应该有一层厚厚的肉垫儿，趾甲抓着地面，踩在床铺上，发出细微的摩擦声。紧接着，那不明生物似乎是抓到了半七滚落的橘子，津津有味地吃了起来。

"孽障！"

半七觉得时机刚好，回头跟权太郎使了一个眼神，两个人全神戒备，脱下鞋子，一把拉开了那房门闯进了主卧，结果发现一只野兽躲在了暗处。

野兽见到人类，尖叫连连，意图从纸门洞里钻出去。半七赶紧上前，拿着鞋子对着这野兽的脑袋狠狠地砸了下去，权太郎也不马虎，动作利索地按住那只准备要逃跑的野兽。野兽抓狂，龇牙咧嘴地往权太郎身上扑。而权太郎也丝毫没有退缩，反而越战越猛，和那野兽厮打在了一起，野兽不时地发出大叫声。

"挺住，权太郎！"

半七随即解下毛巾，从野兽的后面捆住了它的颈部。野兽最终被半七这一招给制服，头部动弹不得，双手双脚还在四处乱踢，挣扎反抗。权太郎一边用身子按住它一边解开自己的腰带绳子，把野兽从头到脚给扎得紧紧的。

身后的半七拉开了房门，一道微弱的光线瞬间照进了房间里。

"哼，孽障！果然跟我猜的一样！"

原来，被权太郎压在底下的野兽其实竟是一只大猴子。这大猴子身手可真是了得，刚刚权太郎跟它纠缠在一起的时候，脸上还被它抓出了好几道伤痕。

"嘿嘿，这点伤无关紧要！"终于逮住了这只大猴子，权太郎笑得很开心。而这只被人绑住手脚的大猴子只能在一旁怒目而视，一副气势汹汹的样子。

六

"要是我也是宫本武藏那样的大剑客，我说不定可以把这次的经历编成故事，给观众来一回绘声绘色的抓猴子的事件了，哈哈，没准还能出名。"半七老人笑出了声，"后来，我们把猴子送去办事处的时候，大家也是很吃惊，大家也都觉得这简直就是新鲜事——这怎么会是猴子干的事呢？其实我之前去消防瞭望塔观察的时候，就发现警钟周围落下了很多野兽的足迹。这些足迹看上去也不是猫爪，又不像是狗，所以我猜测这野兽应该是只猴子。你想，它既然能跳到阿北的伞上去，又能光速抢走竹竿上的红衣裳，说明它的跳跃力和速度都很惊人。那么，捣蛋的猴子躲在了哪里呢？本来我以为是在社庙，毕竟那有很多贡品，结果这猴子胆肥了，居然在路上吓走了阿北，它自己就转移到空房子去，还吓跑了房子的第二任主人。不过权太郎挺可怜的，无端被人怀疑，还遭了罪，吃尽了苦头。他哥哥的事情也只有我知道，所以我把这些坏事都扣在了猴子身上。权太郎自从抓了那猴子后，一战成名，受到了大伙的赞许和表扬。最后，他也顺理成章，成了一名自力更生的铁匠师傅。”

“咦，那猴子是哪儿冒出来的？”我困惑道。

“这事说起来也真是滑稽，这猴子本来是一名杂技团演员，有一回自己偷跑了出来，漫无目的地在人家屋顶上四处打转，偶然间就来到了町内。它在这附近乱搞各种恶作剧，戏弄路人。后来我们得知，这猴子原先是个旦角，戏份就是爬上瞭望台撞钟。没想到它跑了出来之后还不忘自己的本行，把町内真正的消防瞭望台的警钟敲得当当作响。这些在猴子看来就是闹着玩儿，可是却把町内的百姓们折腾个死去活来。真相大白之后，人们都啼笑皆非。你说我这一生抓了多少个犯人，但是抓猴子呢，却还是头一回，哈哈哈……”

“这倒也是蛮特殊的一次经历了，那猴子最后怎么样了？”

“这失主自然被罚了一笔钱，那猴子被办事处安上了一个破坏町内治安的罪名，最后给送去荒岛了。这猴子既然在杂技团里待不住，那就给它自由吧。何况它本来就是一只野兽，所以办事处的人不可能郑重其事地惩罚它吧，所以就随手把给它放了。”

仔细想想，一只猴子被流放荒岛，这可真是难得一见的稀罕事。

第七话 古宅奇遇

约莫过了半刻钟后，阿蝶感觉到身后好像没什么动静了，这才轻轻地转过头来，却发现那个帐外徘徊的白影已经消失了。

此时，天也亮了。

一

八月，正是天气最热的时候，为了能有一个荫凉的休憩地，我去外地避了半个多月的暑，结束行程后就回到了东京，带着各式各样的特产看望半七老人。他刚去澡堂洗了澡，坐在廊庭外的草席上，一手拿着蒲扇不停地扇着凉风。

正是傍晚，窄小的庭院吹来了些许微风，还能听见隔壁传来的蟋蟀鸣叫声。

"哎，我跟你说，在全部昆虫种类中，也就蟋蟀身上带着江户的味道。"半七老人家说，"虽然蟋蟀卖得便宜，也不是什么高档的昆虫，但不管什么金琵琶、金铃子，都比不上蟋蟀，只有它最有江户气息。每当我走在街上，听到别人家屋檐下或窗户边偶尔传来的蟋蟀声，就会产生一种很熟悉的感觉。一看到蟋蟀，我就想起了江户的夏天。对我来说，再精致的昆虫也就是价格金贵而已，一点都没有江户的味道。用通俗的话来说，唯有蟋蟀最接地气。"

老人侃侃而谈，对蟋蟀赞誉有加。谈话中，他还一直不停地跟我说养蟋蟀是一件非常划算的事，而且还很省心。我们说完了昆虫，接着又聊到了风铃，最后话题不知不觉就谈到了今天，公历八月十五。

"要是按阴历来算，八月的晚上可比现在要凉快很多。"

老人又回想了以前赏月的事，随后又说出了接下来的故事。于是，我的笔记本上又新增了一篇异闻。

二

公元 1862 年，也就是文久二年的八月十四日，那天傍晚，半七提前下了班。吃过晚饭后，他正准备到邻居家里转转，不巧，家里突然有人上门拜访。一位扎着一个椭圆发髻的妇女进了门，这人约莫四十岁，看起来忧心忡忡的样子。

"大人，真是对不住了，我都有好些日子没过来拜访了。不过看你精神饱满，这阵子应该过得不错。"

"好久不见，阿龟嫂，很久没看到您啦，您最近过得还好吗？独自一人照顾女儿非常辛苦吧？如今阿蝶也长成一个大姑娘了，而且还挺有上进心，您作为母亲心里应该很安慰吧。"

"不，我今晚过来找您，就是有一件急事，而且还跟阿蝶有关。事情发展到了这个地步，我都不知道该如何是好。"

阿龟最近好像又憔悴许多，额头上生生地添了几道皱纹，半七隐隐觉得不妙。

阿龟的女儿阿蝶今年十七岁了，在石桥那边经营着一家茶水店。阿蝶性格恬淡，从小就很可爱，长大后就更加标致，她不怎么爱说话，平时总是安安静静的。大家都特别喜爱这姑娘，也因为她漂亮的模样，平常总能招来不少年轻人进店光顾。

生下一个这么漂亮的女儿，阿龟也觉得自己脸上有光。因此，要是阿龟此次过来是为了女儿，那估计是跟小女孩家的感情有关。姑娘家到了谈婚论嫁的年纪了，难免会有些自己的小秘密。如果遇到她生命中喜欢的那个人，那也是顺其自然的事。莫不是阿龟不支持这两个年轻人的交往？半七想，阿蝶在茶水店干活，多多少少会跟不同的人接触，阿龟是不是管束太多，对女儿的恋情干涉过多？那这人也太老顽固了吧。

"阿蝶也是一个年轻的小姑娘，是不是因为在热恋期，平日里对你的关心少了些，让你有点心烦？唉，这种事情咱们为人父母的就少掺和吧。年轻人总要有点乐子才好，人这一生只知道赚钱多没意思？你好歹也是过来人，还是别在她面前多话了。"半七打趣道。

阿龟神色严肃，一本正经看着半七说："事情不是这样的！要是阿蝶有了喜欢的人，我很乐意支持他们。但如今演变成这样，反倒让我不知道该怎么处理。而且，阿蝶本人也总是惶恐不安，总是哭个不停。"

"到底怎么了？"

"阿蝶好像遇到狐仙了，时不时就会消失一段时间。"阿龟欲言又止。

半七还是笑笑不在意，茶水店的年轻姑娘偶尔会消失一阵，这没有什么好大惊小怪的。

半七的表情让阿龟有些着急。

"这件事跟阿蝶是否在交往并没有关系，您听我给您讲清楚吧。五月份的时候，我们那地方举办了一次小型的烟火会。就在那几天前，有一个佩带长刀的武士带着一位侍从经过我家茶水店，他瞥见了阿蝶，便拐弯进来，到店里头喝茶。喝足茶水后，他放下钱就走了。不得不说，这真是一个出手阔绰的男子，留下的茶水钱绰绰有余。接着过了三天，那位武士又过来了，不过这次他带了一位约莫三十五六岁的婢女。这位婢女看着也不像是普通家庭里出来的，有礼有节，气质非凡，像是个领头的人物。我猜想这大概是来自大户人家的仆人，毕竟两个人瞧着也不像是夫妻。那个婢女招来了阿蝶，询问起她的名字和年龄，然后又像上次一样，大方地给了一笔小费。没想到过了三天，阿蝶就失踪了。"

"原来是这样。"半七点点头。

半七寻思着，那两个人估计是专门来诱骗年轻姑娘的绑匪，故意装扮成大户人家的武士和领头婢女，拐跑了漂亮的阿蝶。

"您女儿还有回来过吗？"

"消失了十天之后，那天天色渐晚，阿蝶突然间缓缓走进家门。她整个人看起来很消瘦，脸上没有什么血色。老天保佑，我总算把她盼回来了，心里卸下了一块大石头。随后我问起她到底是出了什么事。"

阿蝶说，她消失的那天，也是现在这个时间点，当时阿龟嫂还在店里忙活，阿蝶就先回家了。正沿着河岸边走路的时候，她的身后突然冒出了两三个大汉，一下子就把她给挟持了，还用布头堵住了她的嘴巴，用绳子扣住了手脚，蒙上了她的眼睛，麻利地将她塞进了轿子里，命人赶紧将她抬走。阿蝶坐在轿子里，脑袋晕沉沉的，他们是什么人、走的什么路、抓走她的目的是什么，这一切，她一时之间完全没有反应过来，所有的理智都被紧张和无措给取代。

轿子貌似在一个大房子前停了下来，但具体是在哪里，她也无从知晓。随后有人带着阿蝶往房子里面走，直到把她送进了一个房间，然后几个女人蜂拥而至，一一解开了阿蝶身上所有的束缚。过了一会儿，之前那个高贵的领头婢女也进来了，她轻柔地安抚着受惊了的阿蝶，告诉她别太紧张，也别害怕，只要乖乖听话就行了。阿蝶此时已经无法出声，她不敢反抗，全程都在沉默地看着她们的一举一动。那个女人说完话后便转身叫下人送来了一些零食，接着又好言相劝了一会儿，然后让阿蝶先放松休息一下。然后她又出去唤人过来伺候阿蝶梳洗，把阿蝶送去了澡堂。

沐浴后，阿蝶被转移到了另外的屋子。这房间显然更大了，里面铺着一张华丽的厚垫子，旁边柜子上还放着一个精美的花瓶，里头插着一株柔弱娇嫩的鲜花，一张古琴安静地被挂在白墙上。然而阿蝶已无心欣赏这些贵气的物品，此时此刻，她已经进入半昏迷的状态了。

不过事情貌似还没有结束，不久，那个领头婢女又唤来了侍女们，一边给阿蝶做头饰，一边又给她更换衣服，似有接待贵客的架势。她们取来了一套华美的长袖和服，给已经完全愣住的阿蝶披上，又给她的腰部缠上了花团锦簇的腰带。阿蝶局促不安，只能像一个任人摆布的玩偶一样站在那里一动不动。

侍女们从头打到脚给阿蝶整理梳妆后，阿蝶被人牵着，规规矩矩地坐在了垫子上。而后侍女们在阿蝶面前搬出了一张小木桌，木桌子的一角放着一摞书籍，一旁还放着香炉。香炉内升起了缕缕淡紫色的烟，飘飘摇摇，阿蝶忍不住吸入几口，更加如梦如醉了。

这时，领头婢女又点起一台高架上画着秋叶的纱网灯，在朦朦胧胧的光照下，阿蝶如同进入了一个冥想的世界般，她安安静静端坐着，一言不发。侍女摊开了其中一本书，让阿蝶装作在看书的样子。

失魂落魄的阿蝶已经没有什么力气去反抗了，所以无论这群人要让她做什么，她都面无表情地默默配合。当她无神地看着书的时候，有个侍女怕她有些燥热，还拿着团扇轻轻地给她扇风。

"记得，不要说话。"那个领头婢女小声嘱咐。

阿蝶不知道来的会是什么人，心里一直在纳闷。过了一会儿，房间外传来了轻轻的脚步声，一前一后，似乎来了三四个人。那个领头婢女又低声提醒，让阿蝶千万不能露出脸来。

紧接着有人先悄悄地拉开纸门，没有太使劲，只是缓缓地拉开了一条细细的缝隙。

"不要回头看！"那个领头婢女出身警告。

外面来的是什么？是人还是鬼？为什么要这么偷偷摸摸的？阿蝶越想越觉得恐怖，然而她不敢四处乱看，只能死死地盯着面前的书，装作十分镇静的样子。

过了不久，那条缝隙又被人悄悄地合上去了，几个偷窥的人放慢了脚步，轻轻地离开了这里。

三

阿蝶终于如释重负。尽管那个领头婢女让她不必紧张，但这刚洗完澡的身子又硬生生地出了不少冷汗。

"好了，不必这么拘谨了，你放松一下吧。"领头婢女似乎看出了她的窘迫，安慰道。

一个侍女往灯芯里添了油，原本暗沉沉的房间一下子亮堂了许多。

晚饭的时间已经过去很久了，阿蝶的肚子饿了起来，她们又给端来了餐食。面对着丰盛的各色小食，愁闷的阿蝶却一点食欲都没有，吃进去的东西味如嚼蜡，到最后餐盘上还剩下不少食物。饭后，她们让阿蝶先休息一下，然后便收拾完餐桌安安静静地退下去了，阿蝶也不清楚那些人到底都去了哪儿。

现在房间里再也没有其他人，阿蝶清醒了一些，刚才发生的事太过仓促，感觉就像一场梦境一般，怎么也看不出对方葫芦里卖的什么药。阿蝶不免有点胡思乱想：难道自己是让狐仙给迷住了？

回想一下，从被拐到这所房子，她们不仅给自己换上了靓丽的衣服，还送来了丰盛的晚餐，甚至让自己在这个大房间里休息，全程她们并没有不耐烦，一直以来对她都是客客气气地服侍着。这般盛情款待，实在让阿蝶不安。这些人为什么对她这么好？到底有什么目的？难道是把自己看成是某个人的替身，演一出大戏，目的是把她当成陪葬品？

阿蝶越想越觉得心里发毛，思绪纷乱，怎么着也坐不住了。可是，要怎么出去呢？她一直以来也没有很好的方向感，她能够顺利从房子逃出去，找到回家的路吗？

冷静了一下，阿蝶觉得，要想逃出去，首先要从房间内部突破，从这里出去后，大概就可以找到通往外界的大门。

阿蝶深吸了一口气，这可能是她有史以来最疯狂的一次行动了。她屏住呼吸，蹑手蹑脚地在房间里慢慢踱步，正准备拉开纸门，结果还没碰到门门便开了，一个侍女走了过来。阿蝶大吃一惊，一下子就呆住了，双脚不敢再跨出一步。接着，那个侍女告诉阿蝶，若是想要如厕的话，她可以陪阿蝶一起上厕所。

于是她领着阿蝶走出了房间。房间外面有一个大庭院，在没有月亮的晚上，三三两两的萤火虫在低矮的草丛间穿梭而过，远方传来猫头鹰咕咕的啼叫声。

回去了之后，房间里有人已铺上了被褥，挂上了透气的轻纱蚊帐。然后，那个领头婢女又悄悄地来到了阿蝶的床前。

"今天就到这儿了，你先入睡吧。不过我要先跟你说一声，无论后半夜你听到了什么，你都不能把脸露出来。"

说完，那女人给阿蝶盖上了柔软的棉被，徐徐放下了蚊帐。

也不知道哪里响起了打钟声，所有的人就像神出鬼没的幽灵一般，瞬间无踪无迹，听不到她们任何的脚步声，迅速而有序。

真是一个让人胆战心惊的夜晚啊！

阿蝶根本没法安心入睡。此时此刻的她躺在了普通人家根本享受不到的柔软被窝里，这种从未有过的人生体验，却没有想象中来得舒服。

静谧的房间里，阿蝶听到了自己心跳加速的声音，紧张、不安、害怕，不知不觉间身上又冒出了不少冷汗，黏糊糊的，让人难受极了。阿蝶有些头痛，翻来覆去，始终都没法让自己闭上眼睛，安稳睡觉。

不知道时间过去了多久，本来这所房子就感觉不到有人四处走动的脚步声，到了深夜显得更加空空荡荡。不一会儿，阿蝶隐约听到隔壁房间好像有人在踮着脚，不停地发出轻轻走动的声音。阿蝶一下子没有了睡意，整个人都进入了戒备状态，她不敢再多想，赶紧把自己大半个身子躲进了被窝里面，只露出了自己半边脸。

阿蝶屏住呼吸，僵硬地躺着，一动都不敢动。突然间，有人猛地拉开了房门，一步一步地向阿蝶的方向走过来，他的衣摆上下滑动，轻微的摩擦声加剧了现场诡异的氛围。

那个人站定在了纱帐前，隔着微弱的灯光，想要探着身子看清楚阿蝶的脸。

这个人今晚就是要过来取我性命的吗？阿蝶不敢出声，把棉被又往前移了一些。

时间一点点地流逝，那个人看了好久才准备动身离开。阿蝶听着衣摆滑动的声音渐行渐远之后，才敢让自己松了一口气。不知不觉，她的额上渗出了密密麻麻的汗珠。片刻后，阿蝶睁开眼睛，却见房门又被关上了，连蚊子声都听不见。

经过一晚上的一番闹腾，神经衰弱的阿蝶最终抵不住这袭来的浓浓睡意，迷迷糊糊地就睡过去了。

第二天早上，昨晚出现的侍女们又一个个回来了，她们继续殷勤服侍着阿蝶洗脸更衣，还送来了可口的早餐。阿蝶吃完饭后，那个领头婢女从房外走了进来。

"是不是还有些不习惯？再忍忍就好了。要是觉得房间有些闷了，那我就带你去庭院走走吧。"

接着侍女们又围了上来给阿蝶穿上了鞋子。

她们出了门外，来到了一个宽阔的庭院，沿着小径一直往前走，慢慢地来到了前面一个大池子。池子有些年月，好似也很久没有清理过了，周遭长满了杂草，水中漂浮着一层绿油油的芦草。

一个侍女凑近了跟阿蝶说，这座池子原先可是住着一只神兽的。

听到这番话，阿蝶忍不住起了鸡皮疙瘩。

"大家安静。"领头婢女突然神色一变，"你别四处张望，只看着池子就好。"

阿蝶感觉到又有人在暗地里偷偷地看着她，于是她站得直直的，眼睛一动不动地注视着前方。这池底真有神兽吗？是什么样的神兽？这看似没有水纹的池面上，又藏着怎样的变化？

阿蝶痴痴地看了许久，过了一会儿，偷窥的人貌似离开了，那个领头婢女放松了戒备，其他人也当作什么事情都没有发生过一样，继续各忙各的了。

散完步后，她们又把阿蝶送进了房间，拿来了书籍给她解闷。休息了一会儿，阿蝶吃完午饭，有个侍女还弹奏起了古琴。

时值六月，正是天气炎热的时候，可阿蝶所在的房间，无论是窗户还是房门，都被紧紧地关上了，房间里头透不出一点新鲜的空气。尽管侍女尽心尽力地服侍着阿蝶，整个过程有规有矩，没有一丝怨言，但这不清不楚的局面让阿蝶觉得度日如年，日子过得十分煎熬。

到了黄昏时刻，阿蝶又被侍女们带去澡堂洗澡，回来后再次为她梳妆打扮。接着，侍女们点起油灯，吩咐她坐在木桌子前不要动。

此刻还没有人过来偷看，可阿蝶已经有一种奇怪的预感。

"难道又跟昨天一样？"

晚上十点一到，阿蝶准时上床睡觉。心神不安的她无法入眠，只能静静地等着那个人的出现。房间里太过安静，阿蝶的耳朵越发敏感起来。屋子的外头下起了小雨，淅淅沥沥，池子边传来起起伏伏的蛙鸣声，呱呱叫不停。夜色暗沉，灯里快烧完油了，只剩下微弱的光。

阿蝶好奇地睁开眼睛，偷偷看向了蚊帐外，然后惊悚地发现有一道白影在她的面前来来回回地走。

"啊！有鬼啊！"

吓傻了的阿蝶赶紧转过身去，不敢再回头看，嘴巴里一直碎碎念着一些神明保佑的话，祈祷着外面那个人能快点离开。

约莫过了半刻钟后，阿蝶感觉到身后好像没什么动静了，这才轻轻地转过头来，却发现那个帐外徘徊的白影已经消失了。

此时，天也亮了。

四

接下来的日子，阿蝶每天都在被动地重复着一样的事情，先梳妆、更衣，吃早饭，再出去散步。夜色来临，她又坐在了木桌前，端端正正地看书。晚上十点准时上床睡觉，午夜时分，白影又继续在帐外徘徊。

日日夜夜，周而复始，这种诡异的生活状态一直持续了八天，备受折磨的阿蝶此时已变得瘦弱不堪了。

"这样的日子什么时候才能结束，还不如直接给我一个痛快！"

阿蝶再也无法安静地待下去了，她来到那个领头婢女面前，哭着请求对方让自己回家看看母亲。领头婢女一开始有些为难，但见阿蝶的决心已定，要是拒绝了她的请求，恐怕日后终究会想不开。

到了第十天，领头婢女终于同意了她的请求，但同时又提出了条件。

"你要记住一点，不能对外说出去这里发生的一切。再过些日子，我会再派人过去接你，到时候你可要答应我们过来，辛苦你了。"

阿蝶寻想，如果要是不答应她的要求，她恐怕不能顺利回去，于是只好先点了点头答应下来，并承诺到时候将如约返回。领头婢女似是对阿蝶有些歉意，临走时便给她送了一个布包。

到了太阳快落山的时候，天灰蒙蒙的，侍女们给阿蝶遮上了眼睛，嘴里塞进了布头，牵着手带她走出了房子。随后她又坐上了那天被俘的轿子，轿夫还特意挑了人烟稀少的道路，回到了最开始的河岸边。在河岸边放下阿蝶之后，他们抬起轿子，一路跑得飞快，一溜烟就不见人影了。

阿蝶突然像是被仙术定住了，傻愣愣地还站在原地，缓了一会儿，她又想到了一些可怕的事情，赶紧往家里的方向飞奔过去。直到见着了母亲，阿蝶才有了真实的感觉。一开始，阿蝶也认为这是遇上了狐仙，可是她打开那个婢女给的布包时，发现里头居然不是什么稀奇古怪的东西，而是一兜子的金子。

"哇，我这辈子都没看过这么多钱！"阿龟顿时心花怒放。在她看来，这可是要卖出去多少茶水才能得到这笔钱！对穷苦人家来说，再怎么维持生计，一般也只能填饱肚子，可阿蝶并不需要费多少工夫就拿到了这么多钱，被人送到大户人家不说，平日里还可以穿上美美的衣服，有一堆的侍女好吃好喝地伺候着，到头来还可以捡个大便宜，这天底下居然还有这样的美差？阿龟越想越高兴。

可阿蝶对这笔意外收获毫不动心，惊恐万分的她实在再也不想回到那个噩梦一般的地方。这阵子的折磨已让她的精神十分脆弱，回来后依然睡不踏实，每天都过得提心吊胆。阿龟承认，自己也曾经被利益冲昏了头脑，等过了一阵子之后，她才细细想起来，觉得这件事始终不对劲。要是自己也遇到这样可怕的情况，恐怕也会跟阿蝶一样忐忑不安吧。

由于害怕那一拨人再次过来绑架阿蝶，阿龟决定让女儿躲在家里，先避避风头。然而到了月底，一天傍晚，阿龟回家后发现阿蝶又不在家了，她有些担心，四处问了其他人，都说没瞧见人。阿龟想，一定又是那些人偷偷掳走了阿蝶。可她到底都去了哪里，阿龟心里也没底，只能干着急。

日子一天又一天过去，阿龟每天在门口翘首以盼，看看女儿回来了没有。等到第十天，阿蝶终于出现了，依然惊恐无比，怀里依然抱着一个布包。阿龟打开一看，里头又装了一笔丰厚的金子，跟上次回家一模一样。

"看起来，这倒不像是一次亏本的买卖，可是这件事情未免太奇怪了。换作旁人，恐怕也不能接受吧。"

听完了整个故事，半七脸色终于严肃起来。

"阿蝶回来没多久，就在上个月底又被人接走了，而且每一次都挑我不在家的时候，强制性就把她带走了。最重要的是，被劫走之前她都要被人蒙上眼睛、捆住手脚，最后塞进轿子里。所以，时至今日，阿蝶也不知道那个房子究竟在什么地方。"

"这次她顺利到家了吗？"

"她到现在都还没回来。"阿龟有些低落，"每一次她都是十天左右就会被送回来，可这次我等了挺长时间，却一直也看不见她的人。就在我心灰意冷的时候，那个领头婢女突然登门拜访，还告诉我，因为一些不能告知的原因，阿蝶还需要再留一段时间。她还说，她可以给我更多金子，让我把阿蝶卖给她。可是，这种要求太过分了，我怎么可能能答应呢？阿蝶是我的孩子，我怎么能忍心送她去那种地方，让她一直遭受着痛苦的折磨？所以我想都没想就拒绝了。可是对方不依不饶，非要我答应她。更让我想不到的是，一个堂堂大户人家的领头婢女，居然跪在地上不停向我请求。她这般作为，我都不知道怎么回应才好，只好让她给我一两天的时间好好想想，到这时，那个领头婢女才肯离去。大人啊，您说这都是些什么事啊！"

阿龟说起话来断断续续的，仓皇失措，看起来被吓得不轻。

"唉，真是一个可怜的母亲。按你的话来说，对方身份不低，应该是不屑于做这种肮脏的事。但是他们的目的究竟是什么呢？其实阿蝶算是一个漂亮的姑娘，也有机会嫁入有钱人家，给别人做小妾的。要是他们是这种心思，坦白提出来不就好了？可他们这样的做法看起来确实太诡异了，真是奇了怪了。"半七想了想说。

"最令人伤脑筋的是，阿蝶还在他们手中，而且还不知道到底是被拐去了哪里，这当中也没有一点其他信息，要怎样办才好呢？"

半七一手扶着额头寻思了好久。阿龟在旁边愣愣的，也不知道自己能做些什么。

"我一想到永远都见不到阿蝶了，我就不想活下去了。"阿龟近乎绝望，不停地抹眼泪。

154

"你先别想多了，我估摸着那个婢女最近还会再上门来。我且过去打探一下，看看他们葫芦里卖的是什么药。"半七安抚道。

"大人，您能出面帮我，我真的是太感激了。有你在，我才会更安心，还请您明天一定要过来，拜托了。"

说完，阿龟深深地给半七鞠了个躬，千叮嘱万嘱咐之后，才从半七家里离开。

五

第二天晚上，刚好是农历的八月十五，秋风飒飒，一大早街上就有人吆喝着卖东西了。半七做完手里头的工作之后就准备去阿龟家里，阿龟家离河岸边不远，拐进巷子后一下子就到了。门口，菜贩子放上了当季的蔬菜，隔壁房檐下传来秋天里的蝉叫声。

"大人，谢谢您答应我过来了。来，先进门坐坐。"阿龟把半七迎进了自己家，"我跟您说，昨晚阿蝶被送回来了。"

原来，阿龟告别半七之后回到家，便发现阿蝶回来了。据阿蝶说，那个领头婢女的意思是把阿蝶送回来，让她们母女俩一起考虑一下买下阿蝶的事，好好商量之后再做决定。

没想到对方居然还这么体贴，为阿龟母女俩想得如此周到，看来对方心思也不是很坏。

此时的阿蝶有些困倦，打算回房睡个回笼觉。半七喊住了她，想从她的口中了解到更多细致的内容。然而阿蝶说的与她母亲大同小异，半七依然没能挖掘到更多有效的信息。不过阿蝶表示，那个房子极有可能是某个老爷留给妻女的别院，但其具体位置在哪里，对方都是些什么人，这些问题她都没有办法判断。

"接下来他们应该还会有所行动，我们就先在这里等着。"半七没有就此打道回府，他暂时待在了阿龟家。

现在的白天越来越短，还没到傍晚，天色看起来便有些暗沉沉的了。阿龟端出了食盘，上面放着一些小吃，准备着中秋夜的拜祭。夜晚的风吹起来凉飕飕的，半七本来穿得不多，此刻倒是觉得有点冷了。

吃饱喝足后，半七叼着一根牙签，优哉游哉地来到了庭院外。他抬起头来，只见碧色的夜空被错落不一的房檐分割成了几片，每一朵碎云有了不同的模样。按现在这个时辰，这儿视角还不能看见月亮，只见几点稀疏的星光闪闪发亮。天光云影，一地清辉，反倒有了些中秋夜色的氛围。

半七静静地看了许久，才发觉这会子下了秋霜，花花草草的树枝上挂着白霜，像是披挂着的银须，晶莹透亮。

"月亮快要出来了，你们都来外头拜个神。"半七转身进去找阿龟她们。

话才刚说完不久，外头便响起了敲门声。

"我先躲起来。"半七拿起鞋子，急忙忙地躲在了阿蝶的房间。

阿龟赶紧跑出去开门，只见是一个武夫装扮的陌生男人。他通知阿龟说，府上的女管事不一会儿就会过来接人了。

随后，半七从门里拉开了一条缝隙，小心翼翼地观察着外面的情况。不一会儿，阿龟家里来了一个大概三十多岁的女人，看起来也的确像是大户人家管事的人。

"你好，抱歉这么久才来找你，这应该是我们第一次见面。"那个女人很有礼貌，一开口就先给阿龟致歉。

阿龟有些无措，拘谨着身子也回了个礼。

"我就直接说了吧，前几天也有人跟您表明来意了，要是您没有意见，我们今晚就接阿蝶姑娘过去。"那个女人虽然说话客客气气的，但是语气中带着一些不容置疑的威慑力。

阿龟被她的气势吓唬到了，话开始说不清楚，磕磕巴巴的。

"事情到了这个地步，如果您不同意的话，我们都没法交差，还请您见谅，就答应了我们的恳求吧。"

"我女儿昨天晚上才到家，身子乏力，现在还在床上躺着。我们母女俩甚至都没有时间来好好商量这个事情呢。"

阿龟找个借口想要把这个话题引开，可对方见阿龟不肯交人，语气更加凶狠起来："胡言乱语！我们昨天把阿蝶姑娘送回来就是要让你们一起商量，现在居然告诉我，说你们还没开始谈，这不是在无视我们吗？您如果给不了人，我们回去如何交差？还请您赶紧叫阿蝶姑娘出来，大家面对面，有什么话一并说清楚了。"

那女人凶巴巴的样子让阿龟不知道该怎么回话。接着，那个女人拿出了一袋金子，郑重地把它们放在了桌子前。

"这是之前承诺给您的金子，一个不落，全都在这里了，快交出您的女儿吧。"

"这……"

"我觉得您还是不同意放阿蝶离开。要是我们今天没有顺利完成任务，我也没有面子回去了，所以我只能在您面前自刎。"那女人说完便从腰上拿出了一个布袋子，布袋里似乎装着刀具。

阿龟瞬间吓得脸色发青，显然这女人是亮出了最后的绝招。

"你之前有接触过那个人吗？"半七目睹外面发生的一切，回头问了一下阿蝶。

阿蝶表示没有见过。

半七思考着，起身从房间绕到了另一边，从其他出口来到了门外。

半七从这里看过去，那些要来接阿蝶的人，除了四个轿夫，还有刚刚那个武夫。半七拐着弯从小门里走进阿龟的家，接着一脸严肃地坐在了那个女人的对面。

刚刚在房间缝隙里看得不仔细，这会儿半七算是都瞧清楚了。这女人脸蛋小小的，长着一双清透的大眼睛，鼻子高高的，长发盘起，貌似还特意梳妆打扮过，俨然是当家女管事的模样。

"不好意思，我想来说几句。"半七出言道。

那个女人并没有太过惊讶，还大大方方地点头回礼。

"我叫半七，是阿龟的亲人。最近听她说，你们不惜花上重金也要把阿蝶买下，可是你不知道，她就只有阿蝶这一个闺女，将来可是要招女婿进门的。不过你们既然如此喜欢阿蝶，要让阿蝶跟着你们走，也不是不行。"

阿龟惊讶地看着半七，却没有打断他的话。

"我猜你们确实有些理由说不出口，但毕竟也请你们谅解，这买卖一旦达成，阿蝶跟她的母亲便彻底断了关系。在这之前，还请您告知一下您的身份，这样她母亲也就放心了，阿蝶也会心甘情愿地跟你们走。"

"抱歉，我们不能透露老爷的身份，只能说，老爷是一个出名的大人物。"

"敢问您老爷是何官职？"

"我只能告诉你，是某个管事的官吏。"

"啊，是这样子。"半七笑了笑，"既然如此，我就直接说了，我们不同意你们提出的要求。"

"为什么？"

女人目光如炬，眼神里闪过一股子凌厉。

"我实在无法接受您府上的家风。"

"你这人无凭无据的，怎么就知道我们府上的家风如何？"女人挺起腰背，一脸不屑。

"您这作为一名女管事，右手指腹上却长着茧子，这明显是经常弹琴落下的毛病。想来您府上作风确实不怎么好。"

女人的脸色开始变了变。

"请问，有人在家吗？"

房门外有个女人的声音，看来又有人来上门拜访。

"哎，这就来了。"阿龟慌慌张张地就跑去门外迎接客人。

外头的人看到这个阵势，似乎有些迟疑。

"您家里头是来了重要的人吗？"

"是的。"

"那我还是先不打扰好了。"

半七起身，叫住了刚想离开的女人。

"请等等。我们这有一个假冒大户人家的女骗子，您进来看看是不是这个女人。"

那个被说成是冒牌的女管事听到这句话，最后竟然扑哧地笑出了声。

"大人，真是抱歉，是我有眼无珠，竟没能认出您来，您是在县上衙门当捕快的吧？还真什么事都逃不过您眼睛。对不住，我装不下去了，算您厉害。"

"我就知道你是个假冒的。"半七也笑了，"我就这么跟你说吧，刚刚我从外头观察过了，要真是大户人家过来的人，怎么会用这么差劲的轿子？而且一个堂堂女管事居然指腹上满是茧子，这怎么也说不过去吧？不过，还别说，你们配合得真像，就是道具出卖了你们。说吧，你们都是些什么人？"

"您观察得可真仔细。"女人低头行了一个大礼，"我一开始也觉得这戏有点难演，可还是鼓起勇气过来了，本来一切都挺顺利的，谁料半路杀出您来了，我们一败涂地。既然如此，我也不怕告诉你，我不是这里的人，我的母亲是一个弹琴的师傅。"

六

原来，这个女人的名字叫阿俊。她的母亲为了传授技艺，在她很小的时候就教她弹琴。可阿俊整天都想着男女之情，再也无心弹琴。阿俊不仅让母亲伤心透底，最后还远离了家乡，从此在各个地方逗留，卖艺求存。近些年回到故乡时，她才知道母亲已经逝世，她成了一个孤儿。

靠着邻里亲戚的资助，阿俊在母亲原先授课的地方当起了授琴师傅。渐渐地，她收了越来越多的门生。可生性爱玩的阿俊始终安不下心来过日子。她之前爱过一个无用书生，为了养他，阿俊还设计了一些骗局，甚至还在澡堂里打过工。

不久后，阿俊从朋友的口中听说了阿蝶的事。那个朋友跟阿俊来往密切，朋友的女儿也跟阿蝶交情匪浅，所以阿蝶之前被绑架的事，阿俊都一清二楚。阿俊见过阿蝶，觉得这姑娘长得确实不错，于是便想利用那群可疑人的身份，半路劫走阿蝶。接着，她叫来了一个叫安藏的男子，几天前就让他在阿蝶的家门口外打探消息，看看里面有什么动静。结果安藏马上就收到消息，说那个大户人家的人要永久买下阿蝶，还特地把阿蝶送了回来，想让她们母子俩团聚，好好商量一番。阿俊把握时机，让安藏装扮成府上的武夫，自己便梳妆成女管事的模样，两个人携手上门，打算把阿蝶骗走。当然，这桌子上的金子，自然也都是假的。

"我们必须得赶在他们来之前就把阿蝶接走，时间紧迫，也就没有时间准备道具，给您看了笑话了。"

阿俊见事情已经暴露，也就抛开了所有的顾虑，把实情全部都说了出来。

"这么说来，一切就说通了。"半七说，"只是这事被我看见了，我就不能置之不理，只好请您跟我走一趟了。"

"我输了，我自然认罚。不过在走之前您先让我换个衣服吧。这要是出去，又被多少人看笑话。劳驾您请人到我家拿个便衣换一下吧。"

半七同意了。但现在他也叫不了其他人，只好让阿俊跟着他到办公地点再说。

"这事情要是说了出去，对大家都不好。还好这人没有得逞，阿蝶也还好好的，能不能请大人高抬贵手，就这么算了？"

半七正准备带着阿俊出门，那个一直站在门口的女人开口了。

原来，这才是一直带走阿蝶的那个领头婢女。

这个女人一直恳求着半七，让他放过阿俊，她的坚持最后让半七进退两难。他想到，这里面或许有些不好说出口的缘由，于是思量了许久，决定暂且放过阿俊。

"大人，谢谢您！改天我一定到您家登门道谢。"阿俊感激万分。

"不用，不用。你以后不要再惹是生非就可以了。"半七说。

阿俊自知自己做了一件坏事，不敢再多言，灰溜溜地离开了。

虽然假冒者已经被当场拆穿了身份，可正主到底是什么人，他们却无从知晓。那个领头婢女也明白，此时再隐瞒下去，只会让事情更加麻烦，甚至今天要商量的事情都可能谈不拢，于是主动跟阿龟母女和半七坦白。

这个女人可不是个冒牌货，而是来自堂堂大户人家的女管事。她府上的老爷已经结束任职期限，回家养老去了，只留下了夫人和女儿。

夫人有一个讨喜的女儿，从小资质出众，是一位如花似玉的美人儿。今年春天，小姐才刚满十七岁，因为生了一场大病不幸离世，如今安葬在寺庙塔下。夫人悲痛欲绝，一直都不肯接受这场变故，思女心切，最后竟发起了疯，连寺庙的住持过来诵经祷告都不管用。夫人每天都在呼唤着女儿，哭着，喊着，非要见到自己的爱女，府上的人都不知道该怎么办。他们瞧着夫人实在太过可悲可怜，只好叫来了所有的管事，最终讨论出一个法子——找一个和小姐相似的替身，以小姐的名义在府中生活，也许夫人见上面了之后，情绪可以缓一缓。但是这毕竟是家丑，不能对外宣扬，所以这次行动必须秘密进行，管事们派了几个随从，在暗地里寻找能够符合样貌特征的人。

他们寻找了很久，终于有一天，一个随从偶然经过阿龟茶水店的时候看见了阿蝶，她的容貌看起来跟过世的小姐极其相似。为了再次确认，隔了几天，随从带上女管事雪野一起去往店里又仔仔细细地确认了一回。

寻寻觅觅，皇天不负苦心人，阿蝶正是他们一直想要努力找到的那个人。

他们俩回去之后便把搜寻到的结果告诉了大家。为了顺利地把阿蝶接过来，府中的人形成了两派不同的意见。一方觉得，这件事于情于理应该要事先说明，请求对方的谅解及同意。如果这样子硬生生地把人家接走，跟绑匪做的勾当没什么差别；另一方却对这种温和的做法极其不赞同，阿蝶家里毕竟是经营茶水店的，实在不清楚她们的为人如何，况且日后要是为了利益纠缠不清，再这么恶劣地发展下去，始终都会是个大麻烦。既然这件事本来就不能摆在台面上，还不如直接就偷偷接走，神不知鬼不觉，以免有后患。他们还觉得，这些事情关系到家门的清誉，影响重大。所以，最出其不意的做法才是最好的方式。

大家各自都有坚持的理由，谁也给不出最后的结果，只能进行投票选择。票选的结果出来了，大部分的人支持了后者的意见。为此，武夫被众人委以重任，出手绑架了阿蝶。

　　值得高兴的是，管事们的心思没有白费，阿蝶来了以后，发了疯的夫人每天晚上都会来阿蝶的房间偷偷看她。她的心里坚信自己的女儿放不下母亲，回来陪伴她了，因而也就忘记了自己女儿其实已经去世的事实。渐渐地，夫人也就不再发疯了。

　　可这个事情毕竟只是暂时的，他们不能一直把阿蝶困在这边。可夫人一时半会儿见不到阿蝶，又要大吵大闹了。管事们面面相觑，不知道接下来该如何是好。就在此时，老爷想把孤零零的夫人接过去。可毕竟现在夫人的状态跟以往不同了，若是让老爷看到又吵又闹的她，还会让她回去吗？

　　想到这里，管事们忧心忡忡，再度召集大家讨论。然而，他们商讨的一致结果就是把阿蝶一起带走，再也没有比这更好的方法了。

　　可这也是问题的症结所在。他们总不能像以前那样，三天两头地就把阿蝶绑走吧？于是，他们只好让女管事雪野出面去跟阿蝶家里人协商，打算永久买下阿蝶，让她和夫人一起回乡去。昨天，雪野便到阿龟家登门拜访，说明缘由，并开出了丰厚的条件。

　　从整件事情的过程来看，要是雪野当初能够光明磊落地把事情的始末说清楚，或许阿龟也不会为难她。但雪野一心只顾着家门的面子，只顾着办好差事，却对自己的身份避而不谈，让阿龟左右为难，中途还差点被阿俊耽误了事，搞得事情越来越复杂。

　　听完了雪野的一番话，半七才晓得这里头的缘由，也对这位失去了女儿的母亲深表同情。看得出，这府上的管事们也都是忠心耿耿，为了安抚夫人的悲痛，不惜做出这种看似啼笑皆非的事，还差一点闹出了大事。

半七一下子不知如何是好。

这时候，阿蝶从房间里走了出来，脸上还带着泪。

"我明白了。没想到，卑微如我，竟然还可以帮上你们。母亲，您就让我过去陪陪那位可怜的夫人吧。"

"您真的同意了吗？太好了。"雪野大步上前，鞠躬道谢。

阿蝶点了点头。

七

此时，月亮已高高挂起，皎洁的月光洒满了屋子。

"最后阿龟答应了女儿的请求。"半七补充道，"然后，事情又有了一些转机。那个女管事提议，让阿龟陪着阿蝶一同前往。阿龟母女俩毕竟在江户也没有什么亲戚好友，而且阿龟本身也是一个母亲，需要阿蝶在她身边照顾。双方敲定这事不久，阿龟收拾完家里的所有行李，带着女儿一起去了远方。那户人家也特意留了一栋小楼给阿龟居住。如此一来，阿龟也就不再忙忙碌碌了，带着女儿过起了休闲的日子，后来也就一直在那边定居了。几年过后，阿龟去世了，阿蝶便不再随身服侍。为了感谢阿蝶，那户人家特定给她介绍了一户家境不错的男方，还为阿蝶准备了丰厚的嫁妆。现在那个阿蝶应该还活着，至于那个阿俊，听说后来没有收敛性子，到最终也没落得个好下场。"

第八话 腰带池

"腰带池"这一名字源自一个古老的传说。据说这个池子中有时会突然出现一条华美绚丽的腰带，每当人们想靠近它的时候，它就会像活了一样，瞬间腾空而起，把人缠得死死的，再一口气拖到水底。有人认为这是巨蟒，有人觉得是池神显灵，还有人觉得是水鬼作祟。诸多传说和秘闻，让这个地方变得更加神秘可怖。

一

　　"在江户时代，这里有个腰带池。你看，就是这儿。不过，现在已经看不出什么了。人们早就把它填平了。"

　　半七老人一边说，一边指着地图给我看。

　　这是万延版的江户地图。

　　我顺着他的手看去，地图上确实有一片很大的区域被标记成浅蓝色，上面写着"腰带池"几个字。

　　"腰带池源自一个古老的传说，但是这个地方应该是真实存在的。如若不然，地图上怎么会留下它的名字？不仅如此，江户、京都附近也流传着腰带池的故事。据说，它们之所以被称为腰带池，是因为池水中有时会出现一条华美绚丽的腰带。可是，每当人们想靠近它，把它捞起来的时候，它就会像活了一样，瞬间腾空而起，把人缠得死死的，再一口气拖到水底。人们不清楚这到底是怎么回事，只好认为是池神作祟，或者是水鬼也说不定。"

　　"池神？我觉得听上去更像是一条巨蟒吧？"我猜测道。

　　"也许吧。不过也有人认为是一群擅长游泳的水贼搞的鬼。他们提前藏到水底，故意用腰带吸引路人，等人走近后再把人拖进水里，掳走对方身上所有值钱的东西。只是，不管是哪种说法，从来都没有被证实过。诸多传说和秘闻让这个地方变得更加神秘可怖。尤其在过去，这个池子很大，水面很宽，水下更是神秘莫测。到了江户时代，水域逐渐缩小，情况还稍微好一点。现在的池子小得可怜，可以说已经接近消失了。就算是多雨的夏天，池子里的水位也不是很高，芦苇倒是长得很茂盛。尽管如此，知道这些传说的人依然不会来这里游泳或者捕鱼，如果可以，他们都会想尽办法离这里远些。渐渐地，也就没有多少人在意它了。然而有一天，池中突然出现了一条女人用的腰带，人们把目光再次聚集到这里，有关这个池子的可怕传说也再一次热闹起来。"

二

那是安政六年早春的一天，天气虽然已经开始转暖，但寒气还没有完全散去。很长一段时间里，池边的芦苇都没有长出嫩芽。

若是芦苇茂盛，那条腰带也许就会一直静静地躺在那里，永远不会被人发现。可是偏偏那时候池边还很空旷，行人不用离水面太近，就能轻松看到整个池子。也正因此，一个住在附近的人在路过的时候才偶然发现了那条躺在水里的腰带。

他也知道那个传说，所以当他看到池里似乎有什么东西的时候，吓了一跳，根本不敢靠近。不过，在好奇心的驱使下，他最终还是悄悄地凑了过去。

不看不知道，这一看，差点把他吓得背过气去！

那是一条长长的、女人用的漂亮腰带，腰带正顺着水流上下浮动，一头在岸边，另一头在池水深处。

腰带为什么会出现在池子里？真是怪事！哪怕是再普通的池子，出了这种事，也足够让人浮想联翩，更何况这里是大名鼎鼎的腰带池！

那人越想越觉得诡异，只好把大家都喊来，一来是想壮壮胆子，二来也是顺便听听其他人的看法。可是那些人看了以后，个个都提心吊胆，只是站在那里议论纷纷。大家都沉浸在这个恐怖池子的传言当中，没一个人敢上前去把腰带捞上来看个究竟。这件事真的太邪门了，难道传说中的杀人腰带是真的？如果擅自动了那条腰带，会不会为自己惹来杀身之祸？于是，大家都只是远远地看着，不愿靠近池子一步。

最后，还是几个尾州家的武士做出了有效的行动。

武士们的胆子总是比较大的。他们听说这件事后，毫不犹豫地来到池边，稍稍整理好衣服，一起下水把腰带捞了上来。幸运的是，打捞腰带的过程中并没有发生任何怪事，这条腰带柔软绵长，看起来和一条普通的腰带没什么区别。腰带是绸缎材质，上面有三种底色，从上到下分别是青色、红色和紫色。腰带上还精心绣上了白色的花纹，这种样式在当时很流行，深受女孩们的喜欢。并且，它看上去像是全新的，没怎么被人用过。

谁把腰带丢在池子里的？这也是值得考虑的问题。这样一条腰带，在当时并不算便宜。既然如此，它的主人又怎么会随随便便把它扔进池里？人们怎么都想不明白。

经过讨论后，大家基本得出两个结论。一个结论就是，这是盗贼干的好事。他们在偷东西的时候顺便偷来了腰带，路上却觉得它太长，带着麻烦，又担心这腰带过于显眼，以后会被抓到把柄，所以才把它扔在这里。另一个结论是，这是某个好事者搞的恶作剧，想吓唬一下别人，自己躲在暗处看好戏。这一点还是很容易理解的，毕竟腰带池的传说就已经足够骇人，如果有人故意丢进去一条腰带，必定会引起不小的轰动。只是，假设这样的恶作剧发生在天保以前，倒也勉强符合情理，因为那个时候经常有人用昂贵的材料来搞恶作剧，自己躲在一边看大家的反应，并且乐在其中。如今大家的日子都不好过，哪有这样的心情、人力、财力来搞这种无聊的恶作剧呢？因此，多数人更认同第一个结论——这腰带必然是被盗贼扔在这里的。

然而，无论如何，这毕竟只是个猜测。大家谁都不知道盗贼是谁，也没有发现被害者，更没有证据可言。无奈之下，他们只能把腰带送到负责武家宅邸区域治安的岗哨那里，让他们暂且保管，并且立案。

没过几天，案情有了新进展。

原来，腰带的主人是一个年轻姑娘，名叫阿妙，住在市谷合羽坂下的酒铺后巷。不幸的是，阿妙已经死了。

消息传开以后，众人又开始议论纷纷。

阿妙十八岁，和母亲知佳住在一起。母女二人平时安分守己，看起来并没有什么可疑之处。只是，虽然她们住的条件不是很好，但是对生活却很讲究，母女每天都会把包括玄关在内的四个房间收拾得井井有条、整洁异常。左邻右舍都知道，母亲知佳尤其喜欢料理家务，她们家的格子门一直都是最干净明亮的。

不过还有一点也让邻居们一直心生疑窦。阿妙和母亲似乎没什么正经工作，可日子却过得比大家都要阔绰。母亲知佳曾经跟邻里吹嘘过，说阿妙的哥哥在下町能挣不少钱，每个月都会准时寄给她们生活费。可是，从来没有人亲眼见到阿妙的哥哥来过。时间长了，街坊邻居都开始怀疑知佳在说谎，他们猜想，既然阿妙如此貌美，又正是如花一般的年纪，私下一定是被某个老爷看中，豢养起来，母女俩的生活才会这样富裕无忧。幸好阿妙和知佳也不在意大家的看法，平时就装作什么都不知道一样，与大家相处得很好。

阿妙的腰带出现在腰带池的前一天早晨，母女俩曾请求左邻右舍关照一下宅子，因为远在练马的亲戚家要办丧事，她们必须前去帮忙，办完事后，还要在那边待几天。家中长时间无人，母女俩怕遭盗贼光顾，所以请邻居代为照看一下。

和邻居们交代完后，两人就将格子门上了锁，没有人能看到屋内的情形。

第四天，知佳一个人回来了，她先和左邻右舍打了招呼，之后便进了屋。

然而，没过多久，知佳突然号啕大哭，神色慌乱地冲了出来，喊道："不好了！阿妙死了！"

邻居们非常震惊，他们纷纷凑了过来，却只看到阿妙仰面朝上，躺在里面的房间里，看上去已经死去多时。

房东闻讯后立刻过来了，不一会儿，医师也到了。经过一番检验，医生根据阿妙脖子上的勒痕，断定她是被人杀害的。可是，让人不解的是，阿妙身上的衣服仍旧是前几天和母亲外出时穿的那件衣服，唯独腰带却不见踪影。此外，阿妙的尸体被摆放得整齐，再加上脖子上的勒痕，可以确认凶手应该是先将她勒死，再把尸体放在那里的。也就是说，房间很有可能并不是第一案发现场。

"阿妙到底是什么时候回来的？"

这个问题很简单，但是却无人能回答。据母亲知佳说，阿妙原本跟她一起赶往练马奔丧，可是在途中却突然失踪了。知佳想起出发前一晚阿妙曾明确表示自己并不想去练马，所以当时对女儿的失踪并没有放在心上，以为她就是偷跑回家了而已。知佳考虑到自己还要前往练马，就没有打算回家寻找女儿，而是独自一人继续赶路。

来到练马之后，知佳按照原计划先帮亲戚家守夜，一直忙到出殡，就这样过了三天。第四天一大早，她从练马出发回家。到家的时候，她发现门没有上锁，还觉得自己的猜测当真没错，女儿果然是先回家了。

可令她没有想到的是，明明是大白天，屋内却安静得很，窗户也都关着，不像有人在家的样子。于是知佳只好先去打开窗户，结果光线照进来的那一瞬间，她第一眼便看到了躺在地上的女儿阿妙，阿妙不知什么时候已经死去，尸体还摆得整整齐齐。

知佳腿一软，当场就吓坏了。

"为什么会这样？这不是真的！"

知佳万念俱灰，痛哭流涕。

邻居们也觉得匪夷所思，紧挨着的两户人家丝毫不知道阿妙什么时候回来的，又是如何遇害的，这一切都像是在做梦一样。

不过话说回来，究竟是谁解下了阿妙的腰带，她的腰带又在哪里？

现在可以确定的是，有人在勒死阿妙之后解下她的腰带，扔在了腰带池。但是，这个人为什么要这样做？若是为了钱财，屋内显然还有比腰带更为值钱的东西。哪怕是阿妙的衣服，也远远比一根腰带要值钱得多，凶手为什么单单看中了这根腰带，还把它扔进了腰带池？这里面一定有不可告人的目的。

不过，不管怎么说，这一切肯定不是池神所为。可是，不管人们怎么推理，阿妙的死都疑点重重，毫无头绪。

发生这样恐怖的事情，阿妙的左邻右舍都失去了宁静，所有人都毫无例外地受到了审讯。

经过一通盘问之后，大家一致认为，阿妙的母亲知佳嫌疑最大。人们怀疑是知佳先将女儿勒死，再找借口外出了几天，之后假装发现尸体，故意演戏给大家看。她所说的前往练马帮亲戚办丧事不过是掩人耳目。基于这样的怀疑，办事处的人对她审讯得最严厉。

可是，不管怎么逼问，知佳自始至终都说自己什么都不知道，而周边的邻居也可以证明，阿妙当天确实同母亲一起出了门。除此之外，这对母女平日里相处十分融洽，感情很好，没有人能想出知佳杀害女儿的动机。

于是，阿妙之死便和腰带池的传说一样可怕，一时间成了未解之谜。

三

七天后，半七的手下松吉带来了关于本案的最新消息。

松吉来到位于神田三河町的半七家，一进门就兴冲冲地说："腰带池那件事有了新眉目！左邻右舍的猜测并非无中生有，阿妙确实被一位退休的老爷包养了，那老爷是个旗本。阿妙的母亲知佳也知道这件事，一开始却什么都没说。我用尽各种办法威胁她，才让她不得不吐露实情。这条消息您怎么看，它能否成为线索？"

"嗯，凭借这条消息，确实可以推断出一些内情……"半七若有所思地点点头，"可是，你这威胁的手段可谈不上光明正大。话又说回来，对你而言，能有这样的进展已经很不错了。阿妙看起来没什么问题，实则被老爷包养，后来又死得不明不白。我觉得，这里面应该藏着什么不为人知的纠纷，比如男女之间牵扯不清。接下来，你想怎么办？"

"唉……我也不知道应该怎么办才好，这才来找您商量。旗本老爷确实有嫌疑，但他没必要这么做，您觉得呢？"

"我的想法和你一样。"半七沉思道，"但这只是我们的猜测，实情究竟是怎样的，现在还不好说。我们应该慎重一些，不能随便放过任何一条线索。你知道旗本老爷叫什么吗？府邸在哪里？若有外宅，在什么地方？"

"旗本老爷俸禄千石，府邸大久保式部，听说他的外宅在杂司谷。"

"那我们先去杂司谷一趟，说不定能发现什么重要线索。"

第二天一大早，松吉和半七一起奔向杂司谷。正是三月中旬，繁花似锦，又是难得的晴朗天气，外出赏花最好不过。两个人走得久了，额头上不免出现了细密的汗珠。

到了杂司谷后，两人很快就找到了大久保式部的外宅。站在外面，两人不禁感叹：俸禄千石就是不一样，虽说不是正宅，面积也已经相当大了，门前还有一道小沟。

"这里关起门来就是自己说了算，独门独院就是好。"

松吉说得很对，这里除了有一处宅邸和旗本老爷背对着之外，左右都是菜田。两人借问离得最近的人家，这才知道这外宅里的确住着一位六十多岁的老爷，这老爷手下有个总管，还有很多年轻的侍从、杂役，除此之外还有两个下女。

半七穿行在黄色的油菜花田中，围着宅子仔细审视了一圈。

"这样看来，宅子里的人应该和案情无关。"

"为什么这样说？"

"这么大的宅子，而且独门独院，想干什么都不难。如果这位老爷想在宅子里把小老婆杀死，谁都不会发现。如果担心被人知道，他也完全可以在她回去的路上动手。总之，能够杀她的地点和方式有很多，任何稍微聪明一点的人，都不会选择在她家里动手。"

"您分析得很有道理。这么说，我们算是白来一趟了。"没有收获其他线索，松吉感到有些沮丧。

"虽然没什么收获，不过也不算白来。我已经很久都没来这边了，就当是来参拜鬼子母神吧。我还一直都很想念茗荷屋的美味，既然来了，那中午我们就在那里吃顿饭吧。"

两个人说着，穿过菜田的小路，走到尽头，来到了鬼子母神神社附近的长街。这里长着很多高大的榉树，春日的阳光格外明亮，照得树叶闪闪发光。自打天保改革之后，来神社参拜的香客就大大减少。不过，十月十三日是日莲上人的忌日，每逢这天，或者青樱盛开的时节，这里依然到处都是人，一派热闹的景象。其中糯米丸子茶馆的生意一定是最好的，游人离很远就可以听到店里团扇啪啪扇火的声音，茶馆里想必忙得不可开交。每到芒草的季节，街上还能看见许多惟妙惟肖的草扎猫头鹰，此时虽没有猫头鹰，但是草把子上还是插着很多风车，正随着春风悠悠地转动。除此之外，草把子上还插着用麦秆做的花魁人偶，人偶身上穿着鲜红艳丽的衣服，一双长袖随着微风摆动，精致灵动的白纸蝶正在人偶旁边飞舞，红色与白色相互映衬，在春日暖阳下显得格外美丽。这也是本地的一大特色。

半七和松吉穿过榉树和樱树交织的树林，来到本堂。

"您看，香客还是很多的。"

"现在正是赏花的好时候，人多也正常。不过，和我们一样平时不烧香的也大有人在。不管怎么说，既然来了，还是虔诚地参拜一番吧。"

两人离开神社后来到茶馆茗荷屋吃中饭。松吉想喝酒，半七也没有推辞，于是便小酌了两杯。走出茶馆的时候，两人脸上都有轻微的红晕。

刚走到门口，他们看到了一位打扮入时的女人。她看起来不到二十五岁的样子，身边还有一位十四五岁的小姑娘，像是她的妹妹。小姑娘的手上提着一个袋子，一看就知道里面装着老字号桐屋的糖果，肩头纤细的竹子上挂着漂亮的麦秆人偶。

"哎呦！遇到熟人了，我在三河町见过您。"女人停下来，向半七露出友好的笑容，身边的小姑娘这时也笑着打招呼。

"你还特意来参拜，看样子很虔诚呀。"半七点头微笑道，"你们也是来吃中饭的吧？可惜晚了，不然刚才就可以让你们斟酒，太遗憾了。"

"确实很遗憾。"女人笑道，"平时我们姐妹两个总要有一个人在家看门，今天能够一起出来参拜，也是受人之托，帮别人个忙。我想，一个人同时祈求两件事情未免有些贪心，这才让妹妹同行，代人参拜。这样一来，我们各自求各自的，两个人都有不同的任务。"

"难道是丈夫身体不适？"松吉问道。

女人略显羞涩地回答："您可不要取笑我了，说起来不怕您笑话，我至今还是个未出阁的姑娘，哪有什么丈夫？不过，这事可说来话长，是我们町内旧衣铺的大婶托我来参拜的。不过也不是什么特别的事情，只因旧衣铺的女儿是我的门生，所以……这个事情我也不好推辞。"

"这样看来，这位大婶也很相信这个。"半七随口一说。

"她平日里就很相信，不过这次不一样，因为出了点烦心事。旧衣铺的儿子在十天前失踪了，没人知道他去了哪里。他母亲非常着急，特意找人算了算，有的说是遭遇了不好的事情，有的说很可能落水了，所以大婶更加忧虑起来，寝食难安。刚才我们也抽了签，卦象很不好……"女人不禁也担忧起来，细长的眉毛皱到了一起。

说话的女人叫登久，住在内藤新宿的北方后巷，平日里以教别人弹三弦维生。她自己也有商号，叫杵屋。她很庆幸能在这里遇到了半七和松吉，也知道他们俩的职业特殊，所以她想托付二人一件事：如果他们从哪里知道了旧衣铺儿子的下落，希望他们能转告她。

考虑到这不是什么难事，半七立刻就答应了下来。

"不管怎么说，大婶是个可怜人。"登久同情地说，"像她这样的年纪，如果失去了儿子，真的是天都要塌了。虽然她还有个女儿，但女儿还那么小，这以后该怎么办！"

"确实非常可怜。大婶的儿子叫什么，他今年多大了？"

听到半七这样询问，登久便把那人的情况一五一十地说了出来。

原来，旧衣铺的儿子名叫千次郎，今年二十四岁。九岁那年春天，千次郎去市谷合羽坂下的一个店铺当学徒，和主人家一直相安无事，相处融洽。期满之后，他又在这家店铺干了三年活，薪资很低。好在去年春天，他总算继承了母亲的事业，在新宿开了一家店面不大的旧衣铺。从那以后，千次郎就和母亲、妹妹一起干活，老老实实地过日子。由于他皮肤白皙，个子也不高，所以看起来比实际年龄要小一些。

半七一边认真听登久讲述，一边仔细观察她的神情。

直到她全部说完，半七才慢慢开口说："如此说来，登久师傅，这个千次郎一定要越早找到越好了，对吧？"

"没错，当然是越早越好呀！您都不知道，大婶满心忧虑，夜不能寐，特别忧心呢！"登久一脸期待地望着半七，那张化着淡妆的脸上写满了不安。

"既然如此，那我就需要再多了解一下情况了。既然你们要在这里吃中饭，不如我们再回去陪你多坐一会儿？"

"这样不太好吧，会不会耽误您？"

"没关系。来，这边走。"半七说完，再次进入茗荷屋。而后他又随便点了一些菜，让登久姐妹两个吃了中饭。

看她们吃得差不多了，半七便带着她俩去了另外一个小屋子内。

"我没有别的意思，就是为了你刚才说的千次郎的事情。既然你请我帮忙，有所隐瞒可不好。不如你把话说清楚，这样我也好办事……"

半七看着登久，一边说一边流露出洞悉一切的笑容。

登久原本微醺的脸就更加红了，她用手纸遮住了嘴，缓缓低下了头。

"怎么突然这么拘谨了？从你刚才叙述的样子来看，我基本可以猜得出来，你是不是打算哪一天也坐在旧衣铺里，和千次郎一同经营生计？说句实话，如果照你说的那样，千次郎和你年纪相仿，样貌也不错，而且人品好，又勤劳肯干，你选择这样的人当夫婿，应该是一件皆大欢喜的事情。你说是不是？他是商人，你是艺人，算是门当户对，也不存在谁高攀谁的问题，所以这些事情，其实你没有必要隐瞒。我还想，如果哪天你们两个有了喜事，我们又是老相识，我一定会带鲜鱼去祝贺你们。怎么样，我把话都说到这份上了，你有什么实情就尽管都说出来吧，我一定洗耳恭听。"

"这……我……真是不好意思，太对不起您了！"登久满脸通红地说。

"不要这样，还是说实话吧。"半七笑着问，"那个千次郎是否只对你一心一意？他不会到处拈花惹草，风流成性吧？"

"哼，这可不一定！"登久的话里明显带着醋意，"虽然我一直都没有什么切实的证据，但我总觉得他在合羽坂干活的时候应该和别人有过一段感情。我有时候一想起这个事情就会和他闹闹别扭，偶尔发发牢骚。可是，千次郎总说是我瞎想，根本就没有这样的事情，每次都不承认。"

登久还表示，千次郎没有在外面过夜的习惯，就算有生意上的往来，也绝对不会在外面拈花惹草。在合羽坂当学徒的时候，他就已经是鬼子母神的虔诚信徒。每月就算再忙，他也会特意抽出时间去参拜几次。除了这个，登久再也提供不了什么信息了。

但是，她想了想，又说出一件很可疑的事情。

有一次，而且仅有这么一次，千次郎收到一封信，看样子是女人寄来的。登久发现之后，千次郎很快就把信撕掉了，所以她也没有看到信的内容，不知道上面说了什么。从那以后，登久发现千次郎总是心不在焉，好像心事重重的样子。为了弄明白这究竟是什么事，登久和千次郎大吵了一通，逼他马上娶自己为妻。没想到，还没过几天，千次郎就不见了。

这样看来，千次郎应该是对登久隐瞒了什么事情。

"原来事情是这样的。千次郎确实不应该这样一声不吭就走了。"半七若有所思地点点头，"看来你刚才说什么大婶日夜忧虑、茶饭不思之类的，不过是想骗我上钩，对不对？你真是太见外了……哈哈哈，下不为例！"

登久的脸更红了，如同情窦未开的小姑娘，害羞得抬不起头。

四

问完之后，半七特意挑选了两个杉木片做的盒子当成礼物送给登久姐妹，让她们先走，自己则继续留在茗荷屋。

"喂，松吉，现在看来，这趟杂司谷也没有白来。真是凑巧，竟然让我们遇到这样的事情。这样的话，合羽坂的事情就有了进展。你把女侍叫来，我有话问她。"

松吉轻拍手掌，女侍应声而至，非常殷勤。

"实在是对不起，招待不周。"

"没有，我只是想问你一些事情。之前是不是有一个叫千次郎的旧衣铺掌柜经常来这里？"

"没错，他是我们的常客。"

"他一个月总要来两三次的吧？"

"确实如此，您太了解了。"

"他每次都不是一个人来的吧？"半七露出精明的笑容，"他是不是总和一个年轻貌美的姑娘一起？"

这一次，女侍没有正面回答，只是微微笑着。

在半七的追问下，她最后说出了这样的事。

将近三年的时间里，千次郎每个月都会来这里两三次，有时候是晚上，有时候则是白天。而且最重要的，他每次都是和一个貌美的姑娘一起过来。

十天前，千次郎很早就来了。接近中午的时候，姑娘也出现了。一直到太阳落山，两个人才一起回去。每次女侍上前端茶倒水的时候，两个人都显得非常害羞，也不说话。没有人知道这位漂亮的姑娘到底叫什么。

"十天前那次见面，那个姑娘穿的衣服上面是不是系着一条红色的腰带，还印着麻叶花纹？"半七追问。

"唔……我想想……没错，是这样的。"

"非常感谢您，日后我还会来致谢的。"半七随手包了一些赏钱给女侍。

走出茗荷屋后，松吉紧随其后，小声地说："您说得果然很对，终于有了进展！我们当前要做的就是尽快把那个叫千次郎的找出来，说不定找到他以后就可以真相大白了。"

"没错。"半七点头道，"若是千次郎做的，想找到他倒也不算难。他没有什么经验，应该也不会在外面躲太久。等到事情平息了，就像什么也没有发生过一样，他便会偷偷回到旧衣铺。你现在要做的就是立刻赶到新宿，在旧衣铺和登久的店铺附近暗暗观察，看看会有什么动静。"

"好的，我马上按照您说的办。"

和松吉分别后，半七原本打算回家，后来考虑到自己还没有去过命案现场，还是要仔细慎重一些为好，便辗转来到合羽坂下。

这个时候，天已经黑了。半七没有直接去阿妙家，而是绕到酒铺后面，透过格子门观察了一下阿妙家，才进入酒铺找房东。

房东当时正在账房忙碌，一听捕吏来了，赶快放下手头的工作，郑重其事地出来迎接。

"大人，您可真是辛苦，这么晚来有什么事吗？"

"酒铺后面的阿妙家，发生凶案之后有什么动静吗？"

"长五郎大人在早上的时候来过，我跟他说了一些事情。"

长五郎是山之手的捕吏，从这附近到四谷都是他的管辖范围，既然他已经开始关注这个案子了，半七觉得自己不应该越界。可是，毕竟都来了，他就顺势了解一些情况吧。

"你都跟他说了什么？"

"阿妙其实不是被人谋杀的。"酒铺主人解释道，"阿妙死的时候，她母亲惊慌过度，其他事情都没有放在心上。就在昨天早上，知佳想要打开一个抽屉，但是不管怎么拉都拉不动，感觉像是被什么东西给夹住了。她觉得很奇怪，毕竟以前都没有发生过这样的事情。她没办法，只好把抽屉撬开，这才发现里面卡了一张纸。她翻开一看，才知道是自己女儿的遗书。信上的字迹非常潦草，一看就知道是慌乱之中写下的。信上说，她觉得自己没有办法继续活着，请求母亲原谅这不孝的行为。知佳大吃一惊，马上拿着信就到了我这里。我认识阿妙的字，确定信确实是她写的。她母亲也可以确定，就是阿妙写的无疑。如此一来，阿妙肯定就是自杀了。只不过她好像是因为遇到了什么事情，不得已才自杀的。我把这个新情况向办事处交代了一下，所以长五郎捕吏大人就过来了。他来的时候，我也是这么跟他说的。"

"还真是出人意料。既然实情是这样的，那……长五郎说什么了？"半七追问。

"他也疑惑了很久，最后只能无奈地表示，既然自杀的话，就没有必要再查下去了……"

"他说得没错，一旦确认是自杀，就已经不用再继续追查了。"

半七又询问了一些阿妙平日里的行为，就离开酒铺了。

只是，他还是想不明白，如果阿妙是自杀，那她的尸体为什么会端正地躺在榻榻米上面？她的尸体明显被人移动过。到底是谁干的？虽然他现在还不清楚长五郎会怎么做，但他认为这个案子肯定不应该以自杀结案。这里面疑点重重，如果就这样结案，未免有些草率。不过，既然阿妙在遗书中都说了自己无法继续活下去，也确实可以证明她是自杀，如此结案，好像也没有什么不对。

可是，阿妙既年轻又貌美，为什么一定要自杀？

半七想了又想，突然想起来一件事情。不过，他打算先回自己家，等等松吉的消息。

五天过去，中午时分，松吉终于露面了。

"一点收获都没有呀！按照您说的那样，我每天都在那里监视，丝毫不敢懈怠。可是，一连等了几天，我连千次郎的影子都没有看到。您说，那小子会不会已经逃去外地了？"

按照松吉的描述，旧衣铺和登久师傅家的房间面积不大，无法多容一个人藏身。千次郎的母亲每天都在旧衣铺忙碌，登久也照常教授三弦，两家都没有什么动静。

"登久真的像什么都没有发生一样，每天都照常授课？她们家应该每个月都会举行一场发表会，是哪一天？"

"大家说是二十号。不过这个月因为登久师傅感冒，所以没有举办。"

"今天是二十二号，也就是前天……"半七想了一下，问道，"登久平时都爱吃什么？她和菜铺、鱼铺应该都有往来吧？这几天以来，她有去买过什么吗？"

松吉并没有特别关注登久在饮食上的喜好，不过这几天她去买过什么食物，他还是看到了的。

"前天中午，登久师傅向就近的鳗鱼料理店要了一份泥鳅锅，昨天中午，她吃的是生鱼片。"松吉说。

"这难道还不能说明问题？"半七有些生气地说，"千次郎就躲在登久家！你想想，就算住在新宿附近，登久她作为一个教三弦的师傅，怎么可能手头宽裕到天天去饭馆消费，还奢侈到特意让鱼铺做生鱼片的地步？这必然是因为心爱的男人就藏在自己家，才会破费叫一些好的吃食！再说了，每个月的发表会都是登久收红包的大好时机，在这种重要的时候，她居然称病取消了，还不足以说明一切？登久家有一个发表会专用的舞台吧？"

松吉点头，承认登久家确实有一个大约十二尺长的舞台，是用木板搭建的。

半七推测，这舞台下应该是个橱子，千次郎极有可能就躲在里面。

"走，我们赶快过去！等他们两个把钱都花完了，还不知道又要搞出什么事情！"

两个人当即出门，朝新宿北方的后巷走去。

五

"捕吏大人，之前麻烦您的事情，我一直都觉得不好意思，还想着特意找个时间去您府上拜见，以表谢意。只是我最近手头很紧，而且有点事要忙，所以一直都没有抽出时间来，再加上身体也不太舒服，所以就……"

登久见半七突然来访，有点惊讶，随即笑着邀请他入座。只是她还不知道，此刻松吉已经躲在了门后。

登久家的入口处是一个四席半的房间，放着衣柜、茶柜等家具，还有一个长火盆。后面六席的房间，应该就是她来教授三弦的教室了，里面摆着练习用的书柜和三弦。大概是因为时间还没到，学琴的孩子还没来，所以房内空无一人。

"你妹妹不在，她又去参拜鬼子母神了？"半七一边喝着登久端来的樱花茶，一边苦笑着说，"看来你们还真的是非常虔诚。可是，你们与其向鬼子母神虔诚参拜，倒不如先来拜拜我更好一些。因为，我已经知道千次郎到底去哪儿了。"

登久闻言，眉头轻轻一扬，之后附和着说："果然和我想的一样，只要拜托您帮忙，就没有成不了的事情……"

"我没有开玩笑，我就是为了告诉你这件事才特意从下町赶来。登久师傅，屋内没有别人吧？"

"没有，就我一个人……"登久闻言身子有些僵硬，望着半七，一时有些语塞。

"实际上，让我亲口告诉你关于千次郎的事情，还真的是难以启齿。要知道，千次郎在市谷当铺做学徒的时候，的确和附近的合羽坂下一位年轻貌美的女子相好。只是，不知道他们两个人之间发生了什么事，千次郎原本说要和姑娘一起寻死，结果他绞死了那个姑娘，自己却躲了起来。"

"什么！"登久听完脸色都变了，"两个人要殉情？"

"这难道还有假？姑娘的确已经死了。当时，他们两个人应该也是真心一同赴死的。只是千次郎这样对待那个姑娘，真算得上薄情寡义！那姑娘怎会料到他改变了心意，她死了以后，千次郎就逃走了，还躲在了某个地方。这个死去的姑娘也太不值了，她一定恨死他了。"

"您有确凿的证据可以证明两人的确要殉情吗？"

"姑娘死前写了一封遗书，遗书上已经说得很明白，这难道还不算铁证如山？"半七说完，这才发现登久的双眼里全是泪水。

"这两个人既然都到了要殉情的地步，这么说来……他欺骗了我？"

"虽然说出来令人伤心，不过事实就是如此。"

"我太傻了……"登久难以接受这个事实，全身都在发抖，连呼吸都变得非常急促，下意识地举起内衬的袖口按住双眼。

这时候，后门传来狗叫的声音，松吉只好出声赶它。

但是登久好像根本没有听见，过了一会儿，她一边擦拭眼泪一边问半七："您既然已经知道千次郎的下落，接下来，要怎么办？"

"既然那个姑娘已经死了，千次郎自然要伏法。"

"如果您找到他，会立刻把他抓起来吗？"

"虽然我不愿意这么做，但是他杀了人，也是没有办法的事情。"

"那请您现在就这么做吧！"

登久猛然起身，用力拉开地板下面的橱子。

果不其然，在阴暗的角落里，一张年轻男子苍白的脸露了出来。

半七暗想，自己的推测果然没有错。

登久迅速地抓住男人的手，用力将他从橱子里拽了出来。

"阿千！你的良心在哪儿，竟然欺骗我！之前你说生意上遇到了些麻烦事，希望在我这里避避风头，到现在已经三天了，没想到这都是你编造的谎言！我现在才知道，你竟然想过和市谷的那个女人一起殉情！原来，你一直都在欺骗我！如今，你又说了谎话，骗我把你藏起来……我真的是太生气了！你既然做出这样的事情，我也没什么好说的。如今我把你交给捕吏大人，你是立刻被抓起来还是坐牢，就听天由命吧！"

登久气愤极了，满眼都是泪水。

千次郎不敢正视她，只好别过脸，结果又迎上了半七犀利的眼神，千次郎整个人都要崩溃了。

最后，他只能跪坐下来，把脸深深地埋在榻榻米上，恨不得立刻从他们两个眼前消失才好。

"事已至此，就不要想着逃避了。"半七对千次郎说，"这幕戏演到现在，也快要接近尾声。究竟是怎么回事，你就痛快说了吧！

我也不想把你抓到办事处再刑讯逼供一番，所以，你还是现在就主动招认了吧。"

"承您的好意，万分感谢……"千次郎的脸上已经毫无血色。

"你和那位叫阿妙的姑娘是一同说好要殉情的吗？她是被你杀害的吗？"

"捕吏大人，我没有杀阿妙。"

"满口胡言！你编故事骗骗登久师傅也就算了，在我这样的捕吏面前，休想用同样的说辞糊弄过去！你别忘了，阿妙可是留下了遗书了的！"

"阿妙的遗书里没有提到要和我一起殉情，她是自缢身亡的。"千次郎虽然被吓得不轻，但仍在为自己解释。

半七有些不知所措了，原本殉情一说只是他自己的推测，也是为了吓唬吓唬他而已，如今千次郎拒不承认，那接下来应该怎么办？

也许半七的推测是错误的，可是，不管怎么说，阿妙的死一定和千次郎有关系。

"这么说来，你看过阿妙的遗书了？你如果没有看过，怎么知道她遗书上写了什么？可见，阿妙死的时候你一定就在旁边！况且，你从哪里得知阿妙是自缢的？还不老实地全部交代出来！"

沉思了好半天的半七终于捕捉到了一些关键信息，借机狠狠地驳斥了千次郎。

"我说，我全都说……"

"那就快说！"

登久在一旁，眼里都是怨念。她紧紧地盯着千次郎，这倒令他有些犹豫。

可是，经不住半七再三追问，千次郎终于把一切都说了出来。

原来，当初他在市谷的当铺做学徒的时候，一次偶然的机会，他结识了年轻貌美的阿妙，两人互相喜爱，情愫暗生。后来千次郎才知道，阿妙是武家的姨太太，他不禁犹豫起来。毕竟，万一他们俩的事情被武家知道，还不知道会招致什么祸事，受到怎样的惩罚。因此，两个人都特别谨慎，每个月只能借着参拜鬼子母神的名义在杂司谷的茶馆偷偷相见。

　　后来，千次郎自立门户，在新宿开了旧衣铺，两个人仍旧维持着关系。可是，在此期间，千次郎的妹妹到登久家学习三弦，机缘巧合之下，千次郎同登久又纠缠不休。最后，他只能瞒着登久继续和旧情人私会。

　　只不过这样一来，悲剧也是在所难免的。令人没有想到的是，有一次，千次郎如同往常一样和阿妙在老地方幽会，却不幸被武家的人看到了。阿妙听说过，武家之前的一个姨太太就是因为行为不检点被无情斩杀的，她天生胆小怕事，因为这件事被吓得不轻。紧接着，她的亲戚家有丧事，母亲要求她一同前往练马。阿妙心里烦忧，魂不守舍，根本不想去，只好在半路跑回来，去茶馆见千次郎，想商量一下对策。当时，她神情绝望，担心武家已经知道了二人的秘密。如果真是这样，自己也就离死期不远了。

　　听阿妙这么说，千次郎也觉得大难临头。如果阿妙说的是真的，到时候，武家不仅要惩罚阿妙，估计他们也不会放过自己。到时候他一定会被看押起来，命运堪忧。千次郎也很胆小，越想越怕。不过，即便如此，他也没有想过要和阿妙一起自杀。虽然阿妙向千次郎暗示了好几次，两个人还是一同殉情的好，但他一直都劝阿妙不要如此悲观，事情或许没有想象的那么糟糕。

　　就这样，连哄带骗之下，在太阳快要下山的时候，千次郎终于说动了阿妙，让她先回家，到时候再想办法。

虽说把阿妙劝回家了，但是千次郎的内心非常不安，他越想就越觉得阿妙哪里不对劲。本来他已经快要到家了，但是在忧虑之下，他又折了回去，去阿妙家。

没想到他还是晚了，千次郎赶到的时候，阿妙已经用腰带在厨房的横梁上自尽了。火盆旁边，放着两封阿妙写好的遗书，一封是阿妙留给母亲知佳的，一封是留给千次郎的。遗书写得很仓促，甚至都没顾得上封口。于是，千次郎就把两封信都打开看了看。

发生这样的事情，千次郎始料未及，他既惊恐又悲伤，独自坐在那里发了很久的呆。后来，等他终于回过神的时候，才想到把阿妙的遗体放下来。

于是，他把阿妙放下来，抱到里面的房间，端端正正地放好。接着，千次郎将阿妙那封留给母亲的遗书放入火盆的抽屉中，自己那封则揣入怀中。原本千次郎想拿着阿妙的腰带在她身旁自缢，可是他突然间又想到了一直爱着自己的登久，他犹豫了。他想，如果自己这样死在这里，就太对不起登久了。

于是，他拿着阿妙的腰带，鬼使神差地走到了外面。至于他走了多久，又走到了哪里，他全然不知。

后来他来到腰带池，觉得这里是一个自杀的好地方，就决定死在那里。可是，就在他琢磨着该用腰带自缢还是干脆投水身亡时，旁边不断地有人经过，他一次又一次地错过了寻死的机会。当夜，他站在池边仰望夜空，夜空中只有几颗星星在闪着微弱的光，略带寒意的风一吹，千次郎只觉得身上一阵寒凉，一瞬间丧失了寻死的勇气。

于是，他思想前后，最终把腰带抛向池心，头也不回地跑了。

阿妙死后，他的内心一直都很不安，不敢回家。虽然说阿妙不是他杀的，可是她的死极有可能牵连上他，到时候武家来报复，他该怎么办？

想来想去，千次郎想到一位伙伴，这人是他之前在当铺工作的时候认识的，住在堀内。于是，千次郎就去投奔了那个人。不过，他没有吐露实情，只是随便编了几句谎话，在人家那里躲了十来天。

但是他总不能一直这么躲下去，于是他又借了些路费，辗转回到了江户。

他回来的那天，正是登久在杂司谷碰到半七的第二天晚上。不管是对母亲还是登久，他都不想把事情吐露出来，只好独自保守这个秘密。他对她们撒了谎，说自己买了来历不明的货品，害怕引起不必要的麻烦，所以想要在登久家躲上一阵子。登久和千次郎的母亲商量了一下，决定让他躲在登久家的橱子里。

没有想到的是，这件事情竟然那么快就被半七识破了。当他揭穿千次郎的秘密时，登久气愤至极，她再也按捺不住心中的怒火，一时之间失去了理智，亲自把曾经视若珍宝的爱人拽了出来，交给了半七。

六

"之后发生了什么？"我追问道。

"还能怎么办？"半七老人笑着说，"既然阿妙姑娘确实是自杀的，那么就和千次郎没有一点关系了，案子也就这样算了。但是，如果我把事情的前因后果大白于天下，千次郎定会受到人们的谴责，还可能被关押，这对他没什么好处。况且，这样做也太麻烦了。所以，我当时只是斥责了他几句，便放过他了。然而好笑的还在后面，一个月后，千次郎和登久两人双双来向我登门拜谢。原来两个人已经和好如初，看起来还很恩爱的样子。我当时还取笑登久，幸亏爱人平安无事，如果按照她之前所做的那样，直接把他扭送给捕吏，说不好就真的成了重犯。到时候，后悔可就来不及了。而登久竟然认真严肃地跟我说，她那么做也是很正常的事。不管是哪个女人，碰到了当时的情况，都会和她的反应一样，才不会放过那样一个男人的……哈哈哈！"

德寿又喝了几杯酒，眉头都皱起来了，小声说："我也不知道要怎么解释，就是觉得特别奇怪。她们总是在深夜或者傍晚找我去给花魁按摩肩膀……按摩的时候，我总觉得有什么人偷偷在她边上坐着，而且应该不是那些女侍。如果是女侍的话，那她们肯定也会说说话吧？可那个人却一直不说话，就像是鬼魂一样，整个房间都安静得不得了……我真的是怕得不行，再也不想到那里去了。"

一

"以前有一部叫《河内山狂言》的戏。讲的是'吉原花魁'三千岁因相思病倒，通缉犯直侍偷偷到她养病的入谷别墅去看她的故事。对了，'忍逢春雪解'，就是这一幕！你喜欢看戏，肯定知道这些。每次看这个戏的时候，我都会想起这样一件事。"

半七老人停了停，接着说：

"我说的那件事也发生在入谷田圃，不过和戏里讲的不太一样。戏里面，那按摩师丈贺是中尾上松助演的，十分好玩，而我要讲的那个那蒙着头巾的按摩师就没那么有意思了，他出现在飘着春雪的夜里……好吧，也许我讲得有点直白，没有行家的嗓音清脆，也没有乐器伴奏。不过，这件事本身还是值得一听的，你也许会感兴趣……"

二

庆应元年一月末的一天，半七去下谷龙泉寺见了一个人。那天的天气很不好，早上天就是灰蒙蒙的，阴云密布，还刮着寒风，好像随时会下雪一样。这一整天都是这样，始终不见阳光，因此天也黑得早。晚上五点左右，天就很暗了。

原本半七临走的时候对方担心外面下雪，便想要好心想借他一把伞，但半七觉得一时间应该不会落雪，就婉言拒绝了。没想到，半七刚走到入谷田圃，鹅毛大雪就飘了下来。考虑到风很冷，为了避免着凉，半七把插在口袋里的手拿出来，取出手巾，包在了头上。

"哎，德寿先生，你就来一下嘛，拜托了，别这么固执嘛……"

走着走着，半七忽然听见路边有女人的喊声。他回头看过去，只见前面有一幢雅致的别墅，一个漂亮的女子正强硬地扯着一个男人，想把他拉进去。那女子看上去是个大约二十岁的下女，男人双目失明，应该是个按摩师。

"阿时大姐，你就放过我吧，我和游廊已经约好了，实在不能不去，改天吧！今天实在不行！"按摩师推辞着想要逃走。

"今天就好，为什么要改天呢？用不了多长时间的。你还是跟我进去吧，今天要是再请不到你，我可是要挨骂的呢！这附近按摩师虽然多，可谁让我们花魁只喜欢你呢？你还是老实一点吧，不然等一下花魁只见我自己回去，却没见到你，到时候我可是要被数落的呢！你说，我该怎么向她交代呢？"那个叫阿时的女人一边说一边将刚刚挣脱的按摩师又抓了回来。

"你们这么抬举我，我确实很感谢你们，也很感激。可我真的早就约了人了，今天实在不行。"

"别瞎说了！一次两次我还会信，你总是这么说，我还怎么可能相信？就算我信，我们花魁也不信啊！你还是不要拒绝了吧，赶紧跟我进去，别再磨磨蹭蹭了！"

"你就放了我吧，我今天真的约了人，求你了。"

两个人就这样纠缠不休，一时半会儿恐怕很难有个结果，不过这和半七也没什么关系，也不是什么好玩的事情，所以半七听过之后也没当一回事，只是继续赶路。

半七到家的时候，雪已经停了。不过，接下来的两天天气依然很差。第三天，半七又遇到了一点事情，还得再去一趟龙泉寺。

"看样子，今天真是要下雪的。"半七出门前特意看了看天气，特地带了伞。没多久，天空真的飘起了大雪。

这次半七办完事，又快五点了。大雪已经将入谷的田野覆盖成一片白色，半七举着重重的雨伞往家走，走到之前那幢别墅前，正巧木屐的带子断了。半七一边自言自语地抱怨着，一边挪到墙边上，把伞靠到墙上，腾出手来想把鞋子先凑合修好。

就在半七弄鞋子的时候，他突然听见有木屐踩在雪地上的声音，有人从别墅里出来，一路沿着踏脚石走出门。正是前几天想要把按摩师强行拉进去的那个女子阿时。

"哎，我都没发觉，这雪竟然已经积起来了。"女人嘟嘟囔囔地说着，站在门前张望了好一会儿，好像是在等人的样子。不过，因为没打伞，她的发髻上很快就落满了雪，让她有点站不住了，于是便失落地进了屋。

半七的手指都冻僵了，弄了好一会儿才把木屐修好。这时候，只见上次那位按摩师打着一个白伞，急匆匆地路过门前。阿时可能是听见了脚步声，快速撑了伞，又从屋里冲出来，大声地叫着："德寿先生，我今天可不能再让你跑了！"

按摩师听到声音，停住了脚步，显得有些害怕，还像以前一样一个劲地道歉，想要糊弄过去。阿时不买他的账，拼命抓住他，就是不让他走。

半七觉得奇怪，便一边假装修木屐一边偷看。

最后，按摩师还是挣脱了女子，跑掉了。

"真是没办法！"阿时一边抱怨一边悻悻地回去了。

半七追向按摩师，一直追了三十多尺，才从背后叫住了他。

"哎，那个按摩师……德寿先生！"

按摩师并不知道是谁在后面喊他，不过他还是停下了脚步。半七往前跑到按摩师身边，跟他并肩前行。

"我在游廊内可是见过你好几次呢，这雪下得这么大，真冷啊！哦，对了，前段时间，近江屋二楼，咱们刚见过……"

"是吗？哎，真是很抱歉啊，我可能越来越老了，记性不好，记不住老主顾了。不过这游廊倒是个好地方，在那里玩肯定是很开心的。哈哈哈……你正是要去吧？"德寿回答得滴水不漏，也不知道他是真的记不住了，还是看穿了半七的谎言。

"这雪可真会挑时候下。"

"谁说不是呢，看来最近几天又要降温了。"

"前面都是田野，一时半会儿也穿不过去，反正现在还早，我也不急着去游廊，要不……要不你跟我一块去吃一碗荞麦面暖暖身子吧，身子冷着，走路也不舒服。"

"好啊，我虽然酒量不好，可到底还是会喝酒，喝一点再赶路也暖和些，只是让您破费，真是不好意思了。"

两人走到一町前的一家荞麦面店前，掀开门帘钻了进去。店里的方形火盆已经很旧了，德寿冷得不行，一进去就赶紧把头巾上的雪花拍下来，靠近了火盆。

半七点了一小瓶酒、两份加料的荞麦面。

"这里的加料荞麦面是江户最好吃的，这是冰雹面吧，连海苔也这么香。"面端上来以后，德寿问半七。

"是啊。德寿先生，刚才你是在谁家别墅门口跟人说话呢？"半七问。

"那是辰伊势妓院的别墅，游廊里的。您刚才也在那里吗？哈哈哈，我都没注意。"

"既然是游廊别墅，那便是你的老顾客啦！人家那么想让你进去，你为什么拒绝？"

"确实是老顾客，也不是不给钱。可是，我之所以不想去……该怎么讲呢，那个别墅有点吓人，我每次去都觉得害怕。"

半七听到这里，觉得很感兴趣，把送到嘴边的酒杯又放下了，问道："吓人？这是什么意思？难道那个别墅里面有什么不干净的？"

"这个我也不清楚，就是每次去的时候都会觉得全身不自在，不停地发抖，特别害怕。"德寿边说边擦着鼻子上冒出的汗。

"这也太奇怪了。"

"是啊，我也搞不清楚是怎么回事。"

"那别墅里住的人是谁？"

"是一个叫谁袖的花魁，二十一岁，长得很漂亮，正是赚钱的年纪。不过，从去年秋天开始，她就一直在里面养病，一直没有接客。"

"看来病得很重啊。"

"那倒没有，她应该也还好，只是感觉没什么精神，不管是坐着还是躺着，总是有气无力的。具体的我也不清楚，毕竟我的眼睛也看不见。"

半七想多打听一些情况，就给德寿又加了一碗面，想让他再喝喝酒，多说一些。

德寿又喝了几杯酒，眉头都皱起来了，小声说："我也不知道要怎么解释，就是觉得特别奇怪。她们总是在深夜或者傍晚找我去给花魁按摩肩膀……按摩的时候，我总觉得有什么人偷偷在她边上坐着，而且应该不是那些女侍。如果是女侍的话，那她们肯定也会说说话吧？可那个人却一直不说话，就像是鬼魂一样，整个房间都安静得不得了……我真的是怕得不行，再也不想到那里去了。所以，就算是丢了这个老主顾，我也只能这样了……所以，虽然很对不住阿时大姐，我也只能想办法逃开。"

三

这时候，太阳已经下山了，外面依旧下着大雪，门口脱鞋的地方光线很昏暗，时不时有雪花从门帘缝里飘进来。

这个事情听起来很奇怪，似乎和鬼神有关，可又似乎不是，半七很感兴趣。

两人吃完饭，离开面铺。第二天一早，半七去浅草的马道找手下庄太。

"你去查一下游廊的谁袖，看看她是什么背景。还有，这个女人可是妓院里的花魁，那里可都是重兵卫负责的。不过，你只是去打探一下消息的话，应该还是没问题的。"

庄太似乎消息很广，早就知道这些事，问道："她不是病了，她在入谷别墅养病吗？"

"是的。不过我还是觉得有点奇怪。你先查一下她有没有相好或者仇家，再查一下辰伊势。"

"好的，这几天我就会全部弄清楚的。"庄太保证之后就走了。

四五天过去了，庄太还没有回来。半七觉得奇怪，不过这也不是什么特别棘手的事，半七也就没在意。

二月初的时候，庄太突然来了。

"我家孩子突然出麻疹了，所以现在才来，真是抱歉……"

"没关系。出麻疹可是大事啊，要紧吗？"

"还好，问题不大。而且，我基本查出辰伊势的事情了。"

原来，在安政大地震的时候，辰伊势里有几个妓女被老板无意间关在地窖里面烧死了。后来人们觉得那地方不吉利，慢慢地，辰伊势的生意也就越来越不好做。不过好在他家不止有这一处生意，还有很多出租房和一些地皮，所以一直没垮。他们当家的是永太郎，二十一岁。由于父亲死得早，所以家中事务和一些生意往来也都是母亲阿卷在帮忙打理。阿卷非常热心，和她丈夫不一样，阿卷口碑很好。

那个谁袖是下谷金杉人，二十一岁，是远近闻名的名妓，在辰伊势家排第二。她一直很爱喝酒，酒量比男人还大，听说因为喝酒还伤了肺。去年十一月以后，她一直病着，鹫神社祭奠后，她便去了入谷别墅里养病。而且她挺有本事，做事周到，处处都讨好，很受客人欢迎。到底谁才是她相好，一时半会的根本查不出来，连妓院的人都搞不清楚。

"你小孩病了，这些钱你先拿着，有空我再去探望。"半七给了庄太一些钱，又留下他一块吃饭，庄太高兴地答应了。

庄太一边吃鳗鱼饭一边说："对了，我这次去查的时候，还听说了这样一件事。重兵卫最近在查一件失踪案。据说，有一个十六七岁的漂亮女孩突然间失踪了。这个女孩每晚都会在吉原街角卖卦签，也很出名。而且最重要的是，她是谁袖的同乡！人们都说她是和哪个男人私奔了。"

"还有这种事？那女孩叫什么名字？"

"好像是叫阿金。你是想查什么吗？"

"有些思绪，可也不是特别确定。我想辛苦你跟我去一趟金杉，虽然可能扑个空，不过也许会有收获。我们先去阿金家吧！"

"好！"

半七和庄太吃过午饭后就出门了，一路上，温暖的阳光照在两人背后。今天天气很温暖，上野森林的上方，有桃红色的薄雾飘散着。

突然，半七看见了德寿，便停下了脚步。

"哎，这不是德寿先生吗？你就住在这附近？"

按摩师好歹是记性好，想了一会儿就记起了半七。

"是啊，真巧。今天是个好天气，适合出门，您这是要去……"

"你知道阿金家在哪里吗？就是那个卖卦签的女孩。"

"她就住我家附近，不过听说她去年年底就失踪了。"

"她总不会一个人住吧？她有没有家人？"

"有。她父母死得早，只有个哥哥叫寅松，一天到晚只会赌钱。阿金不见半个月以后，他在赌场把人打伤了，怕人家追究，趁着夜晚也跑了，后来房子就空下来了。最近几天，房主又找了几个新房客，不久就会搬进去。"

半七听到这里，才明白这样一件事——也许重兵卫之所以会追查阿金的下落，并不是因为她本人，而是想抓她哥哥。

想到这里，半七继续问道："你知道谁袖是哪里人吗，就是辰伊势别墅里的那位花魁。"

"知道，她也是金杉人，就住在阿金家附近。不过她已经没了家，她父母早就死了。"

事情查到这里已经查不下去了，可半七还想打探一些什么。

"之前你说谁袖是你的老主顾，不认别的按摩师，只认你，是这样吧？这是为什么呢？难道只是因为你的按摩技术特别好？"

德寿不说话，只是笑，一副得意的样子。

"嘿嘿……"

半七和庄太对望了一下。半七掏出一份银子交给德寿，示意他跟自己走。

他们来到安乐寺和柳原家中间的一片宽阔僻静的田野中，在经过左边巷子时，半七把德寿拉进去，也不知道是想到了什么。

"这种话我也不想说，可我身上放着捕棍，你最好不要藏着掖着，都说了吧。"

德寿一听立刻怕了，整个人都颤抖着，再没有了刚才神气的样子，表示愿意交代他知道的全部事情。

"你说实话，是不是谁袖让你偷偷传信给某个人？"

本来德寿就是个盲人按摩师，眼睛看不见，但此时他还是闭上了眼睛，对半七半弯着腰，表现出崇拜的样子，说："是的。跟你说的一样，你还真是料事如神啊。"

"她让你给谁送信？"

"辰伊势的少爷永太郎。"

两个人听到这个回答，无可奈何地互相望着，都不说话。

原来，永太郎从前年秋天就开始和谁袖偷偷约会。但是这种事本来就见不得光，谁袖担心被人知道以后不好办，所以才提出要去入谷别墅养病。老板娘心地好，也就同意了。不过，即使谁袖在入谷别墅养病，永太郎也不能经常过去，毕竟他现在没有独立的经济来源，开销都要靠店里，平时也要待在店里。所以，德寿就是谁袖和永太郎之间的信使。谁袖两天不见永太郎就会发脾气，还经常要德寿传信去叫永太郎。

"既然人家器重你，你为什么还不肯进去？"半七感到奇怪，"是怕自己以后担责任？"

"倒也不是。那家老板娘心肠好，事情就算暴露，应该也不会弄得太难看。这原因嘛，还是我之前说的，我是真不想进那里，一进门我就觉得全身不自在。特别是当我在花魁边上的时候，我便莫名其妙怕得不得了，总感觉有别的人在身边盯着我。具体怎么回事，我自己也搞不清楚。"

"辰伊势最近有什么女孩死去吗？"

"没有吧，就是地震的时候死了很多。这家店的老板心肠不好，但老板娘和少爷人都不错，也没听说对妓女不好，更没听说过有死人的事情，和以前大不一样。"

"好的，我清楚了。今天的事你别透露出去。"半七说完就放德寿离开了。

"这下子，除了找到寅松，似乎也没别的办法了。"半七对庄太说。

四

两人找到寅松兄妹的房东，打听这对兄妹的行踪，房东也不清楚，只是听说寅松快过年的时候回来过，还跑到附近的寺庙里捐了点钱。

半七和庄太又去寺庙打听，可是里面的人总是含糊其辞，一开始还不肯说实话，在两人的追问下，才说出了寅松捐了五两金子的事。

"这事倒确实有点奇怪，寅松的父母都葬在这里，他也住在这附近，却从来都没有祭拜过，更没有捐过钱。这次他突然跑来，还让我给他父母念经，又送了五两金子。他还说他妹妹前段时间也不见了，让我将她离开的日子当成忌日，一起帮她念经祈福……"

"庄太，你去查一下寅松究竟去哪儿了，既然是赌徒，肯定有一块混的人，一定要抓住他！"离开寺庙，半七嘱咐庄太。

"好的，我一定想办法抓住。"

然而就在第二天，半七便听说庄太的孩子麻疹越来越严重了，他们夫妇两个人除了照顾孩子根本没有别的精力。一连半个多月，半七都没见到庄太。

二月的天气越来越暖和，不过，没几天，突然又下雪了。雪一直下了一整夜，第二天早上十点多的时候，融化的雪从屋顶上滴滴答答落下来。半七想，他也不能一直在家里就这么等着，这几天也没什么事，他打算去金杉找德寿。

"前几天我们说话的那个地方，能不能麻烦你陪我再去一次？虽然天气不好，路面也不好，不过我会扶着你的。"

"好的。"

这座宅邸和寺庙中间的田野还覆着积雪，两人踏着雪，走到小道上。

半七边走边问："最近你还有没有再去过入谷别墅？"

德寿摇摇头说："当然没有，而且阿时好像再也不强迫我去了，应该是死心了，我也轻松很多。我觉得辰伊势应该是发生了什么事，因为阿时虽然早就被辞退了，却到现在还不肯走，硬要待在那里。"

"阿时住在哪里？"

"具体的我也不是很了解，好像是本所。"

半七送走德寿，原本打算回家，后来想了想又去了别墅。

半七到别墅的时候，天已经黑了。他提着伞，一路小心地踩着刚化雪的路面，来到别墅附近时，刚好看见阿时走出来。

半七立刻跟着她走，一路跟到了一家荞麦面店铺，正是半七之前去过的那家。

半七想，反正阿时不认识自己，于是就跟进去了。结果，他发现店里有个男人在等阿时。他皮肤略黑，二十岁的样子，穿着五彩条纹的衣服，里面绑了一根窄腰带，应该是江户本地人，但是一看就不像正经人。

半七点了几个酒菜，坐在边角处，暗中观察起来。

两人一边烤火一边说话，看起来很亲密的样子。虽然他们也时不时地抬眼看看半七，但是并没有对他有什么怀疑。

"到了现在这样，还能怎么办呢？"女人问。

"难道非要我出现才能结束？"男人说。

女人低声说，似乎在吓他："我看没有别的办法了。难道真等那两个人殉情吗？这样拖下去，我们可捞不着什么好处。"

半七听见他们说"殉情"，猜想可能是那个花魁。后来，两个人似乎说到了重要的事情，声音越来越小，半七仔细地听着，但还是听不见什么。

没多久，两个人说完话，付钱走了。半七等两个人出去了，也站起来向老板娘付钱，同时问道："刚才那个是阿时吗？"

"是。"

"那男人呢？"

"那是阿寅。"

半七一下来了精神，"阿寅？是寅松吗？他妹妹叫阿金，是个卖签卦的，就是他吧？"

"是的。看来您什么都知道啊。"

半七谢过老板娘后出来，一路跟着阿时和寅松，地上残留的积雪将两个人的背影衬得有些黑。

半七一路跟到辰伊势别墅门口，见两个人又低声说了什么才分开。阿时走进别墅，寅松调头走了回来，面对面从半七身边走过。

"呀！寅大哥！"半七急忙叫住寅松，假装很熟的样子，"你跑哪儿去啦？那么久都看不见你！"

"你是谁？"天色有些暗，寅松警惕地看着半七。

"我们见过几次的呀！就在孔雀大杂院，名字什么的不重要啊！"

寅松的身体立刻僵硬起来，说："你乱说！你还想骗我到什么时候？你不就是刚刚在荞麦店的那个人吗？你跟踪我是要干什么？我可没在重兵卫那里见过你！难道你想假冒捕快不成？"

半七冷笑道："你见没见过我不重要，反正你今天都是要跟我走的！"

"就你？还想抓我？想抓我，你就先拿出捕棍和捕绳！别拿个抓虫子的竹竿就想抓孔雀！"

半七看寅松这个样子，只觉得不好对付，恐怕要干一场硬仗了。

在这种下过雪的天气里，动手虽然不方便，可眼下怕是只有动武才能搞定对方了。

"寅松，是你自己不要台阶下的！我好好跟你说，就是因为不想弄得一身脏！捕棍嘛，等绑了你自然会让你看！"半七一边假装要拿捕棍，一边往前逼近。

寅松被他逼得一直后退。像他这种虚张声势的人一般都是搞不清状况的，其实没什么真本事，半七看破了这一点，知道问题应该不大。

"寅松，你就不要挣扎了！"

半七刚说话，突然被人从背后蒙住了眼睛，这让半七有点猝不及防。

这是一双女人的手，十有八九就是阿时。半七这样想着，反手抓住对方的手腕，将对方摔到地上。说时迟那时快，就这么一会儿的工夫，寅松就举着匕首跳过来，直接冲向半七。

不过，寅松的匕首刺出去好几次都落了空，没多久半七就把匕首打掉了，然后用捕绳把对方的两只手绑了起来。

"您饶了我吧！求您了！"寅松这才知道半七的厉害，赶紧求饶。

"我是神田的捕快半七。阿时，既然你跟这事也有关，这里不方便，先去你主人家吧！"

半七押着两个人刚走进别墅，就见一个下女跑出来，边哭边说："花魁还有少爷，他们……"

原来，谁袖和永太郎已经自杀了。

五

半七老人说："我虽然料到他们可能要自杀，却没想到那么快，当时我真不知道该怎么办。这边是两具尸体，这边又是两个犯人，真是让人头痛。一时间，大家都来看热闹，一直到半夜，人群都不曾散过。"

"谁袖和永太郎为什么要自杀？寅松、阿时和这件事又有什么关系？"我问半七老人。

"是谁袖杀了那个卖签卦的女孩阿金。她对永太郎一往情深，得知永太郎和阿金发生关系之后，谁袖气疯了……说来也是可怕，女人都喜欢意气用事。某天晚上，谁袖让阿时把阿金强行带进别墅，对阿金又是打又是骂，一直虐待她，最后还用腰带把阿金勒死了。其实，阿时早就认识阿金的哥哥寅松，两个人两情相悦，如果他们知道谁袖会做出这种事，应该也不会把阿金带进去。可是悲剧已经发生了，他们悔之晚矣。后来，阿时为了保护主人谁袖，便叫来了寅松。寅松本来也无比震惊，但被阿时这么一求，加上谁袖愿意补偿他一百两金子，也就不再说什么了。不仅如此，他还在别墅下面挖了一个洞，将尸体埋了起来，并答应谁袖会保密。"

我追问："那么一大笔钱，哪里来的？"

半七老人回答："是永太郎给的。出事第二天，谁袖把永太郎叫过去，坦白了一切。并且，谁袖还表示，如果永太郎觉得自己错了，自己便随他处置。考虑到谁袖之所以这么做都是因为太爱自己，况且现在人也已经死了，这事传出去对谁都没好处，于是他偷偷从家里拿了一百两金子，让谁袖给了寅松。寅松兴高采烈地拿了钱跑去赌博，没想到打伤了人，只能偷偷摸摸地跑了。这时候，他想起了自己的亲妹妹，如今妹妹死了，钱也没了，他心里到底还是过意不去，才跑去寺庙里面找人给妹妹念经。后来他跑去草加躲了起来，可毕竟他是一个江户人，在乡下也住不习惯，所以又偷偷跑回来了，还隔三岔五地找阿时要点钱维持生活。只是他没想到自己已经被重兵卫注意到了，还连累了阿时。考虑到阿时总和这么一个赌徒来往的话会影响到辰伊势的名声，所以重兵卫好心建议老板娘辞退阿时，但是阿时威胁永太郎和谁袖，还说，如果想要她走，除非给她两三百两金子。谁袖已经被胁迫好几次了，永太郎也没有自力更生，哪里拿得出这个钱？老板娘怕衙役上门，又一直急着要辞退阿时，所以阿时就找来寅松，让他去威胁谁袖和永太郎，说不给钱的话就去衙门告发他们杀人的事。两个人没办法，只能约好了一起殉情。阿时发现了这个苗头，觉得如果两个人真的自杀了，他们便一点钱都拿不到了，所以才让寅松直接去威胁辰伊势的账房。可惜啊，人算不如天算，他们最后还是碰到了我。其实最惨的还是永太郎，他不像谁袖，毕竟罪不至死。谁袖这一自杀，倒是比以后判死刑要好得多。可他却没那么严重。要是我能去得早一点，说不定可以救下永太郎，说起来也真是可怜。"

到这里，整个故事倒是清晰了起来，不过我还是感到奇怪。

"所以，那个德寿和这件事一点关系都没有吗？"

"没错。他也就是替两个人送个信，别的都不知道，是个本分人。"

"可是，既然他的眼睛看不见，那他为什么会说，每次进了别墅给谁袖按摩的时候，都觉得谁袖边上有什么东西坐着，从而特别害怕进辰伊势别墅？他到底怎么知道的呢？"

"这样的事，其实我也不知道该怎么解释。毕竟阿金的尸体可是在别墅下面埋着啊！你们应该听过不少这样的事吧？"

说完这些，半七老人就不愿意再多说了。

这个故事，被我取名为"春天雪融时"。确实，比起直侍和三千岁的爱情故事，这个事情更让我觉得后背发凉，不敢再细想下去。

第十话 屋顶上的女尸

去年夏秋季节的时候，有人看见天上飞过一个发光的东西，长得像牛。因此有人觉得就是那个不明物体将女孩抓走，丢到屋顶上的。但是，也有人觉得是天狗把她拐到了天上，又丢了下来。

一

在浅草六区的观音寺，正面是一道朱红色的仁王门，两旁种着银杏。半七老人在弁天山的冈田饭馆里吃过饭，刚出门，没走几步，就遇到了我。

"你也来赏花？真巧啊……"他冲我打招呼。

"觉得天气好，就想出来走走……倒不是特意。"

"原来是这样，我怕我那走了的老伴孤单，正要去桥场祭奠她呢……我们感情一直都很好，所以无论春夏秋冬，一个月我总要去一次的。你吃午饭了吗？"

"吃过了。"

"那就好，我也才吃完。我想去向岛那边走走，你要是没事的话，跟我一起去吧？"

"没问题。"

这真是个好机会，早知道能在这里遇到半七老人，我就应该把笔记本带出来了。我常问老人一些关于浅草的旧事，就连袖折稻荷神社以及金龙山本龙院这样的事情他都知道，也愿意告诉我，所以每一次我们都聊得十分开心。

隅田川边的樱树刚长出鲜嫩的叶子，不远处便是河对岸的向岛堤防。

"说起袖折稻荷神社，我倒是想起一件事。这件事和那附近的黑沼旗本有关，它们都在浅草田町。不过，我们还是边走边说吧……在以前，那些出乎意料的事实在是太多了……"

安政五年一月十七日早上八点，隔壁府邸派人来黑沼家，说看见他家屋顶有个小女孩，看上去三四岁的样子，似乎已经死了。

听到这个消息，大家都吓坏了。主人赶紧让仆人找来梯子，爬到屋顶上，将尸体搬了下来。

这女孩长得漂亮，穿得也整齐，可是身上既没有腰包，也没有缝有表明身份住址的牌子。

她是谁家的孩子？她为什么会死在屋顶上？

黑沼家是高官，光俸禄便有一千二百石，可是家中二十多个人，包括近臣、仆人、乳母、武士、下级武士还有女备、厨房下女，却没有一个人知道这女孩的身份。

武士家的宅邸通常要比普通人家要高上许多，因此，黑沼家的房子也盖得特别高，三四岁的女孩，就算架梯子也很难爬上屋顶。她是怎么上去的？难道能飞上去？

人们想来想去，只能把原因归为鬼神一说——去年夏秋季节的时候，有人看见天上飞过一个发光的东西，长得像牛。因此有人觉得就是那个不明物体将女孩抓走，丢到屋顶上的。但是，也有人觉得是天狗把她拐到了天上，又丢了下来。

黑沼孙八是个勇敢的武士，平时不信鬼神，所以他根本不信这些猜测。

"这里面一定有什么古怪。我们要弄清楚这孩子是谁，再把尸体还给她的亲人。这么小的孩子，她的亲人要是知道她出事了，一定会很伤心。现在不是意气用事的时候，此事一定要禀报官府！你们要跟官府说清楚这个女孩子的相貌特点和穿着打扮，好让官府派人打听她的消息。"说完，黑沼便派人去向町奉行所报案。

在这一点上，他倒不像别的武士，一般碰上这种事，别的武士为了避免自己家声誉受损，都会选择私下解决，而不是报案。

当天上午，黑沼家的总管藤仓军右卫门去京桥找小山新兵卫，希望他能查清女孩的身份。小山新兵卫家住屋根屋新道，是八丁堀的同心。

其实在军右卫门看来，才过完年，房顶上就出现了一具不知身份的尸体，这件事说出去，不仅丢人，也不吉利。一旦传开来，大家七嘴八舌，添油加醋的，说不准会惹出什么事。所以，不管主人家怎么决定，作为总管，他还是要考虑府邸的名声。因此，他希望这件事可以保密，最好是私下调查。

"明白，我会为府邸的声誉着想，一切小心行事。"新兵卫答应了。

军右卫门走后，新兵卫叫来了半七，将事情大概说了下。

"这件事事关府邸声誉，有点棘手，也就你能解决了。这里虽然不是你的地盘，但这件事却只有你能胜任，所以请你办一下吧。这么冷的天，真的麻烦你了。"

半七一边思考一边回答："好的。那我尽我所能吧。我先去找那位总管，了解一下情况再说。"

离开八丁堀，半七去浅草找军右卫门。

二

"我很理解你们的想法，毕竟发生了这样难办的事情。"半七说。

"是的，请您体谅。其实私下处理尸体便一了百了了，但是主人却要求我们一定找到女孩的亲人。可是，这女孩从哪里来的，怎么掉到我们房顶上的，我们根本弄不清楚。真是没办法，还请您帮我们查清楚，拜托你了。"

"我一定会尽力的。现在尸体放在哪儿了？送到寺庙了吗？"

"暂时还在屋里，打算等天黑了再送出去。您要是想看，就跟我来吧。"

女童的尸体放在总管居住的三、六、八席中的八席，尸体头朝北躺在榻榻米上，身边有清水和香供奉着。

半七将女童抱起来看了一遍，然后在窄廊上的水盆里洗了手，默默思考着什么。

军右卫门着急地问："有什么发现吗？"

"暂时还没有。从昨晚到现在，你们还有什么别的发现吗？"

"没有。昨天有歌纸牌会，一共来了二十多个人，有大人有孩子，一直闹到晚上十点。后来大家都玩累了，所以睡得很死，没人知道发生了什么事。不过，看样子，这个女孩可能是商人的孩子。"

"确实不像武士的孩子。我可以去屋顶看看吗？"

"可以。"军右卫门带半七走向院落大门，吩咐两个人拿来梯子。

半七理了理衣服，灵活地爬上去，查看了一番。

半七有个手下叫庄太，住在马道。离开黑沼家后，半七去找庄太，问他最近有没有听说什么。庄太说，黑沼家做事严谨，仆人也都很有礼貌，名声一向不错，没听说什么奇怪的消息。并且，他觉得这事和黑沼家根本没关系。

"这就没法子了。"半七说，"对了，今天天气不错，我想去十万坪，你陪我去吧？"

"您去十万坪做什么？"庄太奇怪地问。

"拜拜稻荷神社。我也很久没去了，忙了一天也没查出什么，临时抱个佛脚好了。"

"这样啊，那我跟您去。"

其实庄太觉得很奇怪，明明现在都两点多了，半七为什么还要跑到那么远的地方去呢？虽然已经过了冬天，但是天依然黑得快，晚风吹着河边的枯草让人看着也觉得冷。

两个小时以后，两人拜过稻荷神社，走进附近一家茶棚。茶棚是用芦苇席子搭的，老板娘本来已经准备休息了，看见两个客人，又站起身笑着迎接。

"我帮两位热一下糯米丸子吧，这儿也没别的吃的，这样冷的天，两位真是心诚啊。"

"先倒杯热茶吧。"庄太一脸疲惫地坐下。

糯米丸子已经冷了，老板娘先将丸子放在炉上烤，又朝着水壶底下啪啪地扇火，扇火的团扇是茶色的，用柿液染成。

半七与老板娘闲聊道："最近来参拜的人多吗？"

老板娘把热茶端上来，说："不多。下个月应该好些吧，毕竟现在天冷。"

半七拿出烟抽起来，边说道："这倒是，下个月就初五了。不过，现在即使人再少，一天也总有二三十人吧？"

"不一定。今天就没那么多，只有十几个，有些还是每天都来的。"

"真是让人佩服。"庄太一边啃着硬邦邦的丸子一边说，"我这样偶尔来一次都累死了，还有天天来的？也太虔诚了。"

"是啊，来参拜的人什么样的都有，有些是特别可怜的。比如今天，天气这么冷，有个瘦弱的年轻太太只穿着一件夏天的衣服就来了，还说以后每天早上都要来这里祈福祷告。她住得远，还是从木场来的，我真担心她的身子吃不消。"

半七很同情，问道："她想求什么？是哪里人？"

"她才十九岁，去年秋天嫁给了一个通勤掌柜做续弦。她丈夫有个三岁的孩子。昨天晚上，她带孩子去亲戚家玩，哪知刚走到半路，孩子却找不到了。她哭哭啼啼回家，却被丈夫怀疑她故意将孩子推到河里了。她本来想跳河以证清白，后来想了想又回家去了。今天一早她就来这里参拜，还说以后会天天来。她太年轻，带着孩子出门，也不想着给孩子弄个腰牌什么的证明身份，不知道内情的，还真觉得她就是故意的呢。虽然她说的那些也未必可信，但我看她那样子可不像在撒谎。而且她一边说一边哭，哭得眼睛都肿了。"

"失踪的那个孩子，是女孩吗？"庄太问。

"是啊，是个叫阿蝶的小女孩，她父亲叫次郎八。其实，如果孩子真的掉河里了，过了这么长时间，尸体也应该飘起来了。一个小孩子能跑多远，我也想不通，怎么就找不到呢？"

三

半七对庄太使了使眼色，两人起身出来了。

走远了一点，庄太小声对半七说："没想到这么容易就让我们碰到了，也是走运呢！"

"是啊，这样的话，事情就清楚了。"

"难道您早就想到了什么？"庄太问。

"是想到了一些东西，不过也不确定。原本我觉得女孩应该是病死的，因为尸体上什么伤痕都没有。后来我仔细检查，发现孩子的后脖处有些鸟兽的抓痕。我想这肯定也不会是天狗干的，可我也想不出到底是什么。后来我在去你家的路上，无意间在一家绘草纸店看见了一幅画，是广重画的江户名所，十万坪雪景。你知道那幅画吗？"

"不知道。我对这些不是很感兴趣。"庄太老实地说。

"其实我也是。不过，那画画得真是不错。一只大鹫在落雪的十万坪上空飞翔，十分生动。看到它之后我突然想到，女孩脖子上的抓痕很可能就是大鹫留下的。但我也不是很有把握，就想来十万坪看看。现在看来，这女孩肯定和她继母走散了，而且这里地方僻静，天色又太晚，她被大鹫抓上了天。大鹫抓了女孩，却不知道该怎么办，飞也飞不久，最后就把她扔了下来，刚好落到黑沼家的屋顶上。那么冷的天气，孩子又受了惊吓，过了一晚上，也是必死无疑了。这么小的一个女孩，真是可怜。不过，既然人已经死了，还是赶紧通知他们家里，还她继母一个清白吧。"

庄太赞同地说："是啊，她继母才十九岁，要是再出意外，那就太可惜了。"

牧场町方向，昏暗中的河道上飘着木筏，我们两人踏着夜色走去。

半七老人说："世事真是难料，谁又能想到，最后竟然是那幅画帮了我们。如果我们在回去的路上碰见那太太自尽，又恰巧救了她，那就更加精彩了。可是，哪有这么巧合？后来，我们去了女孩家，把这件事告诉了他们。他们很吃惊，赶紧去黑沼家领回了尸体。和以往不同，这次的案件没有凶手。女孩算是死于意外。最令人惋惜的是画了那幅画的画师广重，也在那年秋天染了霍乱，病死了。"

第十一话 水獭证人

晚上八点，本所中之乡瓦町出现了一个男人。他慌忙拉开一家杂货铺的门，几步闯了进去，边喘息边问老板娘索要热水。那男人整个头上都溅了血，头发上也全是血，像是被人抓过一样，乱糟糟的。

一

我们就这样边走边聊，不知不觉到便到了三围神社。

河边的樱树已经长出了嫩绿的枝叶。今天虽然是星期日，人却不多。最近常盘牌纸烟卷很受欢迎，我点燃了一根，递给半七老人一根。半七老人一边说谢谢一边接过去抽起来，却好像并不习惯这个味道。我有些抱歉，对老人说："我们在这里坐一会儿吧？"

"也好。"

于是我们找了一个茶棚坐下来休息，老人抽起自己的旱烟，十分享受。现在不是花期，店里只有我们两个人，林子被强烈的阳光照射着，河面上吹来凉爽惬意的风。

坐了没多久，我竟然微微出汗了。

"听说这地方以前有很多水獭？"我问半七老人。

老人点头道："是啊，不止有水獭，还有狐狸呢！很多故事都发生在向岛，男女私奔或者殉情都喜欢来这里。"

"要是真的有水獭出没，还真不好解决啊！"

"就是这样啊，水獭可是很能捣乱的。"

半七老人是个很能聊的人，也很平易近人。无论我问他什么，他都毫无保留地告诉我，他是个能因听众开心而感到开心的人，于是我们就一直在说些过去的事。当然，只是回忆而已，他并不是想炫耀那些事迹。

就像现在，我提到水獭，老人就又和我说起来了。

"狐狸和水獭在江户变成东京以后越来越少了，特别是水獭，现在几乎见不到了。在以前，各个大渠里都有水獭，有时候它们还会出来捣乱。很多水獭做的事情，最后都被人传成了是河童做的。我现在要说的这件事，也正和水獭有关。"

二

弘化四年九月的某个夜晚，秋雨连续下了几日。晚上八点，本所中之乡瓦町出现了一个男人。他慌忙拉开一家杂货铺的门，几步闯了进去，边喘息边问老板娘索要热水。那男人整个头上都溅了血，头发上也全是血，像是被人抓过一样，乱糟糟的。老板娘原本以为男人是来买蜡烛的，看到他的样子以后立刻吓得尖叫起来。

大晚上一个满头是血的陌生男人突然闯入，也难怪老板娘会被吓到。

里屋的老板听见尖叫声，急忙出来，开口问道："怎么回事？"

"我刚从源森桥那边走过，有什么东西从黑漆漆的地方跳到了我雨伞上，还狠狠地抓了我。"男人说。

老板夫妇听到这里，稍微松了口气。

老板说："这种下雨的晚上，肯定是附近那只总爱跑出来捣乱的坏水獭，它最喜欢在这种天气跑出来伤人。"

"也许吧，我都不知道到底发生什么了，只有挣扎的份儿了。"

从这男人这身打扮来看，他的家境应该还可以，年纪五十出头的样子，可能是个商人。

老板娘好心地端来清水，帮男人处理伤口，上了药。

"这么晚了，您来这里干什么？"老板娘一边做一边问。

"处理点事情。"

"您住在……"

"下谷。"

"那可不近啊，现在又下着雨，怎么回去呢？伞都坏了。"

"吾妻桥过去应该有轿子。今天真是谢谢你们了。"不顾老板娘的拒绝，男人硬塞了一些银子以表谢意，然后又在灯笼里放上老板娘递来的蜡烛，打着伞离开了。

没过多久，男人又折了回来，嘱咐这对夫妻不要把今天的事说出去。

第二天，町内办事处接到下谷御成道的报案，说自己在水户藩驻江户宅邸附近被人从背后追赶，不仅丢了钱包，还被抓坏了脸。报案的人叫十右卫门，是个家具商。当天在场的与力、同心接到报案后都赶去了，半七也去了。

"你昨晚去哪儿了？做什么？"半七问十右卫门。

"我代我儿子去收钱。之前我们卖给旗本大人月权太夫一些家具，价值五十两，说好昨天给。"

"既然是这样，回来你怎么没经过源森桥？难道去了元町后，你又去了别的地方？"

"是啊……真不好意思，中途我去见了中之乡瓦町的阿元。"

"那阿元是您的姨太太？"

"是的。"

十右卫门结结巴巴地交代说，这个阿元品行不好，跟了十右卫门三年多，经常问他要钱。昨天十右卫门去的时候，碰到一个自称阿元表哥的男人，叫政吉。十右卫门一直被政吉灌酒，可他不会喝，就拒绝了。当时十右卫门身上也没什么钱，就拒绝了阿元要钱制作冬衣的哀求，离开了。后来，他就在瓦町河畔出了事。如果不是回去以后发现身上的五十两不见了，他还以为是水獭在捣乱，因为他听说那个地方有水獭。后来他想了想，觉得怎么都不像是水獭做的，才报案。

"那女子多大了？"

"十九岁，和母亲一块住。"

"政吉呢？"

"他二十一岁左右，我也是第一次碰见他，也不知道他是做什么的，只知道好像经常去阿元家。"

十右卫门交代清楚后就回去了。

如果事实如他所说，那么政吉很可能是阿元的情夫，所以衙门的人都觉得阿元的嫌疑最大。不过，也有可能是十右卫门自己在路上或是在轿子里丢了钱。

不管怎样，半七觉得应该先去问问阿元。

半七先去了为十右卫门看病的医师家，但是医师也说不清楚这个伤究竟是怎么来的，用的是什么凶器，只说看着可能是被有些钝的小刀胡乱刺砍弄伤的，也可能是指甲，别的也说不清。

半七什么也没问出来，只得离开，又去往中之乡打听。

据周边邻居的描述，阿元人品不错，老实本分。她哥哥过世几年了，因为生活没有依靠，又有老母亲要养，无奈之下才做了别人家的姨太太。

这样说来，阿元也不像十右卫门所说，是那种贪财无耻的女人。半七疑惑地想着，打算直接去找阿元问个清楚。

阿元个子娇小，皮肤白皙。

半七装作什么事都没发生一样，问道："昨晚，十右卫门来过？"

"是的。"

"他待了很长时间吗？"

阿元的眼神突然间变得飘忽起来，脸也红了，说道："没、没有。他只在门口站了一会儿……一会儿而已，没有很久。"

"他每次都是这样？"

"不是的。"

"那个叫政吉的是你的表哥吗？听说他昨晚也在？"

阿元没有回答，看上去有些犹豫。半七想，还是说出真实身份比较好办事，于是说："十右卫门走后，政吉是不是也走了？你还是不要隐瞒比较好，我来是查案的。"

阿元还是不说话，看起来却很不安。

"既然你这样，我就实话实说吧。十右卫门昨晚上在中之乡河边被人伤了，挂在脖子上的钱包也被抢了。你如果不想受到牵连，就把你知道的都说出来。你如果知道什么又不肯说，对你可是没什么好处的。"

"没有……政吉昨晚没出去。"阿元听半七这么说，吓得脸都白了，说话的声音都是颤抖的。

半七看到她一副不安定的样子，脸色也越来越白，就知道她没说真话。但无论半七怎么追问，她却一直坚持这个说法。

"你确实不知道别的了？我最后问一次。"

"是的。"

"这就没办法了，既然你不肯说实话，那你还是跟我走一趟吧。"半七作势想把阿元抓回办事处。

正在这时，阿元的母亲，一个五十多岁的女人冲了出来，拉住了半七。她叫阿石。

"求您放了我女儿吧，我什么都肯说！"

"放她可以，只要您肯把真相说出来！"

"其实，我女儿本来许给了我外甥政吉，他是个瓦匠。后来家里出了点事，没办法，她只能去给别人做姨太太。可是十右卫门每月给的钱只够我们勉强生活，眼看着天气越来越冷，那点钱根本不够用。政吉昨晚过来的时候，我们正围着火盆和他抱怨这些。后来十右卫门进来了，他看见了政吉，便没有进来，只在门口说了几句话就走了。政吉见状，打着灯笼出去追，想把人叫回来解释清楚，省得有什么误会。"

"后来呢？"

"没多久，他就拿着二两钱回来了，说是捡的，想送给我们补贴生活。他还说外面太黑，又下着雨，没追上十右卫门。可是我们不知道钱的来路，心里不安，不管他怎么说都没收，于是最后他赌气地拿着钱走了。"

半七安慰两人道："既然是这样，和你们也就没什么关系。不过你们最好在家等着，不要随便出门，我也许还会来问些什么。"

半七回到衙门，吩咐手下留意阿元母女的动向，然后就回家了。

三

政吉是在第二天早上被捕的，那时他正从吉原妓院区走出来，是庄太逮捕的。庄太将政吉押送回衙门后便立刻审问起他来。

然而，就像昨天阿石所说的，一问政吉钱是怎么来的，他也是一样的说辞。

"钱确实是我捡到的。我昨天一直追到源森桥河边，发现有人掉了钱，在木桥上闪闪发光。当时我也没看见别的过路人，所以就捡了起来，想把钱送给阿元母女，好让她们过得好些。但是，无论我说什么她们都不肯收，最后弄得我也生气了，拿了钱就跑来吉原玩，一直玩到早上。"

虽然政吉的说法没有什么漏洞，政吉看着也确实是个很本分的人，半七还是将政吉押到下谷办事处当众审问起来，并且叫来十右卫门与他对质。

十右卫门和政吉都承认见过对方，可对于到底对方是什么人、对方是用什么方式袭击的，十右卫门根本不记得，说当时根本没精力去注意这些。

不过，半七忽然想起这样一件事，问十右卫门："听你们铺子里的人说，你的伤口在回去的时候已经初步处理过了，可你之前的伤口应该还是很严重的，不管是脸还是脖子都被抓了很大一片，应该流了不少血吧？你是在哪里处理的？"

"我到浅草以后叫了轿子，让轿夫帮我打水洗干净的。"

"你确定是轿夫，不是杂货店老板娘吗？"

十右卫门惊住了，低下头，吓得说不出话。

"昨天我去杂货铺打听过，一开始店家支支吾吾不肯说，我再三追问，他们才说了实话。老板娘说，你还给了他们一点钱。当时你难道不是从钱包里拿出来的吗？可是你明明说过，那时候你的钱包已经丢了！"

"没错，钱包确实丢了。钱包里装着金子，是挂在我脖子上的。我给老板娘的那点钱是放在我的钱夹子里的。"

"是这样吗？那你为什么要嘱咐他们不要把这件事说出去？"

"那是因为……我觉得这事有些丢人……真是抱歉。"十右卫门说完还特地瞪了政吉一眼。

丢人？半七忽然有了一个设想。姨太太那么年轻，而自己却已经是个老人，他是因为这个才嫉妒政吉，所以想冤枉他抢了自己的钱吧？

只不过这也只是半七的猜测而已，没什么证据可以证明，所以最后还是没审出一个结果。半七只能先把政吉关到八丁堀的看守所里，放十右卫门回家。

幸运的是，这件事最后还是真相大白。

有个不能说话的证人出现在了源森桥，这个证人，便是水獭。

没多久，一只死水獭出现在了河中，脖子上紧紧地缠了一个钱包，钱包里有四十多两银子。

那天晚上袭击十右卫门的正是水獭。在袭击十右卫门的过程中，水獭的指甲被系着钱包的绳子勾住了，于是钱包就一直留在了水獭的身上。水獭带着那么重的钱包跳回河里，被绳子缠得越来越紧，最后被缠死了。至于政吉捡到的那二两银子，应该是水獭在跳入水里之前从钱包里掉出来的。由于钱包很重，水獭死后，尸体没有立刻浮上来。一直到雨停后，水位线越来越低，人们才在浅水位的地方看见了水獭。

其实，十右卫门也觉得应该是水獭把自己抓伤的，但他对政吉和阿元嫉妒不已。给了老板娘谢礼后，他发现脖子上挂着的钱包没了，所以就想出了这个计策。他觉得，如果自己去报案，阿元和政吉肯定会被衙门里的人抓去审问，不管最后会不会获罪，反正会惹上各种各样的麻烦——这也算是一种报复了。

真相大白后，半七对十右卫门冷嘲热讽，十右卫门也感到脸上无光，于是把钱包里的四十多两银子尽数送给阿元了。

阿元有了这笔钱后和政吉结了婚，还去半七家登门致谢。

"不知不觉，我又说了这么多事情。有机会我再跟你说说别的故事，向岛还有很多关于河童和蛇的故事。"半七老人一边说着，一边从钱夹子里拿了一些钱放在桌上，"考虑到我一个老人家的面子，就让我来付今天的茶水钱吧。"

茶棚里的女孩子和我同时弯腰，向半七老人表示感谢。

"时间不早了，我们回去吧！现在的向岛，和以前真是大不一样啦！"老人站起来，看着周围的景色，感叹道。

远处工厂里传出了汽笛声。或许真像老人说的那样，向岛确实变了很多。

第十二话 牵牛花鬼宅

番町有许多鬼屋，什么皿屋敷、牵牛花宅邸，在当时都是大名鼎鼎的闹鬼之地。这个牵牛花宅邸发生闹鬼事件，据说那是夏天发生的事。牵牛花宅邸之前的主人忽然把自己的侧室斩杀了，那女人死时穿的浴衣上，正好有牵牛花的图样。之后，这个宅子里的牵牛花就不正常了，一到开花季节就弄出些莫名其妙的事，就像是那死去的女人在作祟一样。

一

"事情发生在安政三年的十一月十六日，大概是清晨四点吧，神田的柳原堤附近着了火，有四五家都被牵连了，不过还好当时只是损坏了一些东西，无人伤亡。因为有朋友住在附近，知道消息以后，我天没亮就去探望。整个过程没什么特别的，见到朋友后，确认他无恙，我 表达了一下关心和安慰就回家了。快到八点的时候，我又出了门，去澡堂泡了个澡，然后吃了早饭。这时，八丁堀的槙原派仆人来找我，说让我尽快过去一趟。虽然不知道这大清早的会有什么事，但我还是急匆匆地换了衣服，跟他走了。"

半七老人神色复杂，叹了一口气。

"槙原家住在玉子屋新道。我跟那仆人走进门，绕过玄关，看见槙原正和一个四十多岁的武士面对面坐着聊天。槙原见我来了，向我介绍说这武士是杉野大之进府上的总管，杉野大之进这个人之前我也听说过，住在四番町，是个俸禄八百五十石的旗本。槙原介绍完以后，总管递给我一张名片，上面写着中岛角右卫门。总管这次之所以过来找我们，是因为有些不好公开的事想让我们帮忙处理，还说最好在年前解决。本来时间有点紧促，但是看在是公务的份儿上，我们也就答应了。"

二

事情是这样的。

按照惯例，每一年年满十二三岁的官宦子弟都要在御茶水圣堂参加一场被称为"素读吟味"的考试。考试前一个月便是考生报名的时候，之后考官会发出通知，让考生在考试当天上午九点之前到场。虽说规定时间是九点，但是很多考生六点就会到，住得远一些的，更是天还没亮就会出发，早早去圣堂里等候。

考试内容是汉文的四书五经。考试时，考生们会被一个个传唤到考官面前，大声朗读指定的内容。只有通过考试，考生才有资格参加成人礼。其中成绩好的，还能按照等级获得相应的赏赐。

每次考试，圣堂里都会有几十个甚至上百个考生前来参考。虽然大家都是官宦子弟，明白规矩，但是毕竟还是年纪还小，总爱交头接耳，打闹聊天，因此秩序很难维持。负责管理的官员只能连哄带骂才勉强管理过来。

考生大体可以分为两派。一派是高官子弟，他们可以直接面见将军，里面穿的衣服和裤子颜色不同；一派是小官子弟，没资格直接面见将军，里面穿的衣服和裤子颜色相同。不过，不管是高官子弟还是小官子弟，外面披的礼服都是一样的——都是黑色的绣了家徽的长袍，有着白色的袖子。

八天前，角右卫门主人家的孩子也参加了这次考试。这孩子今年十三岁，叫杉野大三郎，在武士子弟里是出了名的美少年。考试当天，他梳着一抹刘海，穿着黑背心，黄裙裤，看起来简直和《忠臣藏》里的力弥一样英俊。由于身份高贵，他随身带了两个人去考试，一个叫又藏，身份是仆人；另一个叫山崎平助，身份介于书童和家臣之间。

考试当天早晨四点多，主仆三人便出门了。一路上都是霜，空气冷得眼睛都睁不开，又藏提着个灯笼走在最前面，杉野大三郎和山崎平助跟在后面。灯笼上，还纹着家徽。

走过水道桥的时候，天还是黑的。夜空中满是苍白的星光，看起来冰冷又寂寞。御茶水笼罩在一片灰蒙之中，一点也不看出流水的光亮。河堤边的草全枯了，霜特别厚，就像是下了大雪一般，几乎将枯草完全掩盖住了，附近隐隐传来狐狸的叫声。

三个人沿着河道小心地走着，嘴里不停地呼出白色的气。

忽然，平助不小心滑了一下，把草鞋带拉断了，幸好没摔下去。

"真是烦人！又藏，灯笼往这边挪一点。"

又藏照做了，平助蹲下去，在灯笼光下重新绑好鞋带。但是等他弄好一切，回头一看，却发现本来等在一边的大三郎居然不见了。不过，两人也并没有多想，只觉得少爷也许是年纪小，没耐心，等得不耐烦了，就自己先往前走了。于是两个人继续往前走，边走边呼喊少爷的名字。

但是走了半天，他们也没有发现少爷的影子，耳边除了狐狸叫，没有听见任何声音。

"难道是狐仙把少爷拐了？"又藏害怕地猜测道。

"不可能！你好歹也是武士家的家仆，怎么会相信这种鬼话？"平助愤愤地说。

平助虽然嘲笑又藏，却也想不通这到底是为什么。刚才不过就是又藏给自己照个明，好让自己蹲下系鞋带而已，前后不过几分钟时间，一个十多岁的少年，只凭这一会儿工夫肯定也跑不了多远，怎么会这样不见了呢？而且，就算是不小心跑丢了，听见大家的呼喊，也不可能不回应啊！何况，这个时候路上根本就没有人，因此也不太可能是被绑架。到底是怎么回事？平助实在是想不通。

没过一会儿，两个人走到了圣堂，问了负责的官员，但他们说少爷没来过。

听到这个消息，两人吓了一跳。没办法，他们只好又顺着原路回去找。然而，他们来来回回找了好几次，一直找到天亮，狐狸都不叫了，乌鸦开始叫了起来，灯笼里的蜡烛也快灭了。两个人还是一头雾水，一无所获。

少爷莫非是被天狗或者狐仙带走了？两人都在心里猜测。

那时候，不单是孩子，连大人都会莫名其妙地失踪，有的是五天十天，有的一连半个月也不见人，甚至还有人失踪一年半年的。但是，过了一段时间以后，这些人又会自己出现了。

这些失踪事件既有相同点又有不同点，不同点便是他们每人出现的地点和失踪的地点都不一样，有的甚至出现在自家屋顶。相同点便是每个人回来以后都神志不清、疯疯癫癫，恢复正常后，他们却一点都不记得自己去了哪里。所以，如果出现类似的情况，大家都会默认为这些人是被天狗或者狐仙带走了。

不管怎么说，这都是件严重的事。两个人本来和少爷一起出门，现在少爷丢了，两人回去怎么交代？又藏是个仆人也就算了，但平助是一个武士，按照这个情形，只怕他要切腹谢罪才能交代。

尽管如此，两个人也一点办法也没有，只能不停地叹气。

"看来，除了回去老实交代，也没有别的办法了。"

两人回到杉野宅邸，向主人报告了这件事。

果然，全府的人都炸开了锅。主人一边派人去圣堂为孩子取消考试，一边命令所有人不许把事情传出去，还严厉训斥了又藏和平助。好在主人也不是蛮不讲理的人，训斥过后，只是让二人尽力寻找孩子，并没有过多责罚他们。

平助和又藏知道这件事错在自己，于是想尽一切办法去找少爷。整个宅邸的人也都竭尽全力一起寻找，主人还让自己的夫人去神社参拜，连永田町日枝神社以及八幡神社都去过了。另外，还有侍女跑去算卦。因此，虽然这件事原则上不许外传，实际上根本瞒不住，早就传开了。总管觉得，事情发展成这样，大家都没什么办法了，无奈之下只得来找槙原和半七，看看他们能不能想想办法。另外，角右卫门还好几次强调道："事关名声，还请各位暗中查访，千万不要说出去。"

"好的。"

半七答应了以后，先是向总管问了问了大三郎的品性，还有失踪当天的穿着打扮。总管说，这孩子从小聪明，读书写字不在话下，阅读古籍的能力更要比很多同龄人强上许多。对此，总管十分骄傲。

按照总管所说，这孩子不仅拥有好相貌、好性格，平日里为人处世十分和顺。

"你家主人还有别的孩子吗？"

"没有了。所以希望您体谅一下，尽快把少爷找出来。不仅主人着急，大家也都十分担心呢。"总管说着，更加担忧了。

"一定！如果真的是鬼神所为，我们肯定没什么办法，但是我个人向来不相信这些。如果是有人故意而为之，我们还是可以尽快解决的。"半七说。

三

半七虽然出生在那个时代，却一直不怎么相信鬼神。他很清楚，那些高门大户的宅邸里通常都会发生一些见不得人的事，这些"内情"，总管是不可能完全说出来的，哪怕他看起来再坦诚，他也不会故意败坏主人的名声，再追问他也无济于事。所以，这件事也许不像这位总管所说的那样。他说的就算是事实，也很可能只是一部分的事实。想要找出点确实的线索来，还是要去杉野家附近摸摸情况才好。

于是，半七离开之后先是回了趟家，然后去了九段坂。

杉野宅邸在四番町道路一旁空地尽头的武家宅地里，朝南的大院在冬日的阳光照耀下显得十分气派。半七去的时候，刚巧遇见一个酒铺伙计从他们家大门里出来。他拦下伙计，旁敲侧击地询问了一会儿，结果什么线索都没问出来。于是，半七想去附近负责救火的旗本宅邸找熟人问问，也许能问出些什么。

半七刚放走酒铺伙计走到隔壁宅邸边，一个脸色微红的年轻女人就提着食盒从里面走了出来。她个子不高，胖胖的，脸上涂着又厚又白的粉，头发上缠了根红布，看起来活像个蛤蟆。

"嘿，这不是阿六吗？"半七招呼道。

"这不是三河町的捕快吗？很长时间没见啦！"阿六听见声音就停了下来，装出一副娇媚的样子。

"大白天的，脸怎么就红成这样？"半七揶揄道。

阿六笑着挡住脸道："这么明显吗？刚被里面的人灌了一杯呢。"

阿六是个提盒女郎。做这行的女人通常会提着一些糕点、寿司之类的东西，去各个武士家里叫卖。除了卖吃的，有的也会卖身。当然，因为她们通常没有什么姿色，能看上她们的大多都是武士家里的仆人。

"你也做杉野家的生意吧？"在这里碰见阿六也是难得的机会，半七抓赶紧问道。

"那家我可没去过。"

"为什么呢？"半七有点失望。

"那家闹鬼。"

"闹鬼？怎么闹鬼了？"半七来了兴趣。

"具体的情况我也不知道，反正那个是鬼宅，叫牵牛花宅邸，附近的人都知道，据说很恐怖，我不敢去。"

"啊！原来那就是赫赫有名的牵牛花宅邸！"半七恍然大悟道，"我之前也听说过，就是不知道是他家。"

番町有许多鬼屋，什么皿屋敷、牵牛花宅邸，在当时都是大名鼎鼎的闹鬼之地。据说这个牵牛花宅邸在夏天会发生闹鬼事件。牵牛花宅邸之前的主人忽然把自己的侧室斩杀了，那女人死时穿的浴衣上，正好有牵牛花的图样。之后，这个宅子里的牵牛花就不正常了，一到开花季节就弄些莫名其妙的事，就像是那死去的女人在作祟一样。所以，宅邸里的仆人一到夏秋季节就要清理各种藤蔓植物，别说牵牛花，只要是能开花的藤蔓就全都连根拔除，一个不留。曾经有个卖扇子的人，因为扇面上有牵牛花，也被拒之门外。后来这个宅子闹鬼的事情渐渐传开，人人惶恐，恨不得绕道而行。

"是啊，多邪门的事！"阿六皱了皱眉，"虽然那些牵牛花也不会对外人做什么，但毕竟那是出了名的鬼屋，去那里还是很害怕的。"

"这倒是。"半七说着，正巧回头，看见一个介于书童和家臣之间的武士从那家宅邸里走出来，朝着九段方向走去。

"那人是谁，你知道吗？"半七朝那人离去的方向示意道。

"好像叫山崎，不过我是听别人说的，我和他没说过话。"

既然他叫山崎，多半就是总管嘴里的那个山崎平助了。

半七告别阿六，追了过去。追到宅邸围墙外一处零落的地方，半七叫住了这人。

"冒昧地问一下，请问您是从杉野家出来的吗？"

山崎回头答应："是的。"

"说实话，我已经知道你们家的事了，今早我和你们家总管见了面，听他讲了一下，你们家少爷还没找到吗？真是令人操心啊！"看见山崎似乎心怀戒备的样子，半七只好把事情原原本本地说出来。

"没找到，很烦心。"对方的回答简单明了。

"难道真是因为鬼神作祟？"

"可能吧，我也不清楚。"

"就没有别的线索吗？要真是鬼神，也没办法了。"

"完全没有。"平助冷淡地答着，似乎一点都不想跟他讨论这些。

半七觉得有点奇怪，既然少爷是在平助的看护下失踪的，平助就推卸不了责任。如果那孩子真的失踪了，按常理而言，平助可是要切腹谢罪的。所以，平助应该很热切地拜托自己积极调查才是，怎么可能态度这么冷淡不说，还闭口不言？

半七盯着平助的脸，感到很疑惑。

看外表，平助绝不像是个蠢笨的人，反而有几分小聪明。他个子矮小，皮肤白净，眼神清澈，似乎很会办事。

半七假装试探，故意说道："你放心，正如我刚才说的，除非这件事和鬼神有关，否则我一定会尽全力找到少爷的。"

"所以你是知道些什么了？"平助问道。

"现在还没查出什么，但我毕竟办过那么多年案子了，只要人还活着，我一定会尽力找到的。"

平助似乎对半七还是有所防备，问道："是吗？"

"你这是要去……"

"我只是担心少爷，每天都到处看看，没有什么特定的目的地……既然这样的话，这件事就麻烦你了。"

"包在我身上。"

聊完以后，平助就走了，但是脚步却有些迟疑，还时不时地回头看看半七，一副心事重重的样子。

光天化日之下，半七也不好再跟上去。但他一时也没有想好接下来去哪里，只能还是站在巷子口。

正在这时，阿六和另一个姑娘说笑着走出来。阿六看见半七，笑着打招呼："又碰到您啦！"边上的姑娘也笑着向半七点点头。

半七也笑道："是啊，真巧。"

阿六边上的姑娘身材苗条，也提着个食盒，看着十七八的样子，虽然鼻子低了点，但比阿六好看多了。姑娘穿着一身整洁的平纹布衣服，袖口裙摆塞了棉花，头发似乎是刚请人梳好的。

"对啦，她经常去那个牵牛花鬼宅。"阿六打趣似地拍了拍旁边那姑娘的背。

姑娘把肩膀缩回来，笑着说："算了吧，你可别乱说。"

"你叫什么名字？"半七问那姑娘。

"她叫阿安。"阿六拉起姑娘的手走到半七面前，"她总说那家人的好话，真是烦，您要是有时间的话，还是骂骂她吧。"

"别胡说呀你，呵呵呵……"阿安笑道。

虽然这边人不多，可是像半七这种耿直之人，最听不得这些提盒女孩讨论这种情情爱爱的事情了。见这两个女人忸怩作态的样子，半七觉得鸡皮疙瘩都要出来了。可也没办法，为了能多知道一点消息，他也只能这样同她们有一句没一句地聊着。

"看来那家有你喜欢的人？这可是好事啊。"半七问阿安。

阿六抢着说：“可不是嘛！就是那个叫又藏的仆人，长得很俊呢。”

“又是他呀！”

阿安有些惊讶，随即又有些害羞，问道：“您知道他？”

“不是很熟。”半七回答，“可是我听说那男的不专一，你还是自己小心一点为好。”

“果然是这样。”阿安也跟着点头，“这都年底了，之前他还说年底给我做衣服。可是如果真的有心，至少也要先付个一两定金吧？他呢，今天推明天，明天推后天，根本就是在敷衍我，这叫我怎么去和铺子里的人说？真是烦死人了。”

半七听这姑娘抱怨，只觉得头皮发麻，可面上只能装作不在意，笑着安慰道：“按我说，你就别生他气了，他一个做仆人的，一年也就拿个三两银子，现在你让他突然拿出来一二两的，也真是不容易的事。这是实在话，不是我想替他说话。话说回来，你要是真喜欢他，总要体谅一下他吧？”

“可他自己告诉我，最近他能拿到一笔不小的钱。他要是没说也就算了，他既然已经把话说出来了，我肯定就会盼着了，不是吗？或者是，他这么说，也是在骗我？”

“既然他这么说了，那应该不假。或早或晚，钱是肯定有的，你还是等等吧，现在你问我是真是假，我也不知道呀。”半七说。

阿六见半七也招架不住了，就帮忙开口道：“好啦小安，你别这样烦别人了，我就替他做个担保，你别担心了。”

半七本来想趁这个机会溜走，可这两人是提盒女郎，就这么走了，不表示表示也不太好，于是半七拿了二朱银子，用纸包了给阿六。

“你们去买碗荞麦面吃吧，没多少钱。”

“哎呀，真是太感谢了！”

半七赶紧离开巷口，细细思考打听到的这几件事，可是想了半天还是想不出什么。回家以后，半七又想了一会儿，还是一无所获。

四

天黑以后，半七早早吃了晚饭，又去了九段坂。

在一片寒气森森的宅邸区中，那座传说中闹鬼的宅邸大门紧闭，好似没人一样。

"又藏在吗？"半七小声问看门的老头。

"不在。他去喝酒了，也许在藤屋酒馆吧。"老头说。

"山崎呢？"半七又问。

"也不在。他白天就出门了，一直没回来。"

半七告别老头，去了酒馆。到酒馆以后，半七一瞧，里面果然坐着个仆人打扮的人，一脸享受地吃着山椒，喝着木盒里的酒。

半七用头巾把自己的头脸都包裹起来，躲在柴堆后面，偷偷观察。只见那人喝完酒，和掌柜说笑了一会儿就出来了，也没付钱。

"老板，你就再宽限几天吧！过几天，我连利息也会一并给你的，今天就先让我走吧，呵呵呵……"

那人哼着歌走在冷风中，看起来心情不错的样子，看得出喝得很醉了。

半七一路跟在后面，发现他去了南边旗本宅邸区，最后来到千鸟渊的一片空地上。

河堤的松树上挂着冬夜的月亮，山崎平助就站在树下，似乎在等人。

这两人来这里做什么？半七疑惑地想。空地前面的宅邸前刚好

238

有个空水沟，篱笆基石正好可以挡住他的脸，半七不会被发现。半七弯着身子钻进水沟里，仔细地听着两人说话。

"两分金子哪里够用？山崎，你就再给一些吧。"

"为了给你钱，我可是尽了全力了，之前不是给过你五两吗？"

"就那点钱，都输给消防宅邸啦！"

"你总是这样赌，也不怕像路边竹笋一样被剥一层皮！真是不像话！"

"谁还没个爱好？算了，我也不跟你争辩了……就算不赌，我也有很多地方要用钱啊！你知道阿安吧？她一直缠着我做春衣，我一个大男人，既然已经答应她了，总不能言而无信吧！"

平助嘲笑道："呵，既然是男人的话，干脆春夏秋冬的衣服都给她做了，只做一个春衣算怎么回事？"

"这……所以才请你再给一些嘛！"

"我还真是面子大。可我也不是什么大官，也没几个钱。年下正是花钱的时候，我哪有闲钱花在别的地方？不好意思，我实在帮不了你。"

"我知道你也没钱，我就是希望你能去夫人那里说说好话，也不是要你自己出钱。这样总行吧？"

"怎么能行？之前说好十两银子搞定这件事，现在事情已经办完了，钱我也跟你平分了。现在你还想多要，我怎么去和夫人说？"

又藏不依不饶，对平助纠缠不休，说道："所以这不是请你通融一下吗？你是经历过这种事的，那个女人逼我逼得紧，我也没办法，你就帮帮我吧。"

平助什么都没说。

又藏喝多了酒，看对方没什么反应，就借酒撒泼起来。

"你就这样不近人情吗？那可就别怪我了！听说总管今早已经

去找过衙役了，那我也干脆把少爷的事原原本本告诉衙役……"

平助冷笑道："瞧你这装模作样吓人的本事，莫不是看了什么乱七八糟的戏码吧？自己把事情办得如此差劲，还想来恐吓我？这是武士的家事，衙役也没法管。不过你想说就去说吧，看能不能有什么作用！"

没多久，两人就厮打在一起，时不时还发出怒骂声。只是这又藏到底是个仆人，敌不过武士，厮打了没多久，他就被平助掀翻在地，还被平助用带着皮底的草鞋狠狠抽了一顿。

"你这个小畜生，你还不服气？还想去告状？你倒是去啊！事情要是真被查出来，主人会饶了你吗？"

又藏被平助打骂了一顿，只能坐在地上看着平助离开，一副垂头丧气的样子。

半七看到这里，干脆爬出水沟，对又藏说："兄弟，你也太丢脸了吧！"

又藏气呼呼地坐起来，瞪着半七道："跟你有什么关系？我看你是想挨打了吧？多管闲事！"

"别啊，我们也算相熟了，之前在消防宅邸见过几次。好啦，别气了，我们去喝一杯吧，算是给你去去霉气。"半七笑着取下蒙住脸的手巾。

"这不是三和町的衙役吗？"又藏看见半七，惊讶地叫道。

第二天上午，总管又去找槙原。槙原虽然知道他是关心事态进展，可觉得他也太着急了，没办法只能应付着，正好看到来访的半七。

"事情怎么样了？总管很担心啊。"槙原问。

"你们放心吧，我已经知道事情经过了。"半七说。

"所以你知道少爷在哪里了？"总管问。

"没错。少爷就在家中。"

"在家里？这是怎么回事？"

"少爷失踪那天，陪他出门的不是有一个叫山崎平助的吗？他应该是府中的随从吧？他应该也住在府中吧？"

总管除了点头之外没有任何反应。

半七解释道："有个提盒女郎，名字叫阿安，她一天三餐都在给少爷送饭。至于少爷，应该是被山崎藏在房间的壁橱里了。"

两人听着半七的这番话，都是一头雾水。

"这到底是谁想出来的主意，好端端的，为什么要将少爷藏在那里？"槙原问。

"应该是夫人的意思。"

虽说槙原是见多了大场面的，但这会儿也惊讶得不知道说什么了。总管也是一样。

"听说，今年夏天，府上长出了白色的牵牛花，但你们应该是不喜欢牵牛花的。嗯……您可别怪罪我，我也听说过，府上便是那个'牵牛花鬼宅'……"半七说。

总管听了这话，一脸苦涩地点点头。

"也正是牵牛花引发的这件事。传说，只要有牵牛花开了，府里就会有人遭殃，弄得大家人心惶惶。"半七说。

原来，这家主人原本并不在意这些鬼神之事，可夫人却十分在意。后来，夫人因为上月发生的一件小事心中很不安。有一天，少爷大三郎去赤坂探望亲戚，仆人又藏也跟着。回来的时候，到了自家宅邸附近，他们看见路上有四五个男孩在玩，突然间，大三郎被其中一个跑闹的孩子撞倒了。

这些孩子基本都与少爷年岁相仿，而且都是些小官人家的孩子，家里俸禄不过三十到六十俵。又藏看不起对方是小官家的孩子，只因对方将自家少爷撞到了，对着孩子便一顿打。孩子们都生气了，一个孩子觉得自己虽是小官家的孩子，但毕竟也是武士的后代，被人不问原因就这样殴打一顿，完全说不过去。另一个孩子则是嫉妒大三郎是大官子弟，于是他们便伙同一群孩子，拿着竹刀、木刀之类的武器围了过来。其中还有一个孩子拿着包了布的扎枪，看上去年纪大一些，似乎是其中某个孩子的哥哥。

一群孩子步步紧逼，又藏看到对方人多，拉着大三郎的手就跑，一直逃到家门口。

那群孩子也追了过来，一边追一边骂骂咧咧道："走着瞧，考场上见！"

大三郎一股脑逃进家中，被吓坏了。

原本小官家的孩子和高官家的孩子之间的关系就不好，考试的时候，高官孩子经常嘲讽小官孩子，说他们是"乌贼"，小官孩子也不甘示弱，叫高官孩子"章鱼"。双方每年都会骂来骂去，甚至还有骂到最后动手的。考官和孩子们的随从也实在没有办法。没有过节尚且如此，更不用说有过节的。

夫人原本就像个惊弓之鸟，听说了这件事，更是日夜惊惧。夫人觉得，要是自己家的孩子会打架，不吃亏，也就算了。可是偏偏这个孩子又是个体质不好、性子和顺的。这让夫人很是担心。况且，每年考试，小官家的孩子占了大多数，大官家的孩子占了小部分，自己家的孩子就算会打架，也是双拳难敌四手。眼看着那些闹事的孩子下个月就要和自己家孩子一起考试，做母亲的想到这些，哪里还能吃得下饭、睡得着觉？

夫人想起宅子里流传的那些传说，牵牛花开，必有灾难。这次的灾难，对应的没准就是这件事。

夫人心想，考试是早就报名了的，也不可能说不去就不去。以她丈夫那不在乎的性格，就算告诉他恐怕也没什么用，所以夫人除了日夜忧虑之外，也没有别的办法。眼看就要考试了，夫人的精神状态越来越不好，天天晚上都做噩梦，去神庙求神问卦也都失落而归。

为了不让自己的孩子去考试，夫人便找来平助为自己出谋划策，合计之下，于是就有了这场闹剧。

为了骗过其他人，平助先将这个计划告诉了少爷大三郎。他们先按照原计划出门考试，然后半途将他带回去。趁着天黑，他把孩子藏在了自己房间内，对外宣称是鬼神造成的。等到考试结束后，他们再找个机会把孩子放出来。

事成之后，平助拿了夫人的二十五两金币作为这件事的报酬，没想到他自己私藏了十五两，剩下的钱，他和又藏平分了。

事后，又藏忍不住抱怨道："夫人让我们做这样的事，却一共才给十两，是不是有点太小气了？"

平助劝又藏道："现在事情都发生了，钱只有这么多，要不要，你自己考虑。"

又藏看出平助可能私藏了酬劳，所以时不时问平助要钱，可平助哪里肯给？要是在平时也就算了，但是最近阿安一直缠着又藏做春衣，又藏是真没办法了，于是向平助要钱时态度越来越强硬，最后弄得平助也不耐烦了。

"今晚在湖边见面吧，你别一直在这院子里吵，烦死了！"

所以，又藏和平助在湖边见面，最后还因言语不和打了起来。钱没要着，还被打了一顿，又藏不甘心，于是和半七一起去喝酒，一气之下，就把事情都说了出来。

"事情就是这样的。毕竟这件事牵扯到少爷和夫人，所以到底最后要怎么处理，总管还是多考虑一下吧。不管怎么样，我还是希望能让事情有个好的结果。"

讲完这一切后，半七对总管说。

角右卫门知道了真相，悬着的心总算放了下来。

"能够弄清楚这件事，真是太谢谢你们了。不过，现在应该怎么办才最好呢？"总管问槙原。

"要不……还是说因为鬼神吧！"槙原说，"就这样不清不楚地结束也挺好，反正那座宅子的传说很多，也不在乎再多一个。"

"也对。"

总管不停地表示感谢，然后离开了。过了大概三天，总管再次来了槙原宅邸，还带来了很多谢礼，说事情已经完美地解决了。

五

"又藏和山崎呢？"我问半七老人，"还有，这家主人到最后也什么都不知道？"

"又藏毕竟得罪了平助和总管，没脸继续待在那里。所以他偷了些东西，最后和阿安私奔了。至于平助，说起来也是可怜，他在一年后就被主人杀了。因为主人知道了真相，杀人灭口。此外，夫人也被休了。出了这种事，要是被别人知道，他这个主人的脸也没处放了。说起来，夫人还不是为了保住自己的孩子，也是怪可怜的。"

"这样看来，鬼宅里流传的'牵牛花开，必有灾难'，这个灾难却没有降临在儿子身上，而是降临到了为娘的身上？"

"算是吧！不过这种事，谁又能说得清呢？如今那座鬼宅也早就被拆了，明治维新后，上面盖了很多新房，对外出租。这些事，也很少有人知道了。"

第十三话　猫妖婆婆

　　不看还好，这一看，母亲吓得倒吸一口冷气，还起了一身的鸡皮疙瘩——只见阿卷家的屋顶上站着一只通体雪白的猫，直直地伸着两条前腿，像人那样用两条后腿站立起来，耷拉着尾巴，像喝醉了酒一样，摇摇晃晃地走过屋顶，直到尽头才突然消失。

一

早春二月的一天，看着天气还不错，我便出门去看半七老人。

我见到他的时候，已是正午，阳光正好。他养了一只雄性三毛猫，一人一猫坐在长廊里晒太阳。老人亲昵地把手放在猫背上，轻轻地抚摸着那柔软顺滑的皮毛。

"多可爱的猫。"看到这幅场景，我不禁由衷地夸赞道。

"哪里哪里！它还小，不会抓老鼠。"老人笑着回答，"不过，现在这么大，确实是猫最可爱的年纪。"

话音未落，对面的屋顶上传来一阵猫叫声，夹杂着瓦片的轻响。在一片静谧的环境里，听起来格外喧闹。不过，这也没什么奇怪，这个季节里，到处都能听到类似的声音。

"要不了多久，它也会那样的。"老人抬头望着那些猫，惋惜地说，"在咏唱和歌的时候，一开始，人们经常会模仿这些猫，把这称为'猫恋'。我却不太喜欢。因为这总能让我想起那些猫妖。而且猫长得太大，真的会变得不再可爱，甚至会让人觉得恐惧和厌恶呢。"

"是啊，我也听过一些关于妖猫的传说，虽然没亲眼见过，可是，它们到底存不存在，还真不好说。"我含糊其辞地应着。

其实，在内心深处，我是不太相信那些传说的。但半七毕竟活了一大把年纪，见多识广，也许见过这类事也说不定。如果我轻率地说出自己的推测，又被他推翻了，岂不是很尴尬？

只是，我的担心有点多余。因为从老人接下来的话来看，他似乎也不曾有过类似的遭遇。

"说得不错，我也是这么想的。那些说法流传了那么久，谁又知道它们究竟是真是假？虽然我也听说过一件有点诡异的事，可那到底和猫有没有关系，谁也说不准。不过，那件事倒是真真切切发生过的。虽然不是我的亲眼所见，可是在那场事件中，确实是死了两个人。"老人说着话，让猫从自己的膝盖跳到地上，认真地看着我。

"啊？你的意思是，猫杀人了吗？"

"没有。确切地说，不是猫杀死的人。"老人赶走依然缠在自己腿边的猫，继续说道，"不过，这件事真的特别诡异，你听我慢慢讲。"

二

事情是这样的。

文久三年九月二十一日，恰逢芝神明宫附近有市集。这本是很热闹喜庆的事情，但是就在第二天傍晚，后面小巷的一个破烂院子里，一个叫阿卷的老太太突然死了。

阿卷是宽政申年出生的，死的时候刚好六十六岁。她一生坎坷，子女运尤其差。四十多岁时她就死了丈夫，只好自己费力地抚养五个孩子。然而，孩子们也不让她省心。大女儿本来在一家店里工作，后来喜欢上一个男人，和对方私奔了，至今杳无音讯；大儿子游泳的时候不小心淹死了；二儿子得了麻疹，病死了；三儿子因为爱偷东西，被阿卷赶出了家门。这么一来，家中就只剩了阿卷和小儿子七之助。还好七之助是个孝子，不仅很小的时候就出来赚钱补贴家用，对母亲也非常好。因此，母子俩的日子也一直过得和和顺顺。

"生养出七之助这么孝顺的孩子真是难得，阿卷真是有福气。"

大家都这么说。

本来大家都很同情他们的遭遇，但是随着七之助一点一点长大，大家看这对母子的日子过得越来越好，不禁开始羡慕起来。

七之助今年二十岁，以卖鱼为生。他生活简朴，为人老实本分，很受邻居们的喜欢。因为有些老主顾，又肯勤劳做事，所以他每天的收入并不低。

但是，随着时间的流逝，邻居们越来越不喜欢阿卷。其实她不是个坏人，平时也不怎么惹人讨厌，只是她特别喜欢猫，年轻的时候就是这样，年纪大了更是如此。那时候她一共养了十五六只猫，都放在家里，和人一起生活在并不宽敞的屋子里。其实如果只是这样，别人也没必要讨厌她。她在自己家里养猫，又不是在别人家里，谁又能说什么？就算别人看起来有点不太舒服，但只要猫不去他们家也就行了。毕竟养猫是阿卷的自由，只要不妨碍到别人，谁都没理由一天到晚地抱怨这件事。

但是，猫毕竟和人不同，它们从来都不会安安静静地待在一个地方。不管阿卷为它们准备了多少食物，它们也总喜欢跑到邻居的厨房里偷吃东西，这是动物的天性，是没法改变的。一次两次也就算了，大家还能勉强接受。可是，那些猫总是这么做，邻居们就没谁能受得了。尽管每次出了这种事以后，阿卷和七之助都会亲自去对方家里赔礼道歉，可是东西都已经没了，赔礼道歉又有什么用？更何况，猫可不会长记性，不会因为主人赔礼道歉便不再犯。

事情总是这样恶性循环。久而久之，一些刻薄的人就给阿卷起了个绰号，叫她"猫婆婆"。也不知道到底是谁先叫的，反正就是慢慢叫开了。阿卷听到这个绰号会怎么想，谁也不知道。但是作为阿卷的儿子，七之助肯定不喜欢别人这么称呼自己的母亲。可是他性格太温顺了，既不好劝母亲不再养猫，也不好因为这些事和邻居起冲突。于是，他只能继续和那群猫住在一起，该卖鱼就卖鱼，该回家就回家。

后来，又有人发现了异样。七之助每天回家的时候，鱼篓里总会剩下几条鱼。按常理来说，他的生意那么好，每天应该没有剩余的鱼才对。

"七之助，你的鱼怎么每天都卖不完？"终于，有人好奇地问道。

"不，这不是没卖完的，是要喂猫的……"七之助尴尬地解释，"母亲坚持让我每天都留几条鱼用来喂猫，所以我才会留下这些。"

"天啊！真是浪费！竟然拿这么贵的鱼喂猫！"人们相当吃惊。

很快，邻居们都知道了这件事，纷纷为七之助鸣不平，也更反感阿卷。当然，本来他们就因为那些猫对阿卷没什么好感，再加上这件事，他们对阿卷的反感已经可以称得上是"厌恶"了。

"七之助的脾气真是好！那猫婆婆每天拿那么贵的鱼喂猫，他也不说什么。这样下去，就算七之助再努力工作，也根本赚不到多少钱。真奇怪，难道她喜欢那些猫胜过自己的儿子？真是太荒唐了！七之助这孩子真可怜！"

也不怪人们这样说，那些猫也确实让人讨厌。它们越来越放肆，不但白天黑夜都大摇大摆地出入别人家，还肆无忌惮地抓破窗纸、偷吃鲜鱼，吃饱喝足以后，还会咪呜咪呜地整天叫个没完。

终于，住在南边的邻居受不了，搬家了。住在北边的邻居是个木匠，他的妻子也快被猫叫折磨疯了，叫嚷着不想再住在这里。

"这些猫闹得大家不得安宁，也给七之助添了不少麻烦，我们还是把猫赶走吧！"有人提议道。

人们忍无可忍，都很赞同这个做法。不过，他们很清楚，找阿卷说这件事肯定没什么用，不如一起去找房东反映情况，他们想让房东和阿卷谈判。如果阿卷愿意赶走那些猫，自然皆大欢喜。如果阿卷不愿意，他们认为，那么房东就应该把阿卷一家赶走。房东肯定不会站在少数人那边，他担心人们纷纷搬家，他的房租会受损失。于是他马上把阿卷叫来，向她说明邻居们的意思，勒令她马上赶走那些猫。当然，她也可以选择不赶走它们，那么她和她儿子就要马上搬走。

看着强势的房东，阿卷只好顺从地答应了。

"真不好意思，给大家添麻烦了，我立刻就赶走它们。"

话虽然这样说，那些猫毕竟和阿卷相处了那么长时间，已经有了感情，阿卷怎么能忍心亲手丢掉它们呢？所以，尽管明知这样会劳烦其他人，她还是提出请求——希望邻居们能代替自己做这件事。

房东认为这也是人之常情，这个要求也不算不合情理，于是便答应了她的请求。没过多久，住在阿卷家隔壁的木匠还有另外两个男邻居就一起去阿卷家处理那些猫了。这群猫一共有二十只左右，有大有小，甚至还有刚生下来不久的。

"麻烦你们了，真是不好意思。"阿卷平静地招呼着来人，看上去对那些猫并没有一点不舍。她召唤来所有的猫，让三个男人把它们分成三组，将它们塞进旧的大袋子里，或是用破布包住，然后目送他们把那些猫带走，直到他们走出了整条小巷。

"我总觉得这事儿有点不大对，望着他们离去的背影，阿卷竟然露出了一丝特别诡异的笑。这是我亲眼看到的，绝对不会有假。"

事后，木匠的妻子总是对邻居们这样说。

那些猫被丢到了哪里？当然是偏远荒凉的地方。三个人选好合适的地点，把猫扔在那里，然后就各自回家了。

大家听说这件事就这样办完了，不由得都松了一口气。他们天真地以为自己终于可以过几天安生日子了，却万万没有料到，天还没亮，那些猫就都跑回来了！

　　木匠的妻子最先发现了这一情况。起初，邻居们都不太相信，所以纷纷来到阿卷家，想一探虚实。没想到木匠的妻子说得一点都没有差——那一大群猫，不仅一只不少地回来了，还毫发无伤。它们高兴地在房间里窜来跳去，就像在嘲笑人类的愚蠢一样。

　　它们是怎么回来的？没人知道，就连阿卷也说不清楚。她只是说，昨天半夜，她看见它们排着队，一只接着一只地穿过窗户或者窄廊，最后钻回了房间。确实，以前也有人听说过猫有灵性，能找到回家的路，只是没想到阿卷的这些猫居然如此聪明。

　　不过，就算猫再聪明，肯定也聪明不过人。为了防止那些猫再找回来，彻底杜绝猫患，这一次，大家依然拜托那三个人处理掉那些猫。

　　三个人专门用了一天时间，不辞辛苦地走了很远，把那些猫丢到了郊外，这才放心地回了家。

　　这么做的效果是显著的，至少比上一次好多了。两天过去了，那群猫并没有像上次一样溜回来。

三

　　然而，怪事不仅没有停止，反而发生得更加频繁。

　　这一次，事情发生在锁匠的妻子和她七岁的女儿身上，她们也是阿卷的邻居。

事情是这样的。神明祭那天晚上，她们去神明宫参拜，回来的时候天已经很晚了，但那天晚上的月光特别好，把一切都照得很清楚。视力好一点的人，甚至都可以看到挂在屋檐下的闪闪发光的露水。

"妈妈，快看！"母女两人本来好好地走着，女儿忽然拉了拉母亲的袖子，停下脚步，直勾勾地盯着屋顶，还指给母亲看。

不看还好，这一看，母亲吓得倒吸一口冷气，还起了一身的鸡皮疙瘩——只见阿卷家的屋顶上站着一只通体雪白的猫，直直地伸着两条前腿，像人那样用两条后腿站立起来，耷拉着尾巴，像喝醉了酒一样，摇摇晃晃地走过屋顶，直到尽头才突然消失。

遇到这种怪事，谁也不想大肆声张。母亲赶紧带女儿跑回家，把门窗关得紧紧的，生怕那只白猫追过来，惹上什么不必要的麻烦。一直等到锁匠回家，她的胆子才稍微大了一点，和丈夫谈起这件怪事。

"胡说！根本不可能，一定是你看错了！"喝醉的锁匠根本不信。但是，他也有点好奇，于是借着酒劲偷偷来到阿卷家的门前，想听听里面的动静，看看到底是怎么回事。虽然受惊过度的妻子拼命拦着他，可是一点效果都没有。

没过一会儿，锁匠就听见了阿卷喜悦的声音。

"哎呀，你怎么才回来呀！"

话音刚落，就有猫叫声响起，听起来就像在回应她一样。

锁匠听见了，不免吃了一惊，酒也醒了大半，赶紧悄悄溜回家里。

"你真的看见那猫像人一样走路？"他再次向妻子确认了一下。

"那还有假？"妻子压低声音说，"就算我看错了，女儿不会也看错吧？"

"是的，我也看见了。"还没有从惊吓中缓过来的女儿也连连点头，表示母亲说得确实不假。

这一次，锁匠终于相信了。其实，他正是当初负责丢猫的三个人里面的一个。现在出了这么诡异的事，他也心里发毛。但他什么也做不了，只能把自己灌得酩酊大醉。他的妻子和女儿呢？则吓得两个人抱在一起，大睁着眼睛，整整一晚上都没敢睡觉。

不仅如此，当天晚上，那些猫又全都回来了。

第二天一早，锁匠的妻子实在怕得厉害，便把自己的遭遇和大家如实说了。谁都知道，正常的猫肯定不会像人一样走路。既然如此，那些猫一定有蹊跷，也许已经成精了也说不定。

这可不是件小事。大家觉得特别诡异。渐渐地，一传十，十传百，连房东也知道了。谁听到这种事还能淡定呢？房东听了如坐针毡，坚持要赶走阿卷和她儿子。

可是，阿卷一家在这里住了很多年。她丈夫还活着的时候，他们就已经住在这里了。所以，阿卷实在舍不得离开这里，于是不停地向房东哀求，还哭得特别伤心，说她随他处置那些猫，只要不让他们母子搬家，干什么都行。

其实大家只是反感那些猫，对阿卷母子还是很有些恻隐之心的。而且这次阿卷的态度实在很好，所以大家一商量，也就不再逼着他们搬家，而是转而把精力用在和那些猫斗争上面了。

房东想了个好办法。

"前两次我们之所以没有完全解决这个问题，是因为我们只是把它们赶走了，没有把它们弄死。这一次，我们干脆把它们沉到海底淹死好了！把这种成精的猫留在世上，说不定还会出什么事，危害到大家。所以，我们应该做得彻底一点，才能永绝后患，让它们再也回不来了。"

这个办法很快被众人采用。并且，这一次，大家不再仅仅派三个代表，而是发动附近所有的男人一起去做这件事。

阿卷也很清楚，一旦真的这样做了，她就再也见不着这些猫了，但是她又想不出什么更好的办法，所以她也没什么话好说，只能认命。

不过，在人们来领猫的时候，她提出了一个请求。

"我想让它们吃饱再上路，行吗？"

这也没什么大不了的，于是众人答应了。那天，七之助并没有出门卖鱼，所以阿卷在征得人们的允许后，特意让儿子做了鱼，煮了饭。等东西都准备好了，她把猫召唤过来，亲自把鱼和饭分发到盘子里，摆到它们面前。

猫见到这么丰盛的食物，高兴地大吃大嚼起来，到了最后，不仅把米饭和鱼吃得一干二净，连鱼骨头也都没有放过。一般人也许看过一两只猫进食的样子，觉得没什么稀奇，但是，二十只猫一起进食的样子，普通人估计很难见得到，因为那实在太可怕了。胆子小一点的人，见到二十只猫一起露出白牙，凶残地抢着盘中的食物，还不停地发出呼噜呼噜的声响，一定会被吓到的。也只有阿卷在如此境况下还能生出伤感的情绪，在众目睽睽之下，她时不时地转过头去，伤心地抹抹眼泪。众人见到这个场景，只觉得恐怖至极。

接下来的事情就很简单了。按照计划，那些猫全被淹死在了海里，再也回不来了。

没有了众猫的骚扰，人们的日子过得太平多了。

阿卷的日子也照常过着，失去了那些猫，她既没有很伤心，也没有很失落。而她儿子七之助也依然每天出去卖鱼，维持母子俩的生计。表面看起来，一切都没什么不同。

然而，就在那些猫死后的第七天，阿卷竟然也一命呜呼！

阿卷南边的那间屋子并没有住人，所以没人知道阿卷到底是怎么死的。北边倒是住了木匠和他妻子一家，但是阿卷死时正值傍晚，木匠没回家，他妻子也像往常一样出门买菜，所以也不清楚事情到底是怎么发生的。

不过，木匠的妻子却是第一个发现尸体的人。据说那天她办事回来，刚走进巷子，就看到阿卷家门前摆着鱼篓和扁担。她以为是七之助回来了，路过的时候，就想和七之助打个招呼。可是，她喊了一声，发现里面并没有人应答。她觉得奇怪，又看天色渐晚，能见度已经不是太好，阿卷家却还没有亮灯，屋里一片漆黑，寂静无比。木匠的妻子觉得不对劲，于是没有直接回家，而是折了回来，站在阿卷家的门外，悄悄往里面看了看。这一看，她才发现有个人躺在玄关那里，一动不动。她有点害怕，也有点不安，不过她还是仔细打量了一下，认出正是阿卷，于是赶紧喊人过来。

邻居们听到喊声，纷纷赶过来。消息很快就传到了房东住的后巷，房东也马不停蹄地赶来了。

从现场来看，大家只能推测出阿卷是突然死亡，可到底是疾病还是他杀，谁都不清楚。不过，有一点人们觉得很奇怪，家里出了这么大的事，七之助在哪里？既然他的鱼篓和扁担都在家里，他也应该早就回来了。现在阿卷突然死了，家里乱成一团，他却不见踪影，实在是说不通。但事情总是要办的。鉴于七之助暂时不在，最后由房东出面请来医生，检验阿卷的死因。

检查结果很快出来了。阿卷全身上下并没有什么异常，只有头顶有一处击打伤。可是，医生也看不出这伤口到底是被别人击打所致，还是阿卷在摔倒的时候自己磕到的。考虑到阿卷已经这么大年纪，说不定身体上早就有什么毛病。所以，为了能尽快了事，让房东安心，最终大家决定以突发性脑溢血结案。

到了这时，七之助还是没有出面。正当大家纷纷猜测七之助的下落的时候，七之助突然失魂落魄地回来了。只是他的神情有点恍惚，脸色也很不好。三吉紧紧地跟在他身边，好像很担心的样子。

三吉是个三十多岁的男人，精力旺盛，足智多谋，也以卖鱼为生。

"真是麻烦大家了，谢谢你们这么热心地帮助七之助。"三吉一边向大家打招呼，一边解释道，"刚才这小子慌慌张张地跑到我家，说刚一回家就发现母亲摔死在地上，他不知道该怎么处理，只好去找我。我觉得这么做是不太妥当的，有这么多邻居，何必跑那么远找我？可是谁让他太年轻，一看到母亲出事就六神无主，完全没了主意。不过，七之助也真是吓坏了，所以我才和他一起回来，想看看到底是怎么回事。如果有什么问题，也好帮他向你们求救。话说回来，他母亲到底怎么了？"

"医生来检查过了，是急病，脑溢血……"房东冷静地应答。

"这可真有点奇怪。据我所知，阿卷平时从来不喝酒，竟然也会得这种病？不过，世事无常，谁又说得准呢？得了急病，谁也没办法。"三吉一边说一边安慰七之助，"我看你还是别哭了，生死有命，还是看开一点为好。"

但是，七之助始终哀哀戚戚，一直哭得很厉害。尽管他已经在尽量克制，大家还是可以轻易看出他的伤心。他规规矩矩地坐在那里，始终低着头，两手放在膝头上，一刻不停地在流泪。

失去了母亲的孩子总是显得可怜。围观的女人们见七之助这个样子，不由得也受到感染，开始轻声啜泣。这种对七之助的同情，简直比对阿卷之死的哀伤更令人容易落泪。

一直到晚上，七之助都没有恢复过来，只是默默地坐在角落里，什么都不说。人们以为他是悲痛过头了，也就不去打扰他。

当晚，邻居们都来帮他守夜，其他能帮忙的事情，也都一一帮他打理。七之助看起来始终一副失魂落魄的样子，机械式地对前来帮忙的人表示感谢。

"看大家对你多好！我看，既然事情已经发生了，你也不用再多想了。你母亲已经活了那么大年纪，性格怪僻，也许这样离去反倒好些。而你呢，终于可以自立门户，多多赚钱了。等到了年纪，再让邻居们帮忙给你说一门亲事。这不是也很好吗？"三吉对七之助说。

阿卷刚死，按道理，讲这种话是很没有礼貌的，但是在场竟然没有一个人指责三吉。当然，这也是因为没人同情阿卷。况且，虽然其他人没把话说出来，但心里想的基本也和三吉差不多。

由于这一次死的毕竟是人而不是猫，所以阿卷还是得到了应得的对待。大家按照惯例处理好她的尸体，装进粗棺，然后葬到了麻布的小庙里。

她死后第二天傍晚，雾非常大，跟下了毛毛细雨一样。在阿卷被送来之前，庙里刚为另一个穷人举办了葬礼，死者的亲友正要离开。不过，因为大家住的地方离得不远，其中有很多人都和来送阿卷下葬的人认识。

"你也是来参加葬礼的吗？"

"是啊。你也是？"

很快，熟人们寒暄起来。其中有个人是阿卷那个木匠邻居的朋友，长得很高，眼睛也不小。他看到木匠，开始打起了招呼："真是辛苦了，你来送谁？"

"猫婆婆，我邻居。"

"猫婆婆？"那人一时没有反应过来，"好奇怪的名字。"

"当然不是名字，只是个绰号，因为她很爱养猫。"木匠解释了几句，又简单说了说阿卷是怎么死的。

那人听过后，稍微愣了一下，两人就道别了。

那人姓熊藏，因为家里是开澡堂的，大家都叫他澡堂熊。除了开澡堂，他也为官差半七办事。熊藏回家之后，越想越觉得阿卷死得奇怪，于是当天晚上他找到了半七，把这件事原原本本地讲了出来，然后询问半七的意见。

"是吧？你也觉得很奇怪吧？不是吗？"

一开始半七没说什么，想了一会儿以后，才慢吞吞地说："听起来是有点问题。但是你这个人可不太靠谱。上一次你还说你家澡堂里的客人有问题呢，最后还不是虚惊一场？所以我觉得你还是先把事情搞清楚再说吧。那么大年纪的老太太，即使死了也很正常，不一定会有什么问题。"

"哎呀，上次不是意外吗？不过，为了将功补过，我现在就去查。"

"去吧。"

四

送走熊藏后，半七又好好想了一下，觉得熊藏说得确实有点道理。阿卷对那些猫比对自己的亲生儿子还好，可房东和邻居们却仗势欺人，硬是把那些猫淹死了。况且，阿卷又恰好死在猫死后的第七天，这确实让人不得不多想。

当然，阿卷的死也可以解释为那些猫的报复或者其他原因，但是疑点还是很多的。而半七了解熊藏，那是个不折不扣的冒失鬼。

这种复杂的事，可不能单独交给熊藏去办。

于是，第二天，半七又去找熊藏。时间还很早，澡堂二楼一个客人也没有。

"您这么早来找我，是有事要吩咐吗？"熊藏一边带半七上楼，一边悄悄问。

"是的。昨晚那件事，我想了以后，也觉得有点奇怪。"

"我就说嘛！"

"所以，我想听听你的具体看法，你觉得哪里可疑？"

"这个我还没考虑过。毕竟只是听说，又没亲眼见过。"熊藏有点窘迫。

"表面看来，一个老太太病死了，这很正常，但我觉得她头上的伤很有问题。你觉得，如果她的伤是被打出来的，那么会是谁干的？"

"应该是邻居吧。"

"邻居？"半七迟疑了一下，"可是她儿子自始至终的反应……你不觉得有点奇怪吗？"

"你觉得是她儿子干的？怎么可能？那孩子可是人尽皆知的大孝子！"

确实，一个孝子不可能这样残忍地杀害母亲。可是，邻居们更没有必要伤害阿卷，毕竟阿卷已经乖乖地听从他们的要求，把所有的猫都让他们处理了。只是，如果不是她的儿子干的，也不是邻居干的，那就只能听信医生的判断。然而，半七依然觉得哪里不对。

七之助当时已经二十岁了，虽然还不成熟，却也已经不是个孩子了。见到母亲出事，他不去找邻居帮忙，反而大老远地跑去找三吉，总让人感觉有点奇怪。可是，如果真是他下的手，作为一个孝子，他的作案动机又是什么？

半七思来想去，始终想不出答案。

"是有点说不通，所以你再好好查查吧，过几天我再来找你。"半七叮嘱了熊藏几句，回家了。

九月的最后几天，雨水出奇的多。

五天后，还没等半七去找熊藏，熊藏就主动来找他了。

"今天雨下得可真大。不过还是算了，不说这个了。我这次来找你，是有正事要说的。这段时间，阿卷那件案子，我一直查得很困难。阿卷死后，七之助依然照常卖鱼，只是为了给母亲扫墓，会比平时更早收摊。邻居们都很同情他，也从没怀疑他会和阿卷的死有关。而且，谁都不在乎阿卷是怎么死的。很多邻居甚至还觉得，阿卷早就该死了。现在才死，还算是死得迟的。所以，我根本找不着任何线索……"

"行吧，我知道了，看来这件事还得我亲自去办。"半七叹了口气，继续说，"要破案就是这样，就算查不下去也要想办法查。明天我打算去附近看看，你什么都不用做，只用带路就行了。"

第二天，秋雨还是一刻不停地下着。熊藏和半七两个人打着伞，一路来到神明宫附近的巷子里。

令半七万万没有想到的是，这条巷子竟然并不狭窄。一直往里走，能看见左边是个大水井，再往左拐，右边是几排大杂院。左边是空地，被染坊用来晒布。地上长着很多杂草，湿乎乎的，草丛中游荡着一只野狗，看起来又冷又饿，好像正在找一些能填饱肚子的东西。

"就是这里了。"熊藏带半七来到木匠家门前，低声对半七说。

然后，熊藏提高声音，冲屋里喊道："有没有人在家？天气实在太不好了！"

木匠的妻子阿初听见喊声，赶紧出来招呼熊藏和半七。

落座后，熊藏先是和阿初寒暄了一阵，然后向她介绍半七。他谎称半七是刚搬来的房客，对房子不满，想请个木匠帮忙整改。这都是他们在路上就商量好的。

"我刚来不久，对附近很不熟悉，只好请熊藏推荐，于是就来打扰……"熊藏刚说完，半七就接过话头说了起来。

"没关系，没关系。我丈夫手艺其实没那么好，还不知道您满不满意呢！如果有不好的地方，您可一定要指出来。"阿初以为真的来了个大主顾，立刻满脸堆笑，还热情地把两个人请了进去，拿出旱烟和热茶悉心招待。

外面还在下雨，滴滴答答的。厨房里光线很暗，偶尔能听见老鼠在里面窜来窜去，窸窣作响。

"您家也有老鼠？"半七故作随意地问。

"是啊。让您见笑了。"阿初瞟了一眼厨房，有点不好意思，"老房子就是麻烦，总是有老鼠，吵吵闹闹的，让人心烦。"

"怎么不养只猫？"

"哎……"阿初不知道该怎么说了，脸色也不太好看了。

"对啦，隔壁最近过得怎么样？"熊藏插嘴问，"就是那个爱养猫的老太太家，她儿子还是那么努力赚钱吗？"

"对啊。真是个上进的小伙子，干活特别卖力。"

"还是别太早下结论吧……"熊藏故意压低声音，"我听前面那条街上的人议论着呢，说他……"

"哦？议论什么？"阿初的脸色更不好了。

"他们觉得，阿卷是被七之助用扁担打死的。"

"真的吗？"忽然，阿初连眼神都变了，目光在半七和熊藏之间扫来扫去，一脸狐疑。

"我看你还是别乱说话比较好。"半七见状，一边使眼色一边为熊藏打圆场，"这可不是能随便议论的事！杀母是大罪，万一弄错了，和这件事有关系的所有人都会有麻烦。"

熊藏会意，赶紧住口。

阿初也变得沉默起来。气氛一时显得有点尴尬。

借着这个机会，半七站起来，对阿初说："真是麻烦你了，实在不好意思，本来以为今天下雨，师傅可能会在家，所以才特意前来，没想到竟然不在。既然这样，我们就不打扰了。"

"也好吧，不过，如果方便的话，您可以告诉我您的住址。这样，我丈夫回来以后，我可以让他马上前去拜访。"

"不用麻烦了。明天我会再来的。"

说完，半七和熊藏就离开了。

"她最先发现的尸体？"走出小巷后，半七向熊藏确认。

"对，好像她还受到了不小的惊吓。你应该注意到了，当我们提到那老太太的时候，她脸色一下子就变了。"

"是的。不过是不是惊吓，倒还真不好说。"半七犹疑地说，"好了，你现在可以回家了。接下来的事，我一个人就能处理好。"

熊藏走后，半七又去别处办了点事。

傍晚四点，雨下得更大。趁着夜色，半七又潜回那个破烂的院子中。

这一次，他简单地打扮了一下，用头巾蒙住了脸，然后轻手轻脚地来到阿卷南边的那间空房子里，坐下来，细心地把门关好。

榻榻米很潮湿，天花板在漏雨，墙角有一些裂纹，中间偶尔传来蟋蟀的叫声。因为长时间无人居住，这个屋子里冷冰冰的，一点热气都没有。

没过多久，有人撑着伞走了过去。听声音，大概是木匠的妻子回来了。

很快，屋前又传来了被雨浸湿的草鞋踩在地上的声音，脚步声最终停在阿卷门口。

从这一点上判断，这次回来的应该是阿卷的儿子七之助。半七暗暗想道。

他想得一点都没错，因为他马上又听到了鱼篓和扁担的声音。

"你可算回来了。"阿初听见动静，悄悄走出家门，和七之助打了个招呼，然后压低声音，小心翼翼地说了些什么，七之助也低声回应着。由于他们过于谨慎，半七又躲在屋里，贴着墙壁，根本听不清两个人的谈话内容。尽管如此，他还是听到了七之助的哭声，虽然只是轻声啜泣。

"你别总这么悲观啊，快去和三吉商量办法。我也把大致情况向他说了。"阿初一遍又一遍地催促着七之助，"快点，快去！现在就去，别磨蹭了！哎，真是急死人了！"

七之助没有再说什么。半七听到脚步声再次响起，又逐渐远去。阿初见七之助走了，暗自松了口气，刚想溜回屋子，就被半七开口叫住了。

阿初一开始还有点疑惑，没有反应过来说话的是谁，却见半七从空屋子里走出来，她整个人都惊呆了。

"能不能借一步说话？"半七走进阿卷家，又示意阿初跟进来，"你知道我是干什么的吗？"

"不知道。"阿初顺从地回答。

"不知道？那也没关系。不过，你至少应该知道熊藏除了开澡堂之外还在干什么吧？这个你一定是听说过的，熊藏和你丈夫关系一向很好。算了，扯远了。说回正题，你先说说，你刚才和七之助在嘀咕些什么？"

阿初什么都没有说。

"不说？让我替你说是吧？你是在催他去找三吉商量对策！白天的时候，熊藏说的话一点都没错，就是七之助用扁担亲手打死了自己的母亲！你什么都知道，却还故意包庇他，还让他跑去找三吉！三吉估摸着时间差不多了，才把七之助从家里带回来，和邻居们用那套说辞蒙混过关。可是，你们这一套说辞，糊弄别人可以，糊弄我们却不行。七之助作为凶手，下场肯定是不用说的。三吉和你作为从犯，肯定也脱不了关系，你们就等着被缉拿归案吧！"

半七的语气太严肃了，阿初一下被吓住，忍不住哭了起来。她跪坐到地上，连连向半七磕头，想让他对自己网开一面。

"能不能宽大处理，得看你的表现。如果你说实话，说不定还会好一点。现在，你就如实交代吧。是不是你和三吉一起帮助七之助隐瞒了实情？"

"是、是的。"阿初痛快地承认了，却也吓得发抖。

"那么，七之助作为远近闻名的大孝子，为什么要杀死自己的母亲？这一定不是有预谋的。难道是因为他和他母亲闹别扭了？"

"没有，比那可怕得多！那老太太，变、变成猫、猫妖了……"阿初说着，抖得更厉害了。

"事情已经到了这种地步，你还在骗我，是吗？"半七嘲讽地笑着，"好好一个人，怎么可能变成猫？"

"没有没有。我可不敢在这方面说谎！阿卷真的有问题！真的是这样！"阿初急得连表情和声音都变了，听起来好像确实是真的。

"你这么确定，难道你亲眼看到了？"半七也有点好奇了。

"是的！我确实看见了！你应该不知道阿卷总是让他儿子给猫留鱼的事儿吧？如果那些猫还在，她让七之助留鱼，倒还说得过去。但是，那些猫都被送走后，她还坚持让七之助这么做，这就无法解释了。我丈夫知道了这件事，觉得完全没必要，劝过几次七之助，让他还是不要那么做为好。"

"这倒真是有些奇怪，猫没了，她还要那些鱼干什么？"

"一开始谁都不知道这是怎么回事，七之助也只是每天把那些鱼放在厨房里。第二天早上，那些鱼就会自动不见。七之助觉得奇怪，却想不出这是为什么。后来，还是我丈夫给他出了个主意，让他不要再往家里带鱼，看看到底会发生什么。七之助想了又想，最后同意试试。就在案发那天，七之助像往常一样卖完鱼往家走。我买菜回来，在小巷里碰到他，见他鱼篓里是空的，有点好奇阿卷知道了这件事会怎么对他。于是，我并没有直接回家，而是悄悄跟上了他，一直跟到他家。只见他回到家里，放下东西，阿卷走了出来，看到鱼篓里什么都没有，就很不开心地问：'今天怎么什么都没有？'说完，她的脸发生了可怕的变化！她的耳朵立了起来，眼睛也开始冒绿光，嘴咧得越来越大，简直要咧到耳朵下面了！那副样子，远远看去，哪里还是一个人，分明就是一只猫！"

阿初战战兢兢地说完，依然是一副惊魂未定的样子。

"真的有这种事？那么，然后呢？"半七有点困惑了。

"是啊，真的没有一句假话！你想想，那个场景，多吓人啊！当时，七之助应该也是受到了惊吓，所以一下子就举起扁担，狠狠地砸向了那个猫头。也许是因为用了很大力气，又或许一下子打上了要害，阿卷连叫都没来得及叫一声，就直挺挺地倒在了地上。七之助见状，忽然反应过来自己做了什么，先是站在原地，呆呆地望了尸体好一会儿，然后忽然冲进厨房，抓起菜刀，想往自己的脖子上抹。本来我是不打算出面的，但是事情已经发展到这个地步，我已经没办法视而不见了，于是赶紧也跑了进去，想要阻止七之助。我问他，刚才为什么要杀死阿卷。他说他看到阿卷长出了猫头，一时失去了理智，所以才伤了母亲。他觉得是那些猫回来报仇，咬死了阿卷，又装作阿卷的样子，所以他才会下那么重的手。但是，阿卷被打死以后却一直都没有变成猫的样子，这让他十分困惑，也吓得够呛，他没法接受自己真的杀死了母亲这件事，才打算自杀谢罪。"

"那老太太真的长出了猫头？"半七还是有点不信。但是阿初非常确信，当时自己和七之助真的都看见了那幅可怕的画面。不然，这一切肯定都不会发生的。

"一直到确认阿卷已经死去，我们还是相信那不是真的阿卷，只是一只猫妖。所以我们等了好一会儿，想让死猫自动显出原形来。但是，我们始终没有再看到那个猫头。关于这个，我们也很困惑。莫非是那些死去的猫的灵魂借用了阿卷的躯壳？无论怎样，这件事都说不清楚。而且，我总觉得这件事和我们家有些关系。如果我丈夫没有给七之助出那个馊主意，也许阿卷现在还活得好好的。所以，我觉得应该帮助一下七之助，所以才让他去找三吉。接下来的办法，都是三吉想出来的。他让我先悄悄回家，然后向邻居们报告阿卷的死讯。"

"这就是事情的全部了，对吧？本来，你觉得一切做得天衣无缝，没想到今天我和熊藏突然造访。你心虚了，于是又去找三吉商量，还让七之助尽快去找他。你们想干什么？是想让七之助离开这里，远远地躲起来吗？天啊！我根本不应该在这里和你浪费时间，我要尽快去找三吉！"

半七说完，赶紧扔下阿初，赶往三吉家里。

但是三吉说自己已经一天没见七之助了，半七怀疑他说谎，可是从种种迹象来看，他说的确实是真的。如果七之助还在正常活动范围内的话，一定会去母亲坟前洒扫祭拜的。但是，在麻布的那座小庙里，半七并没有找到七之助的踪迹。

第二天早晨，海面上漂起了七之助的尸体。巧得很，这个地方和当时人们淹死那群猫的地方，就是同一处。

如此推断，七之助离家后并没有去找三吉，而是直接寻了短见。他很清楚，即使阿初愿意为他作证，证明他是无心杀人，他的亲生母亲也确实死在他自己手上。杀母是重罪，犯下这种罪的犯人会被处以十分残酷的刑罚。与其被折磨得生不如死，还不如自杀来得痛快。

而对于半七来说，这可能也算是上天对他的眷顾了吧。

五

"这就是事情的全部了。"半七老人讲到这里，停了一会儿，继续说，"后来，为了把事情的真相查清楚，我又做了更深入的调查。结果发现，七之助的名声不是假的。他确实一直都很孝顺，所以不可能突然间跟疯了一样地对自己的母亲动手。阿初的品行也很好，从来都不会说谎。所以，我基本可以确定，当时他们确实都看到了那个猫头。至于阿卷为什么会长出猫头，这就说不清楚了。也许真的是被猫灵借用了身体吧！不过，那些鱼的下落倒是找到了——它们都被阿卷扔到了窄廊上。那些猫虽然已经不在了，但是阿卷还是改不了按时喂猫的习惯，依然每天都把鱼扔到窄廊附近。我去查看的时候，那里已经堆积了很多鱼骨，很多都腐烂得不成样子了。大家见到那种场景，都觉得有点吓人，房东也觉得毛骨悚然。于是，他想了又想，最终还是狠心把那间屋子拆掉了。"

第十四话 弁天神女之嫁

然而诡异的是，后来凡是想和
阿此成亲的男孩，最后都会莫名其
妙地死去。最近一个死亡的是一个
十九岁的少年，定亲以后，他竟然
在家里上吊自杀了。久而久之，一
些玄之又玄的传言也不胫而走。

一

改元安政那年春天，三社祭前夕，利兵卫突然来找半七。他是半七的老朋友，不到四十岁，为人忠实可靠，在山城屋当铺做掌柜。

一见半七，利兵卫就抱怨起来："最近的天气真差，从昨天晚上就一直下雨。真不知道要是还这么下下去，三社祭还能不能正常进行？"

"是啊，昨天的雨下得真大。现在天色倒是亮了一些，或许过一会儿就能变晴吧！可是也说不定，如今正是花季，谁又能说得准呢？"半七稍微推开一点窗子，看着外面稍微亮了的天，"不过，听人说，不管下不下雨，三社祭肯定都是要照常进行的，所以我才想去凑个热闹。"

"您待会儿要去看三社祭？"利兵卫有些不自在地问半七。

"是啊，有朋友约我，我总不好拒绝……况且今年似乎特别热闹，我也真的想去看看。"

"这样啊。"利兵卫含糊地说。他一直抽旱烟，一副欲言又止的样子。

"你找我有什么事吗？"半七看着利兵卫，疑惑地问道。

"确实有事。"利兵卫虽然承认了，但还是有点犹豫，"可是，既然您待会儿要出去，我改天再来也没关系。"

"别，我只是去看个热闹，不着急。你也一直很忙，如果让你白跑一趟，我心里过意不去。到底是什么事？你先说说。"

"您真的方便吗？"

"方便。你说吧，是生意上出了什么问题吗？"做典当的总会遇上一些不清白的事，半七深知这一点。所以，看利兵卫的样子，他的第一反应就是，或许这位当铺掌柜惹上什么不该惹的事了。

但这一次他或许没有猜对，因为利兵卫并没有立刻承认，他想了又想，还是一副犹豫不决的样子。

"看你这么为难，难道是你的终身大事？如果是这样，你恐怕就不该找我了。"半七见他还是不说，不由得开起了玩笑。

"当然不是，您别取笑我了……"利兵卫苦笑着摇头，"如果真这么简单，那也就罢了。我这个人，您是知道的，肯定不会因为那种事来麻烦您。不到万不得已，我不会来找您。唉，这件事真是让我伤透了脑筋！"

眼看着利兵卫吞吞吐吐，绕来绕去，却始终不说重点，半七烦闷地望了一眼窗外，漫不经心地敲了一下利兵卫的烟管。

这下子，利兵卫才像被惊醒了一样，认真起来。

"唉，我这个人不会说话，让您见笑了。算了，我还是直接说吧。其实，这件事跟我个人一点关系都没有，是铺子里出了点麻烦。我们店里有个叫德次郎的小伙计，不知道您还记不记得？他今年刚好十六岁，眼看就要举行成人礼，昨天却忽然死了。"

"嗯……说实话，我不记得了。不过，这么年轻就死了，倒真是有点可惜。只是，我还是看不出这有什么问题，毕竟这也不是什么特别罕见的事情。"

"是啊，年纪轻轻就死了确实没什么奇怪。可这孩子死得实在蹊跷。十几天前，也就是女儿节那天傍晚，他的嘴突然肿了起来，吃不下去饭。我们问他这是怎么回事，他支支吾吾就是不说。本来我们以为这不是什么大事，可是一个晚上过去，他的脸竟然肿得更厉害了，就像个妖怪一样，还发起了高烧，连水都喝不进去。我们赶紧给他请了医生，用了药，可是不仅没见效，反而越来越严重。我们商量了一下，决定把他送回家。没想到他回去以后，没过两天就死了。临死前，他还说了一些事……"

说到这里，利兵卫又犹豫起来，似乎不知道应该怎么说才好。

"什么事？"半七问道。

"他说……他说自己是被害死的。凶手是……阿此小姐。"利兵卫说到这里，声音越来越低。

二

阿此是利兵卫的老板，也就是当铺老板的女儿，今年二十多岁，不仅长得漂亮，性格也好，香、花、茶三道都精通，对三弦、古琴这样的雅乐也很熟悉。本来家人早就给她物色了一门亲事，是亲戚家的孩子，比她大三岁。原本两家想等他们长大了再成亲，可是，阿此十一岁那年夏天，男孩去游泳，不幸淹死了。

然而诡异的是，后来凡是想和阿此成亲的男孩，最后都会莫名其妙地死去。最近一个死亡的是一个十九岁的少年，定亲以后，他竟然在家里上吊自杀了。久而久之，一些玄之又玄的传言也不胫而走。有的说阿此的身边不干净，还有的说阿此是个长脖子女妖，也有的说阿此是猫妖的化身。其中最为众人所接受的一个，便是说阿此是"弁天闺女"。后来，就算阿此长得再漂亮，也再没人愿意上门提亲了。

说阿此是弁天闺女，这话也不是空穴来风。当初她父母苦于膝下无子，于是便在不忍池的弁天堂做了三七法事，整整参拜了

272

二十一天，才生了阿此这么个独生女。也正因此，很多人都觉得，之所以想娶阿此的男孩都没有好下场，是因为阿此是弁天神赐给他家的女儿，弁天神不愿意把阿此让给别人。

"德次郎家里听他这么说，肯定会去铺子里闹吧？"半七问。

"是啊！今天早晨，他哥哥德藏就来大闹了一场。"利兵卫说，"德藏这个人，我们也熟识。他只有二十多岁，平常也算敦厚，可是今天来的时候，却摆出一副相当蛮横无理的样子，就像变了个人一样，一边咬定阿此害了他弟弟，一边要我们赔三百两银子，否则就要报官。如果真是阿此害死了德次郎，别说三百两，就是一千两也不过分。可是这件事本来就和阿此一点关系都没有啊，这么多年，阿此从来都不会去店里，和德次郎更是少有接触。德藏这么做，摆明就是敲诈嘛！"

"确实不太合理。虽说德次郎是你们店里的伙计，如今死了，老板是应该给点钱安排后事。可是一下子要三百两，真是太多了。"

"谁说不是呢！不过，老板不想把事情闹大，还是打算给他一百两息事宁人。可是德藏就是不同意，只拿了三两去办后事，说办完后事还会来闹，所以老板被搞得很头疼。虽然德藏没法证明阿此就是杀德次郎的凶手，可是总这么闹也会损坏我们的名声，影响以后的生意啊！我真是不知道应该怎么办才好了，所以才来找您。"

"你说阿此从来不去店里，那她平时身边都有什么人？"半七问。

"她八十多岁的老奶奶，还有干杂活的女仆阿熊，女仆是乡下来的，有点笨手笨脚，看上去呆呆的。"

"八十多岁的老奶奶？看来老夫人身子很不错啊。"

"也不算吧，老夫人视力不大好，也几乎听不见什么了。"

"原来是这样。"半七细细思考半晌，"这事确实有点奇怪，想查清楚也不是那么容易。对了，阿此知道这件事吗？"

"她不知道德藏来闹事，只知道德次郎死了。毕竟现在谁都不知道真相，我们都不相信阿此真的是凶手。在这个时候，让阿此知道有人诬陷她是凶手，似乎不太好。所以我们都希望您能尽快把这件事搞清楚，拜托您了！"

"我肯定会尽力去查，可是结果怎么样，我就很难保证了。"半七并没有把话说死。

送走利兵卫，半七也没有心思去看三社祭了。

德次郎真是被阿此害死的吗？还是德藏有心借此敲诈？半七左思右想，始终想不出个头绪。

"是利兵卫的当铺里出事了吗？"半七的妻子阿仙关心地问。

"是啊。你帮我把衣服准备好，我待会儿要去找玄庵医师。"半七说。

玄庵医师住在町内，是半七的好朋友。

半七吃过午饭就出门了。雨水仍旧淅淅沥沥，如泪水般迅速流淌。但天色已有好转，可以看见丝丝阳光透出来，依稀还可以听见鸟鸣声。

半七先去向玄庵医师询问了一些与口腔疾病相关的问题，之后去了德藏家。

德藏家住在相生二丁目，就在过了两国桥的本所处。半七走到柳原堤时，天空已经十分明亮，柳叶上的雨珠印着光线，闪闪动人，一派春意。

德藏家的房子临街，面积不大。他老婆阿由本来是吉原妓院的妓女，后来被德藏赎了身，两人成了亲。阿由比德藏大四岁，干起活来很勤快，也不怎么打扮自己。平日里，他们夫妻二人一个在铺内卖鱼，一个挑着鱼上街卖，都很努力上进，也有一笔不小的积蓄。

半七到了后，先向周围人打听了一下关于他们的事。大家都表示，这对夫妻人不错，将来一定会有出息，言语间十分羡慕。

能有这样的好名声不是一件容易的事。可是，平素这样忠厚的人，为什么非要当铺赔偿三百两呢？从数目上来看，这真的和敲诈没有区别了。半七想了想，觉得还是先去他家探探虚实才好。

半七这样想着，便准备了钱财，买了纸张黑绳，弄成祭奠的样子，敲响了德藏家的门。

开门的是一个年近三十的女人。看这苍白干瘦的模样，多半就是阿由了。

"这是鱼贩德藏家吗？"半七问。

"是。"

"我是山城屋当铺的人，和德次郎关系很好，听说他亡故的事……便来烧支香，祭奠一下亡灵。"

"真是太麻烦了，快进来吧……"妇人将半七请进去。

房间很狭窄，香烛味很浓，里面还有几个来拜祭的邻居。德次郎的遗体前面隔着一扇精致的矮屏风，也不知道是从哪儿借来的。

半七老老实实地上了香，看了一眼德次郎的脸，默默退回了一边。

"真是太感谢您了，德次郎要是知道您来过，一定也会开心的。"妇人端来了茶，谢过半七。

"一直忘了问，您就是阿由吧？"半七问。

"是的。"

"您家出了这种事，真是太不幸了。"

半七左右逢源，逐渐从妇人嘴里套出一些话来。

原来，德次郎已经在当铺里干了八年。他长得英俊，人也聪明。正月里放假回家，附近铺子的老板娘无意间瞧见了他，夸他长得简直比演员还好看。不过，天性羞涩的德次郎也没有做声，只是红了脸。

半七又问了德次郎出殡的时间。阿由说，正是今日七刻。

半七想，现在距出殡时间也不长，索性就在这里等德藏回来也好。一路相送的话，也许能问出什么来。想到这里，半七便表示要一同送葬。

不久，一个略显肥胖的男人回来了，身后跟着利兵卫和另一个伙计。这男人看模样还年轻，是个敦厚人的样子。

半七想，这多半就是德藏了。

利兵卫表示，是当铺派自己来祭奠的。另一个伙计叫音吉，是当铺所有伙计的代表。阿由将半七介绍给三人，利兵卫看见半七，也不知该说认识还是不认识，还好半七随机应变，才没有被看出破绽。

接近出殡时又来了七八个邻居，本就狭窄的屋子显得更加拥挤。然而，拥挤的人群里，却独独不见了德藏夫妇。

半七向厨房后门处静静探去。

那是块敞亮的空地，上面种了一棵高大的梧桐树。树边有一口井，井边站着的正是德藏夫妻二人。阿由似乎特别生气，与德藏在说些什么，看情形不像是一般的事。

"错过了这次，什么时候才能再遇见这样的机会？你怎么能这样就放弃了？"

"小点声，别让人听见！"

"真没用！早知道是这样，我就自己去了！"

"算了吧，算了吧。"德藏一边安慰阿由，一边无意间回头，正好瞧见半七。

半七早有准备，捞起勺子往水桶里舀水，假装喝水，之后赶紧回到屋里。

没多久，德藏夫妇也回来了，只是阿由看着比先前还要恼怒，还时不时地瞪利兵卫。

三

待到出殡时，已来了三十余人。天气也变好了。德藏带着队伍出发了，阿由没有跟来。毕竟下过雨，路况不大好。半七特意落在队伍后面，和利兵卫走在一处。

"德藏又去当铺闹了？"半七悄悄问利兵卫。

"是啊，下午他又去了。"利兵卫很为难，"他非要在出殡前解决事情，还说在他们信的宗派里，人死了是要火葬的，一旦火葬便什么证据都没了。于是我又去找你，可是你当时不在家。万不得已，老板拿了一百两银子给他，并表示，最多一百两，不能再多了。德藏想了想，总算让步了。老板怕德藏反悔，还让他当场立了字据。"

"也行吧，遇上这种事，也是运气不好。"半七听完点了点头。

"谁说不是呢？"

"对了，阿此会做针线活吗？"

"当然，不但会，手艺还很好呢。"利兵卫说，"平时她没什么事经常去老夫人那里，和老夫人一起做针线。"

"老夫人的住处宽敞吗？"

"不是很宽敞，只有六个房间。"

"既然要做针线活，总要选个亮堂的房间吧？"

"是的。阿此喜欢那间正对院子的六席房，朝南，光线很好。"

"通到老夫人那里的院子，当铺的伙计也能去吗？"

"可以，不过，老夫人的屋子与铺子隔着道栅门，要穿过那栅门才行。"

"六席房的窗户最近有破损吗？"

"这个……似乎是有的。听说月初有猫弄破了那处的窗户纸……那个，音吉！"利兵卫把走在前面的音吉叫回来，"前两天，是你去老夫人那里补过窗户纸吗？"

"是我。"音吉答道。

"你还记得是什么时候吗？"半七问。

"记得，就是女儿节那天。"

没一会儿，众人到达深川寺庙，葬礼开始了。

德藏好歹拿了三两银子过来办丧事，竟将葬礼弄成这样，真是吝啬，半七不禁心中嘀咕。

有几个人提前来了，其中有个人叫传介，三十来岁，长得矮小，卖烟为生，却不是正经生意人，平时总是做些小偷小摸的行当。

传介见到半七，过来打招呼。

"这样的天气，路也不好，您竟然也来了？难道您认识德藏？"

"没有，我认识他弟弟。"半七反问，"你认识德藏吗？"

"是的。不过我们就是普通朋友。"传介躲闪着回答。

夕阳西下，丧仪结束，众人纷纷离去。按规矩，送葬人离去时能拿到一份糕点，半七不喜欢这个，又嫌碍事，就把自己那份一并给了音吉，并附耳对利兵卫道："我想和你单独说点事。"

"好的，好的。"

说完，利兵卫让音吉先回当铺，自己跟半七来到一个鳗鱼屋里，找了一处安静的榻榻米房，要了一壶酒。

几杯酒下肚后，半七支开女侍，小声对利兵卫说："虽然说这件事已经过去了，但是老夫人那里，还是要找个聪敏点的女仆为好。阿此那里，也要多加留心。"

"如此说来……"利兵卫不安的脸上皱纹都挤出来了，"这件事还是和小姐有关系？"

"是的，不过问题也不大。"

半七理了理思路，说出了自己的推断。

首先，德次郎说是阿此害了他，这应该是真的。这二人，一个英俊聪明，一个天生丽质，也许真的有过你情我愿的事。不过，将这伙计带向死亡的，应该是一个恶作剧。

那六席房正对院子，当铺的人随意进出，阿此又在六席房中，德次郎怕是常常溜进去。老夫人耳朵不好，女仆又很呆傻，这事恐怕没人知道。

女儿节那天，德次郎也许还是像往常一般悄悄进去。阿此听见德次郎到来，想作弄他，所以故意不出声。德次郎便用舌头将窗纸舔破，想一看究竟。阿此瞧见他这一举动，便用针扎了德次郎的舌头，原本只是作弄，不想却扎得深了。不过，这事本就是两人的秘密，所以德次郎也就没有对外声张。况且，阿此也帮他涂了药。

然而他们万万没有想到，正是那针上出了问题，害得德次郎就此身亡。

德次郎之前没有吐露实情，是为阿此着想。可是被送回家后，他的伤势越发严重。架不住兄嫂各种逼问，加上他知道自己时日无多，才说出了实情。音吉既去小姐房间补了窗户，也算是佐证了。也只有这样，德藏的行为才说得通。

"您可真是心思缜密，您这样一说，倒让我想起了一些事。"利兵卫说。

"什么事？"

"老夫人去年冬天着了凉，卧床半月有余。为了照顾老夫人，我们派了个人前去，原本派的是音吉，哪知不到一天他就被赶回来了。后来掌柜的派了德次郎，小姐很满意。那次之后，无论大小事务，小姐总是先找德次郎。德次郎休假回去，还收了小姐额外的赏金。今年二月，听阿熊说，夜间总能听见有人开合院门，她很害怕。我们担心有贼人进入，便找小姐了解情况，可小姐却矢口否认了，只说阿熊肯定是糊里糊涂听错了。如此想来，可不就是应了您的猜测吗？"

两人喝完酒，走出鳗鱼屋。夜幕降临，春雨之中，一片朦胧。

虽然半七已经对三社祭没什么兴趣，但毕竟有人相邀，爽约实在不对，于是依然去了三社祭。可惜半七原本酒量不好，又事先喝了点酒，已经有点晕晕乎乎，一路走下来，又喝了很多人的祭拜酒，更是昏昏沉沉，到了晚间四刻，才被人送回家。一到家，半七便呼呼大睡，一直到第二天五刻才醒过来。

半七刚起来，手下善八就急匆匆地赶来，对半七说："昨晚出了个凶杀案。"

"哪里？"半七问。

"相生町二丁目的鱼铺。"

"德藏家？"

"没错！"

"他老婆怎样了？查到凶手了吗？"

"他老婆没伤着，只是无论问什么都哭天喊地的，疯了一般，我们什么也没查出来。只听人说，他们夫妻昨天办了丧礼之后，累得倒头就睡。后来家里进了小偷，德藏惊醒了，本想抓小偷，反被小偷杀了。"

"到底是妓女，哭这种事对她来说应该很拿手。"半七冷笑，"你去看看卖烟的传介。"

"怎么扯到那家伙了？"

"别管这么多，你去看就是了，只是别让他发现。"

善八一走，半七就去了德藏家。这边已是乱糟糟一片，到处挤满了人。

穿过人群，半七问过办事处，知道阿由正在被传唤，于是想问问邻居们是怎么回事。可是，半七打听了一圈，却始终没有问出什么。众人只知道一开始是阿由喊着家里进了小偷，后来隔壁布袜铺的老板听见了，也喊了起来。大家慌忙赶来，可是这时候德藏已经死了，小偷也不见了。

考虑到德藏平时为人敦厚老实，肯定不会与人结仇，所以大家觉得，小偷可能是来偷奠仪的。

阿由一直没回来，半七就在屋子里等着，一边坐着一边观察四周。

忽然，他看到了铺内的空水槽，里面放着几个海螺和相当大的贝壳，半七好奇地走过去，捡起来看。这么多海螺，除了一个是实心的，其他都是空心的。那个实心的壳很重，半七好不容易才翻过来。

半七万万没想到，这里面竟藏着一张染了血手印的纸，纸里包着一百两银子！

半七将纸和银子藏于怀中，还想再看看别处，正巧传介来了。他本想进来，看见半七以后，却有些犹豫了。

四

"听到这里，你总该明白了吧？"半七老人问我，"其实，阿由与传介是老相好，但传介没钱给阿由赎身，两人商量了一下，就诓骗德藏为阿由赎了身。之后，传介经常上门与阿由幽会，只是两人十分谨慎，德藏和邻居们都不知道。"

"如此说来，是阿由教唆德藏去敲诈当铺的？"我问。

"这是自然的。不过阿由很生气，因为她想要三百两，可德藏只拿回了一百两。"

"所以，德藏也是被阿由和传介杀的？"

"这倒不一定。传介喜欢阿由，阿由却不一定喜欢他。现在看来，这女人除了钱，别的什么都不喜欢。她在鱼铺里拼命干活是为了攒钱，她和传介在一起，也只是为了能向传介要钱。她之所以杀了德藏，也不是为了和传介在一起，而是想独占那一百两银子。这件事和传介没有一点关系，是阿由一人杀了德藏。"

"真是让人惊讶。"

"确实。不过，阿由原本也并未打算痛下杀手，只是想趁德藏睡熟把银子藏起来，之后说是被小偷偷走了。哪想到，她这一举动竟然被德藏发现了。阿由恼羞成怒，便直接用鱼刀将德藏杀了。"

"阿由最后认罪了吗？"

"她自然不想认罪，可是，如果银子真的是被小偷偷走的，又怎么会出现在海螺壳中呢？那上面的血手印又为什么会和她的手印完全一样？看见我连证据都找到了，她也就狡辩不了了。事实上，她本来想带着钱回故乡名古屋放高利贷，没想到事情败露，如意算盘没打好，反而搭上了自己的性命。"

"如果阿由的事被追查，那一百两银子的来源也会被公之于众，如此一来，德次郎与阿此的事岂非也曝光了？"我问。

"没错。也怪那当铺运气不好，接连遇上这样的事。不过阿此并未获罪，毕竟她是无心之失。只是发生了这事以后，更没有人愿意娶她了。她家里人没办法，于是想了个妙方，想把女儿托付给自己家的掌柜利兵卫。一开始利兵卫万般不愿，后来禁不住劝说，总归同意了。两人婚后感情甚好。只是，这姑娘还是没活过一年便去世了。"

我立刻问道："是生病了吗？"

"不是。在那年六月的一个夜里，阿此偷偷跑出去，跳进池塘自杀了。其实这件事说来很奇怪，既然她本来想追随德次郎而去，为什么要答应和利兵卫结婚呢？既然她已经和利兵卫结了婚，又为什么要自杀呢？不管怎么样吧，她死了以后，经常有人看见她的魂魄在水面上漂浮，也不知道是谣传，还是真的有这种事。"